## 谨以此书

**献给**
六十年来默默工作在中国国民基础教育
最前沿、生活在中国社会最底层的所有乡村老师们

**献给**
在 2008 年 5.12 汶川大地震中为救学生而长眠
于地下的所有老师的在天之灵和她们骨肉相连的亲人们

**献给**
被纪录片《老师》感动的观众、阅读本书引发思考的读者和心
中涌动的人性的善良、感恩和至真的内心的人们

王卫平◎编著

中国传媒大学出版社

Teachers

一群当代社会善良与责任的守护人

# 序

**Preface**
北京桂馨慈善基金会理事　康典
**Kang Dian** Director of Beijing Green & Shine Foundation

发起并推动"师魂"项目,这个念头始于2008年"5.12汶川大地震"。

先是了解到的许多令人无法忘记的农村教师的事迹,深深触动了我。在地震发生的瞬间,在山崩地陷的时刻,成千上万的老师坚守自己的岗位,上百位老师为此失去了生命。我曾经亲临一座被地震彻底摧毁的城市,站在街道旁边一块自天而降的巨石旁,想象事发当时是一种什么样的恐怖景象。唯其如此,那些教师不假思索出自本能的选择就显得更加可贵、更加可敬。

随后是某著名电视主持人所主持的一档节目,深深刺激了我。在那档节目里,一位地震中弃学生而率先逃生的老师振振有词,指责他的人则表现得冲动而肤浅,整档节目变成了一出娱乐闹剧。我并不认为一位老师在地震发生时选择逃生不可理解或不可原谅。然而,以这种"热点"新闻为基础策划炮制出来的、以严肃命题娱乐化来吸引眼球的节目,可曾想到上百个为救助学生丧失了生命的教师英灵不远,可曾想过我们还活在这个世界上的人应该对他们表示最起码的尊重?

生活在当今年代,时时感到困惑:我们的社会是不是出了什么问题?所谓盛世,是否名副其实可以另当别论。即便真是,就可以享乐至此,低俗至此,挥霍至此,贪婪至此吗?对物欲的追求已到极致，娱乐化与物质化、货币化、功利化一起，可以算是当今社会的几个明显特点。在娱乐化的侵蚀下，我们的社会几乎没有严肃命题的容身之所，一切都可以"戏说"，一切都可以"包装"，一切都可以"穿越"，一切都可以"混搭"。在娱乐化的侵蚀下，真实变成了伪命题，追求真实变成了自寻烦恼。"假作真时真亦假"，只要快乐当下，管它真假虚实。人们宁愿在虚幻中尽情消费并享受今天的时光和财富，把奠基于昨天苦难之上的繁华当成永远不散的盛宴。遍观古今中外，哪一个奋进和充满朝气的民族或时代会是这样一番情景？

在这样一种情势之下，出版发行如此内容的一本书确实显得有些不合时宜。这样一本既不能给人带来感官的享乐，又揭示给人们一幅过于平淡或正在从记忆中逝去、然而却绝对真实、绝无戏说和包装图画的书，正如作者所担心的：谁会有兴趣花时间阅读呢？谁会在自己的内心给这本书的主人们留下一点空间呢？

带着这样的问题，"师魂"项目的团队首先完成的是"老师"影视作品，"师魂"大型雕塑和"师魂"大型交响乐。纪录片《老师》完成后，先后拿到一些地方试播，收到了出乎意料的效果。放映结束后，人们迟迟不愿起身离去，迟迟不能从影片所反映的情境中解脱出来。人们在沉思，在回味。我觉得，这就是我所希望看到的。我为之深深感动。

我始终坚信，对于绝大多数平凡的人来说，追求物质生活的丰富多彩是自然而合理的，在对于物质欲望的满足的追求中陷入贪婪和醉梦之境，沉溺于感官的满足也是难免的。然而，我也始终相信，对于绝大多数平凡人来说，发自善良本意的是非判断、同情、正义感和不同程度的牺牲精神，不会由于其对自身物质利益的追求而泯灭。人们在关注自身的同时，会关注自己的周边，会对那些被历史的进程无情边缘化、然而依然坚守着自己的信念和社会职责的群体给予关注和喝彩。

出于这样的判断，我积极地支持并鼓励《老师》一书的出版。

对于这个世界来说，我们其实不过是匆匆过客。历史发展有着它自己的内在逻辑，人类的任何活动在历史看来，可能都会显得十分渺小或可笑。从这个意义上说，《老师》一书的作用，应该是忠实地记录下这样一个群体：他们默默无闻，他们勤勤恳恳。在突发事件面前他们为了学生会做出常人难以想象的壮烈举动，然而在平时绝大多数时候，他们表现得极其平凡，甚至困窘。

这，就是当代中国的乡村教师。他们以自己的默默无闻和勤恳，从容对应着都市的繁华；以自己的爱心和善良，支撑着空前的盛世。

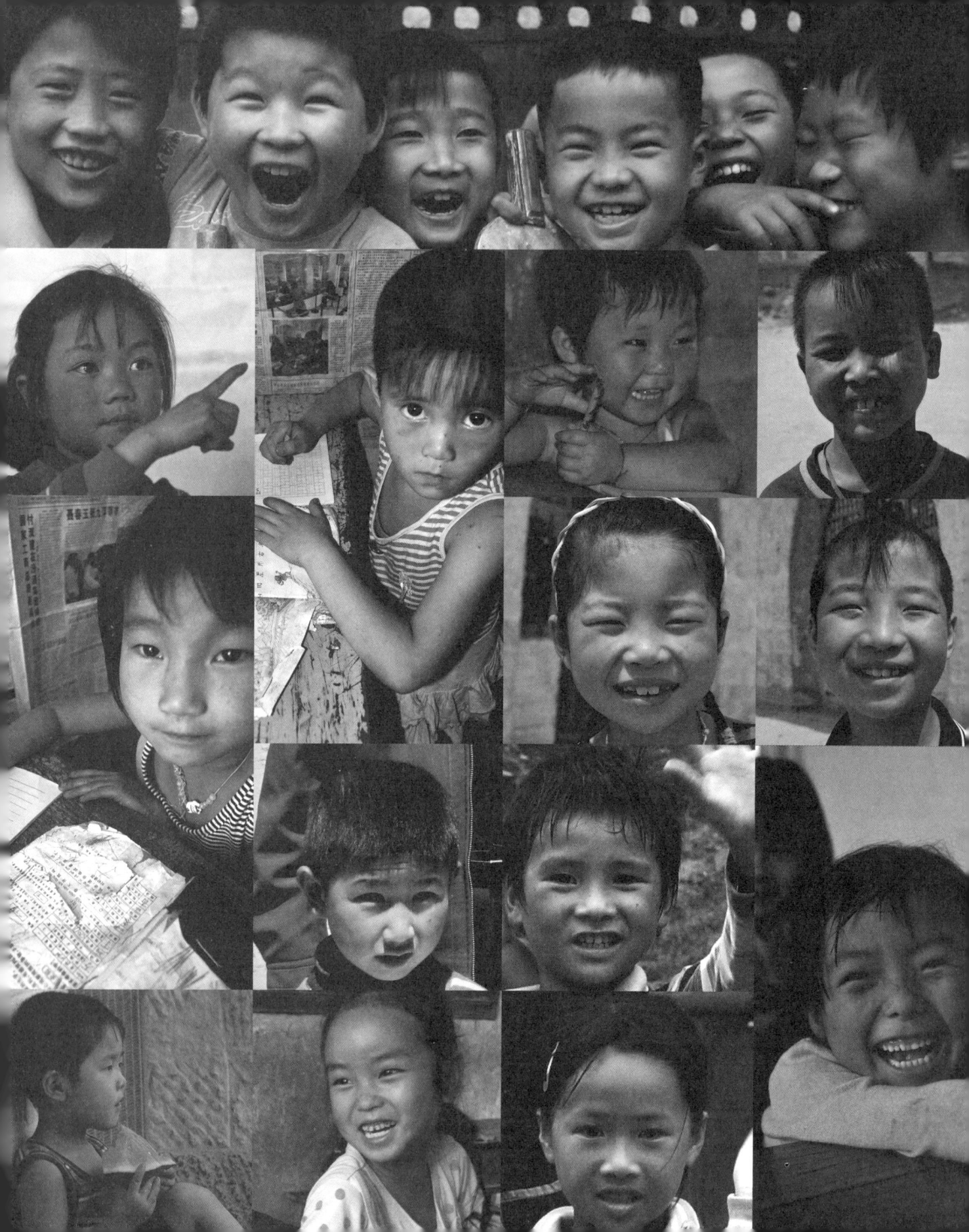

# Foreword: Causes and Confusion

# 前言——起因与困惑

王卫平　Wang Weiping

**严泰山老师**　教书 20 多年，他最大的愿望是从民办老师转正为公办教师。

**马治宗老师**　想让村里找人代替自己的代课老师位置，却找成了自己的责任。

**李福连老师**　"当老师还不如去喂猪。"

**王秀平老师**　代课 27 年，现在每个月的工资是 600 元。

**朱维娇老师**　讲述在课堂上的自信和收入低带来的卑微感。

**韦玉连老师**　不愿去打工，因为那样便无人叫她老师了。

**何美基老师**　因为没有给儿子留下一间像样的房子而歉疚不已。

**方全旭老师**　在地震后的废墟上抢救学生，自己的孩子却遇难。

**汤鸿老师**　平时是个开心果，地震时她将几个学生抱在自己怀里。

**谭瑛老师**　地震中痛失爱女，面对外孙女她总是想起当年那些事。

地震中获救的学生冯雅在自己的老师墓前倾诉思念，痛哭失声。

……

这是我们拍摄的纪录片《老师》的主要内容。我想把我们拍摄的 80 盘素材带中的一部分访谈内容做成一本也叫《老师》的书，可我一直有一个困惑：以现在的大众心态，谁会对乡村老师的生活经历感兴趣？这些内容到底是给谁看的？谁能够沉下心来，看看在 2011 年春夏之交——中国社会一个"非主流"的乡村阶层的平淡生活？

从 2009 年冬天至 2011 年的春天，我们摄制组为北京桂馨慈善基金会拍摄了两部记录中国乡村学校生活的纪录片，一部叫《一路同行》，一部叫《**摇曳的红烛**》。在那几次拍摄中，我们摄制组去了四川、湖北、湖南、河南几个省的几十所乡村小学，所见所闻记忆深刻。在道路泥泞、难以进入的山沟里，在简陋破旧的教室里，在坑坑洼洼的操场上，面对衣衫破烂但活泼可爱的孩子们，面对和善安静的乡村老师们，许多感人的情景是从未遇见过的。

一个冬日的清晨，在四川古蔺县垌坝小学，160多个衣着单薄、营养不良、眼睛却透着干净纯真的孩子，整齐列队在一个破旧漏风的祠堂学校前，抬头望着木杆上缓缓升起的国旗，大声高唱国歌。那一句"中华民族到了最危险的时刻"被一群山沟里的孩子大声唱出来，让我们北京城里来的一群人听了，别有一番滋味在心头。后来，每每看到和听到画面中的"川音国歌"，那种咬字不清却童趣盈盈的腔调，总让我们忍俊不禁，却又倍感心酸和痛楚。

在四处漏风的教室里，那些甚至连县城都未去过的孩子，蜷缩着满是冻疮的小手，翻着破破烂烂的课本，兴高采烈地高声朗读"我爱北京，我爱祖国的首都"……那些稚嫩的声音来自他们阳光般的内心，却深深地刺痛了我们。

艰苦环境中的寒冷、饥饿，上学路途遥远，用绳子绑着的快散架的书包，秃秃的小铅笔头，在这些孩子们看来，都是常态，没有什么，生活原本就是这样。而并不遥远的北京城在他们的内心是什么呢？可能是一个虚幻的"城"、一个遥远的"景"，也可能什么都不是，但他们知道朗读的是憧憬，是美好……

这些经历可能一生都忘不了。

两部片子拍摄期间，我们与北京桂馨慈善基金会理事康典先生多次见面。我们之间除了交流那两部片子的内容，他还多次提到今日社会已经丢失的"师魂"，并阐述了"师魂"的内涵：那些乡村老师，都是普普通通的人，都在最基层的乡村，拿着微薄的工资，在条件非常简陋的教学环境里，从事着国民基础教育。在生死存亡的时刻，他们义无反顾地扑向自己的学生，以自己的生命去换取一个个孩子的生命。他们都是普通人，但在他们的身上秉承了中国优秀的文化传统：开启民智，塑造人格，培植爱心，造福后代，危急时刻舍己为人。

康典先生提到在2008年"5.12汶川大地震"中牺牲的那些教师，提到在地震中自己先跑掉的老师范美忠——"范跑跑"。他动情地说，那么多在艰苦条件下辛辛苦苦、长年累月在教导呵护学生的乡村老师，那么多在大地震时牺牲的年轻老师，他们曾经被媒体报道，也曾经感动了亿万中国人，时至今日，他们处于默默无名的状态，社会大众却记住了一个地震时先于学生跑出教室的老师。几十年来，乡村老师培养了上亿学生，而在现在的主流文化中，我们根本看不到他们的身影。这个社会怎么了？我们国人自身到底发生了什么问题？我们应该为几百万中国乡村老师做点什么。

记得每次谈到这些，康典先生脸上的神情总是激动和愤懑，这种情绪也一直影响着我们。

后来在与桂馨慈善基金会诸位同仁讨论时，康典先生又多次提到**"为中国而教"**的基本理念：在刚刚毕业的部分中国大学生中开展一个"为中国而教"的活动，让他们从校门走出，去农村基层小学教书一至二年，在艰苦的环境中历练自己，真正了解中国的社会，了解中国的农村，了解这个民族的品格，了解已经被今日之中国遗忘的那些优秀传统，这个活动对他们一生都将产生影响，对社会也将产生积极影响。

说实话，让今天的大学毕业生去了解乡村学校，进而了解中国社会的另一面的确很难，在2008年"5.12汶川大地震"中，那些乡村老师的牺牲也曾短暂地进入都市主流文化的视野。但是，几年过去了，在我的记忆中，有关汶川大地震的点点滴滴已经淡漠，至于地震中那些牺牲的老师，也基本想不起来了。我曾经在北京数个大型书店里寻找有关地震中牺牲老师或记载乡村老师的书籍，却一无所获。甚至在一个国家级的教育学院的书店里，营业员面对我的询问反问我，这种书谁会看呀？

我们的习惯性遗忘究竟意味着什么？我们应该记住一切还是选择性记忆？遗忘是正常的吗？尤其是我们面对的是痛苦的记忆，"时间是治疗一切创伤的良药"，这句话究竟是真实的？还仅仅是我们的托辞？是我们掩盖内心虚弱的借口？

从社会记忆中近乎消失的乡村老师在历史上处于什么位置呢？

中国的乡村教育已经有几千年的历史沿革，并成为中国古老文化和文明的基础和重要组成部分。新中国近60年的乡村教育可分为两个阶段：前30年，中国的乡村教育在贫穷落后的状态下，仍旧为新中国的初期经济建设输送了大批人才，也在中国古老乡村促进了现代文明的广泛普及；近30年来，中国的改革开放使得国力大大增强，并与世界其他地区的文化逐渐接触和相互融合。

而中国乡村教育因中国城市化进程加快和外来文明的影响，也呈现出几个特点：很多偏僻地区因仍处于贫困之中，而与都市教育形成教育资源和办学条件的巨大反差；乡村学校的学生在接受了九年义务教育后，基本都选择继续升学和外出打工，而不再以回到家乡、造福家乡为最终目的；乡村成为留守老人和留守儿童的栖息地，受过初级教育并构成乡村治理主要力量的中青年大部分远离家乡；新中国成立后乡村教师中的几百万代课教师因身份问题而长期处于低收入的状态虽然得到缓解，但刚参加工作的青年人仍不愿去乡村学校教书。

从我们的观察来看，许多乡村老师长年生活工作在简陋贫困的教育环境中，在艰苦的生活条件下，拿着微薄的工资，在基层进行着维系国民素质的基础教育，默默无闻地将青春和几十年岁月献给了中国乡村教育，献给了几千万农村孩子。这些老师都是普通人，对于物质的追求和城市文明的诱惑也都在影响着他们，一些老师在离开和继续教下去之间摇摆不定，他们也有怨言，也有失落，这是人的正常反应，也是人性的必然，但穷酸和无奈没有动摇他们的爱心和职责。

对于农村孩子们来说，这些老师既是言传身教的师长，又是舐犊情深的父母，但在中国现在所谓的都市主流文化体系甚至边缘文化的范围里，几乎从来没有这些普通教师的身影，社会各界甚至几乎忘记了他们的存在。

从更广的意义上思考，这些老师的身上体现了我们古老民族几千年的优秀文化传统：朴实、勤劳、承诺、善良和爱心等具有普世价值的中华民族精神，这些品德也是今天中国社会主义核心价值体系的主要内容，更是今天中国社会严重缺失的东西。

有感于康典先生和桂馨基金会理事长刘桂老师的殷殷期待，我们接受了纪录片《老师》的拍摄工作，也从那时起，我与纪录片《老师》的导演高伟峰先生的讨论一直没有停止过。是的，这个社会怎么了？我们怎么了？在火车上、在拍摄现场、在旅馆中、在饭桌上、在后期机房里——关于大灾难面前人的选择，关于我们的习惯性遗忘，关于什么是英雄，关于人的本能和欲望，关于善良，关于人性和身边的功利诱惑，关于工作的价值，关于慈善的终极意义，关于观众的心理，关于流泪人的初衷，关于不可知的命运等等。

高伟峰导演曾对我阐述了《老师》一片的内容构思：尽可能还原乡村老师的真实生活和真实想法，不回避当今社会各种思潮对乡村文明的冲击，但不做成乡村学校老师的"英雄事迹"，只是展现乡村教师面对简陋教育资源时的平和心态与爱心、责任心，坚持风格的朴素平实。

我考虑，我们反映的是乡村老师，是去中国最不发达的地区，去那些偏远的山区，去那些被高速发展的中国已经遗忘的乡村角落，去掀开一个数量规模上百万的社会阶层群体的一角。因为当更多的人从大山里走出来，从偏僻的乡村走向大城市，经过自己的努力，成为大城市的主人，成为所谓成功人士时，他们可能已经忘记了幼时的老师，忘记了寒窗苦读中陪伴着他们的师长，像哥哥姐姐父亲母亲一样的亲人，忘记了自己的根。很多人曾经在艰苦环境中磨炼的意志品质和善良纯真，已经被城市浮华生活瓦解，并在追逐财富和放纵欲望的城市生活中苦苦挣扎。而从小生活在都市里的大学毕业生们，不了解中国的农村，不了解国情，甚至根本就不知道乡村那些老师们。将这些老师作为一部纪录片的主角，用什么来吸引他们的关注呢？

即使如此，我们摄制组也达成共识：纪录片《老师》的创作过程一定要摒弃以感官刺激为诉求的商业元素，要以从不被主流社会关注的偏远地区的普通乡村教师为唯一主角，努力去发现普通人的故事，发掘普通人身上的品质和时代精神，以朴实的叙述、点滴的生活细节，去展现人物内心的真实感受。我想，《老师》一片也不可能承载更多的东西，仅仅是表达一个中国乡村普通阶层在今天社会中所具有的生活态度。

每一次下乡前，我都不做什么准备，我怕有先入为主的定势思维，也不愿意受到以往文字的干扰，我尽量调整自己的心态，许多在城里对事情的认识，在乡下会出现很大的偏差。

我想做的，只是尽量以沉静平和的心态走近这些乡村老师，去感知他们的生活，去寻找某种答案，也调整自己疲惫而浮躁的心态。我知道，无论我们的目的是什么，我们都需要一个价值原点，以此来判断他们的行为，判断他们内心深处的真实想法，也以此判断我们内心的出发点。

我将这次拍摄工作形容为"把别人曾经的伤口撕开，再撒上一把盐"。从道德的角度或从新闻伦理的角度，这种行为其实是两难，从善良和同情的角度，其正当性和必要性的确需要商榷。可用简单的方式想想，仅仅为默默无闻的乡村老师，为那些为救学生而牺牲的老师，也要硬下心来，向前走就是了，很多事情需要多思考，也有许多事情思考多了会更纠结，难有进展，因为它往往无解，并影响前行的动力。

从2011年春夏，我们纪录片《老师》摄制组绕着"中国的二环路"转了一圈，在甘肃、四川、贵州、湖南、山西等省的几十所山区小学走访了几十位乡村老师。

从2011年8月开始，纪录片《老师》的后期制作开始，面对着几百页的采访记录，我一遍又一遍翻看着，时常被感动，也引发思考。

十几万字的老师访谈很平淡，一问一答的语言好像絮叨家常，如果你从来没有去过那里，没有面对那些平静、质朴的老师，没有站在破窑洞教室里听过衣衫不整的孩子们大声朗读"我爱北京"，没有在凛冽寒风中听过孩子们高唱"中华民族到了最危险的时刻"，很难感受平静中蕴含的力量，很难感受身处这种环境中产生的巨大反差所带来的心灵震撼。

我们的本意是希望将2011年中国偏远地区的一个阶层的生活原貌比较完整地呈现出来，我们从不企望能改变什么，也无意将这些老师的所作所为人为地拔高，无意向主流意识形态靠拢，我们看到的大都市繁华和乡村学校贫穷境况的强烈视觉对比，也引发都市中的"我们"对乡村文明与都市文明在一个大变动的历史时期中所呈现出的巨大反差带来的若干思考。其实"我"的情感抒发和冷静思考是我个人的，可能也带有普遍性，也可能有偏见。

在整理这些文字时，我定下一个原则：不对记录进行过度加工和美化修饰，甚至连老师回答中的口语和句子不通顺都保留了下来，以尽可能保留整个过程的原貌，保留老师们在与我们交流时的原始状态。

整理文字的过程也是疑惑不断的过程。因为，我与高伟峰导演的讨论从来没有停止，后来，北京桂馨慈善基金会樊英秘书长也参加了我们的讨论。无论我们三个人讨论到什么程度，或得到什么结果，我的疑惑不仅没有消除，反而更加强烈。直至2012年春夏，这本与纪录片

《老师》同名的采访札记即将脱稿时，此种疑惑甚至动摇了我将书稿出版的决心——出版这本书到底给谁看？谁会有耐心将记录20多个乡村老师普通生活的文字看下去？以今天的社会环境和公众心理，谁能给这本书的主人们在心里留下一块地方？

2011年10月至2012年底，纪录片《老师》在北京、深圳、成都、广州、浙江等地进行了小范围的放映，不同地区的观众群构成非常复杂，年纪不同、职业不同，其中既有身家过亿的富人，也有普通人。但每次片子结束时，结果几乎一样：四周一片寂静，只有个别人的轻轻抽泣声，似乎在提醒大家刚才经历了怎样的震荡。

2012年12月初，2012中国（广州）国际纪录片节上，共有65个国家和地区的1400多部片子参加。纪录片《老师》在最后13部获得"金红棉奖"的片子中荣获"最佳中国制作人奖"。我没有参加这次纪录片节，不知道评审的标准和评审过程，但我想，由3位中国评委和4位外国评委组成的评委会一定看懂了我们要说什么。

曾经有看过本片的观众提出，本片可以去一些院线放映，我当场反对。我觉得本片只给想看的人看，可想看的人群在哪里呢？而且我坚决反对在电脑和电视上看，因为只有电影院的黑场环境才可能让人安静下来，让人没有杂念地感受这些乡村老师的生活。

我一直以为，平静就是力量。如今，能保持平静的人在哪里？而我们自己呢？我们摄制组的人能保持平静吗？高导曾说，我们要做一部安静、平静的片子，我们自己的心态首先不能浮躁。现在，片子出来了，我们的初衷达到了吗？

我将《老师》一片称为**"一部需要沉下心看的片子"**，我想，我的意思应该再明白不过了。而阅读记录这些乡村老师生活的文字当然更需要沉下心来。

今天，当你打开《老师》这本书时，我依然无法断定你能否读得下去。

师者 所以传道授业解惑也
——唐·韩愈《师说》

# 目录 Contents

## 第一部 默默无闻的乡村教师

甘肃省

严泰山 老师
钱算个啥 只要把人教出来就行了
04

郭积才 老师
下决心 修个不漏雨的教室
12

马治宗 老师
村里让我找人 我想成了自己的责任
20

杜国兰 老师
你看看那些娃 都想念书都想学
24

潘凤梅 老师
感觉他们没考好 就是我自己没教好
26

杜鸿奎 老师
我爱这一行 看着孩子们高兴
30

贵州省

朱维娇 老师
代课老师真的很难啊
34

韦玉连 老师
我就爱当老师
42

湖南省

彭毅群 老师
留守儿童特别希望 老师的关爱
52

舒序清 老师
虽然我是民办教师 却是学校的顶梁柱
58

何美基 老师
1700 多元 我感到很幸福了
68

山西省

李福连 老师
只要我的门开着 孩子们就不会失学
72

李玉秀 老师
年轻人吃不了这苦 人家不愿意来
80

王秀平 老师
我喜欢 跟孩子们在一起
86

陈秀平 老师
恐怕对孩子们教不好 交待不下家长
94

陈晓艳 老师
把我会的都教出来
98

高杰瑜、苗小兰、王奴平、孙新玲、
张补连、张少连 老师
每一个乡村女老师都是学生的妈妈
102

成继香 老师
人活在这个社会上 有人尊重就
好 不一定是有钱就好
108

白艳青 老师
我怕我出去 外面的人际关系比
较复杂
113

# 目录 Contents

## 第二部 灾难中学生的守护者

四川省

我们还有能力记住他们吗
120

徐正富 老师
老师的伟大就在于她对孩子无私的爱
134

李杉 老师
精忠报国
142

万全旭 老师
教会学生如何做人才是最基本的
146

张德强 老师
学生们都喜欢她
154

李清 老师
她怎么舍得才九个月大的女儿啊
162

谭瑛 老师
世上只有妈妈好
172

冯雅 学生
我会永远等着你回来
180

## 第三部 向人们心底的良知致敬

- 196　叫一声老师太沉重（杨东平）
- 198　展望桃李满园（于清源）
- 199　让感动传承下去（石 平）
- 203　多与少（李 伟）
- 204　老师是我们的亲兄弟（刘沛生）
- 206　伟大的平凡（范 伟）
- 208　为他们做点什么（程 岩）
- 210　真实的老师更可爱（储朝晖）
- 212　不仅是感动 更是沉重（梁晓燕）
- 214　朴实 坚守 与爱心（刘 旭）
- 215　老师眼中的"老师"（张文敏）
- 216　永远有多远（杜森）
- 218　在那些难忘的观影现场（樊 英）
- 224　难忘的经历（纪录片《老师》摄制组）
- 226　结束语（王卫平）
- 232　特别感谢（名单）
- 234　后记

世界再大也不怕
学好文化走天下

# 第一部
# 默默无闻的乡村教师
# Unknown Country Teachers

乡村老师们以自己的无闻和勤恳，从容对应着都市的繁华；以自己的爱心和善良，支撑着空前的盛世。

# Places far from commotion

# 在那些远离喧嚣的地方

王卫平  Wang Weiping

纪录片《老师》的拍摄是从追忆2008年5.12汶川大地震中牺牲的老师开始的。

2011年清明节,《老师》摄制组去了大地震灾区,寻找那些经历大灾难的人,寻找大地震时奋不顾身的老师,寻找危机时刻的师生关系,也寻找已经被社会淡忘的师魂。

在四川北川和什邡的那几天,我们一直被感动,不仅仅因为在那个生死时刻这些老师的行为,更是直击了亡者的亲人们在心中难以割舍的那种痛痛的思念。可我知道,无论我们怎样尊重这些亲人,或者在一旁默默地陪着掉眼泪,都无法减轻他们内心的创痛。

在经历了感情激荡的地震灾区后,我们又去了甘肃、湖南、贵州、山西等省,这些乡村学校所处的地貌特征迥然不同,或在干旱贫瘠的黄土窑洞里,或在山青水绿的大山沟里,唯一相同的是:面对我们,每个乡村学校教室里都异常安静,孩子们或在读课文,或在写作业,一旁的老师们,无论是脸颊上刻着岁月沧桑的老教师,还是稚嫩表情如大孩子的新老师,都平静地看着我们这些闯入者,从她们的脸上看不到一丝感情波动的涟漪。这种平静经历多了,我甚至感到平静会变成一种枯燥。

面对我们的摄像机，乡村老师们更多的是安静地坐着。我们搜肠刮肚，不断想挑起话题，可大部分结果是失望的，老师们"不配合"我们的提问。甚至有时候，我们相对无言，任凭摄像机在那里转动。

没有发生过什么事件，没有吸引人的情感故事，没有激动人心的动人情节，没有起承转合等任何吸引眼球的卖点，什么都没有，真的，什么都没有，只有一以贯之的平静的生活。我想，我们在等待什么呢？

对于所有人，时间都是平等的，它慷慨地赐予我们同样的刻度，而我们与她们的感受差距巨大。她们是时间的胜利者吗？因为随着时间一分一秒地推移，她们没有做什么新的选择，生活在一个地方，似乎让时间凝固了。而我们呢？永远在跟时间赛跑，永远在做新的选择。时间就是生命，哪一种生命更有价值呢？

她们的世界不精彩吗？她们的生活不充实吗？她们不成功吗？她们没有看到这个世界的光怪陆离就落伍了吗？很难回答。

在后期机房里，面对大量素材，导演高伟峰坚持给"非地震老师们"更大的时间配额。在片子试映后，观众的一些意见摆到了我们面前。一个突出的意见是片子时间长了，片子前半部记录甘肃、湖南、贵州几位老师的部分"显得拖沓"。

高伟峰导演曾经与我说过，如果片子中没有汶川地震部分，还有没有人看？从逻辑关系看，没有几十年乡村老师们的平静生活中的善良职责，就没有后来的奋不顾身。这个逻辑关系不知能否成立？这个逻辑关系不知能否被社会接受？这个逻辑关系中蕴含的伟大的力量不知能否被我们理解并传承下去？

观众似乎在等待什么——是等待刺激眼睛的夸张的镜头语言？还是震耳欲聋的声响效果？还是起伏跌宕的情节？观众们往往根据以往的观赏经验，所以他们需要积蓄情绪，并在一个或几个感官和情感的爆发点迸发。可是，《老师》这个片子里那几个省份山沟里那些乡村老师的故事非常平淡、非常朴实，全然没有很多观众需要的情绪节点。那么，已经习惯了感官刺激的观众们能接受长时间的平静吗？那么，对影像的平静叙述都没有耐心的观众们，作为一个读者，可能看下去这些更平淡的文字吗？《老师》一书的出版意义何在？

怎么办？

最终，我想起了康典先生曾经对我们讲过的初衷，想起我们在山沟中曾经面对面的那些普通乡村老师。无论如何，我们面对过她们的生活，被她们感动震动，我想，即使是对着这些老师，我们也要将书出版，我们不仅要让大地震中牺牲的老师做主角，也一定要让那些山沟里默默无闻、永远都不会成为社会主角的乡村老师成为2014年出版的一本书里的主角。

# 严泰山老师

我们的车沿着山脊下的公路缓慢地行驶着，放眼望去，偶有的片片绿色夹杂在大块儿的黄土地中，显示了一个个弱小生命的顽强。下地湾小学说它是个学校，却只有两个学生。一个只有两个孩子的学校，引起了我们的兴趣。担任教学任务的老师叫严泰山，一身灰布褂，鼻梁上的眼镜给这位教书先生身上带来了一丝文气，耿直的性格和直抒胸臆的谈吐让我们之间的交流很顺畅。

时间：2011年5月27日
甘肃省武威市古浪县定宁镇下地湾教学点 严泰山老师

## Yan Taishan
Teacher at Xiadiwan Primary School, Dingning Town, Gulang County, Wuwei, Gansu Province

Teachers

严泰山老师：他的学校只剩下一个孩子

# *I only care about teaching, not money*
# 钱算个啥 只要把人教出来就行了

● 严老师是哪年来学校的？

我1986年参加工作，现在已经25年了，一直在本学校工作，也没有外出。在这期间做高年级教学工作，从2009年到现在又任低年级教学工作。

我们这个村子原来有一千多口人，因为我们山区条件差，人都搬迁到安西、景泰两个地方，都走掉了，学生越来越少。结果教育局和学区的领导在我们这里开了个村民代表大会，经过协调之后，三至六年级并到王家水小学，这里就留了个一二年级，就丢我一个人教了，是我自愿留下来的。

我是79级高中毕业的，那时候就想当一名教师，1986年这里差老师，我就考着招聘进来了。招聘进来有个政策，在84年前的全部转正，86年的我们就剩下来了。剩下之后一直没机会往上考，一直当的是民办老师。2000年民办教师取消后，成为代课老师，给的是200块钱工资，一直到07年200多就涨到380块钱，又后头到500块，从去年又到700块，就这么个工资。

● 您怎么没去外边打工？

我的孩子在上大学，老婆在外打工。我心中一直爱这个教学工作，哪怕就是工资低，我爱这一行，所以我自愿留下来，我要奋斗一辈子，我要奋斗到最后。

● 您不抱怨吗？

你说抱怨，也没啥抱怨了，没办法。我的思想就是拿高工资的也是教书，拿低工资的也是教书。我教出来的学生各行各业都有，在我们定宁镇上，有几个学生现在是公务员，还有我们本学区的老师，也是我的学生，并且还都当了领导，调到我们这里来，我还是人家的下属，学生当了领导，我就是他的下属。但是我也不抱怨，谁都是教书，我就是爱这一行，有乐趣，我的孩子就是这个学校，我一直带到六年级。已经选择了这个工作岗位了，我就是问心无愧吧，好好地干下去，干一天就认认真真干下去，再穷不能穷教育，再苦不能苦孩子。

● 就教两个学生您什么心情？

你说就教两个学生什么心情？一开始教这几个学生，心里头有些说不出来的感觉。以前带的孩子多，撤并了以后就剩两三个了，上学期是四个，这学期成了两个了。总之人的心里头有那个说不出的感觉，但是教了一学期之后，觉得两个学生也得受教育。所以说现在心里痛快了，教起来也痛快了。因为贫困山区也得需要教育，只要有一个学生，我们也要认真教下去，再不和别人攀比。虽然我是拿几百块钱的代课老师，和拿几千块钱的公办教师相比，我也问心无愧，已经选择了教学这一行嘛。

严老师在说到"心里头有些说不出来的感觉"时,虽然面色平静,我们还是感觉到他的心酸。严老师教龄已有25年,却还是每月拿700元的代课老师。在很多地方,一个职业的价值往往是以金钱多少作为衡量标准的,甚至某些主流价值观也是如此认为。可在严老师眼睛里,老师这个职业有一个重要标准——问心无愧。

我女儿上大学选择的测控技术,我叫女儿学个师范学院,女儿对教育就不谈。因为我就是她的榜样,一辈子教书就是这个样子,她不愿意。但是我愿意,我爱教育。我外头根本没出去过,连兰州都没去过。出去就得花钱,为了节约钱。

10年前,我带的是六年级的学生。那时候侧重六年级教育,可以说是来得最早,去的最晚,他们顺利地读到初中。我记得是6月2号六年级考完之后,我是每一个学生都问了一下,学生都说考得比较好。但是我心里一直沉甸甸的。后来,卷子阅完了,我骑自行车到学区里去看了一下成绩,我们山上我们学校是第一,全学区12所完小,我们是第三。哎呀,我太高兴了,第一次就到饭馆吃了一顿好饭食,那是我最高兴的一次。结果这些学生相当出色,大学都毕业了,只有几个没考上。现在定宁镇上有一个刚考了公务员。

● 总不能转正,您想过不干吗?

不想干?以前有这种思想。哪个事都非得有人干,我不干,就得别人干。你说我们这里,外地老师调来连水都吃不上,实在没办法。

● 您爱人愿意您现在这样吗?

我和老婆是包办的,也是一个队的,是这个学校读书的同学,是一个班的,家里做主,一块儿的知根知底,结婚二十多年了。老婆想着打工工资高,一天七八十块钱。那时我一个月才挣两三百块,几天就挣你一个月的。我非常耐心地给她说,钱算个啥,只要把人教出来就行了。我喜欢教学,多少钱我也不管的。钱多了我就走掉,我要走了,孩子谁教?我把我的想法认认真真说了,因为我喜欢这个,我已经选择了,不论挣得多与少,我就好好地干下去,并且要干好,这样家里的人也愿意了,她也想通了。我爱人在家,像我去学区开个会,我老婆就指导着娃娃们做作业,从来不给娃娃们放假,她来顶着我,所以她非常支持,儿女们也不说其他事情了,所以我就在这里打算干一辈子。

● 您最大的愿望是什么?

我最大的愿望是转正,如果能成为一名公办教师,那就是我一辈子的最大愿望。汶川大地震当中我们捐了特殊党费,我捐了50块钱。实在是收入太低,如果再高点,我会多捐些。

当时我们就在学校，2点28分地震，我们在电视上看到了，号召我们捐款，开了会，全校我是共产党员，就带头捐了50元特殊党费，捐到村上书记那儿，我是第一个。

连兰州都没去过的严泰山老师最大的愿望是能成为公办老师，可他总是阴差阳错，不是年头没赶上，就是年龄过线，总是实现不了这个愿望。

什么是公办老师？即有国家正式事业单位编制的、可以长期享受由国家财政提供各种薪水福利的老师。中国的代课老师一直是一个情况相对复杂、总有人同情呼吁却难以被体制彻底解决的"老、大、难"问题。

中国最早也最有名的代课老师是孔子。中国历史上春秋时期已有体制意义上的学校，即由地方诸侯创立的学校。孔子曾经当过级别不低的鲁国公务员，但他主张的政治抱负并未实现。他所创办的民办学校并无固定校舍，却名噪一时。政治抱负让他成为一个周游列国的"游师"。他的经历很独特，充满坎坷却锲而不舍。他在不断周游列国中丰富了自己的思想体系，也在周游中接纳教授了大量学生。孔子的生活来源是学生们不断的实物资助。可以推断，孔子的生活并不富庶，他是自己主动当上民办老师的，教授的内容则是自己毕生创立的儒学。

在当代中国的教育史上，代课老师或叫民办老师是非常重要的一部分，也是需要认真对待却难以彻底解决的基本事实。在中国乡村教育体系中，民办老师是永远也绕不过去的话题，他们支撑了当代中国乡村的基础文明。

其实，对于严泰山老师们来说，成为公办老师，不仅仅是自己未来时光的各种生活保障得到落实，有了保证，更重要的是自己长期劳动的价值被一个国家、一个政府、一个权力机构所承认。在中国，被国家承认意味着被公众承认，由此给代课老师带来地位的巨大变迁、荣誉感和被认知的归属感，这是旁人无法理解的。而现在呢？身为代课老师，严老师甚至无法在自己孩子的前途上有什么发言权，父亲的境遇，可能会成为女儿一生的教科书。即使严老师再怎样用"心"去教授孩子，毕竟现实是残酷的。

能享受国家的体禄，代表国家意志从事教育工作，不知是多少个已经从事了大半生代课职业的乡村老师一生永远的可望却不可及的人生目标，直至有一天他们老了，只得无奈地离开教室和孩子们，而年龄和身体又使得他们无法应对新的生存技能和环境……

## 郭积才老师

中国西北地区地貌的重要特征是贫瘠干旱，我们一路走着，满眼是裸露的黄土。站在程家窝铺初小的操场上，望着这个木板钉成的篮球架，我们愈发感到这里生存的艰难。

时间：2011 年 5 月 27 日
甘肃省武威市古浪县定宁镇晓光村程家窝铺初小

已退休的老校长  郭积才老师

**Guo Jicai**
Teacher at Chengjiawopu Primary School, Xiaoguan, Dingning Town, Gulang County, Wuwei, Gansu Province

Teachers　　郭积才老师：下决心 修个不漏雨的教室

# Detemined to build a classroom free of roof-leaking
# 下决心 修个不漏雨的教室

● 到学校的路很难走啊？

到学校的路很难走吧，本来路就危险，现在人都走了，没人维修。这里石崖太干旱。我们这学校以前学生特别多，有100多。到最近五六年，年年庄稼没收成，有些年轻的带孩子到外面打工去了，我们学校的学生一下就没有了，100多现在剩下30多了，家里留的都是老汉，娃娃都少。

我在这里都教过，缺什么课没人上我都教，语文、数学、思想品德、科学、音乐、体育都教。我在武威上的师范学校，后来一直在这儿，我88年到这个学校，来的时候，房子不是这样。89年学区组织中心校质量竞赛考试，那时房子屋顶风化得不行了，人也上不成了，一踩一个洞。考试时我刚来，天气下雨，下来的雨水把课桌都打湿了，学生试卷也打湿了，没办法考试，由于屋子漏雨，考试被迫中断。打那以后，我就下决心要修个不漏雨的教室，让孩子们在不漏雨的教室上学。

村里年轻人都走了，我家里儿子走了，我有三个孩子，一儿一女外出了，他们到瓜州去了，包地种棉花，收入比这儿好，一年收入两三万。像去年，庄稼种下了，没收入。近五六年了这里收入是劳动力外出打工，找些好点的活儿，做工挣的钱多些，农业这几年直接没收入。

● 您怎么没有离开啊？

孩子们说了叫我也去，我想着几个孙子都在这里上学，上了个半拉子，我想了让他们小学上完，上初中时就到外面去。去年3月份我也退休了，我在这个学校几十年了，我走了以后，学校没人负责了，找来的老师没有受过专门的师范教育，业务上教学上不太熟悉，我经常来给他们帮一帮，指导一下，怎么上课，怎么备课。

我的孙子今年12岁了，上五年级，我今年63周岁，工资现在国家发的3100多，挺不错的。我们这个地方，像我这个条件的就比较优越，高收入。最近几年儿子叫我走，我还放心不下这个学校。我这一退休，学校也没一个正规老师，我想着这个学校修建的时候，这个大门都是我亲手做的，看着修起来的，好像我走了，学校就瘫痪了。现在暂时就这样迁就着、维持着，让他们熟练了，工作放心了，以后再走。

我老伴经常有病，今天就看病去了。她看病去，家里的一些家务活就我干，我是干教育工作的，家里农活没人干，就她一个人支撑，劳动损伤，现在疾病特别多，腰、腿、胳膊都疼。我们的问题就是几个孙子，儿子出去打工，一个人没办法生活，也是种地，不像单位上打工，还有灶吃饭，她种棉花，还得一个人做着吃饭，思想压力大就在这儿，孙子的负担全在我们两个身上。

● 您哪一年当老师的？

我工作42年了，68年我就当老师了，当时我还上中学呢，"文革"后期，兴起大办教育，我们这个地方有文化的人少得很，文化落后得很。我上中学的时候，我们村上的书记想着办个小学，附设个初中。一附设初中，教师就差了，他就动员我的父亲，我一回家父亲又动员我，咱们这地方没人教书，没有个有文化的人。那时候搞"文革"，学校也没上课，我就回来了。父亲再三动员，还是回来为乡村办教育，书记也家里来了好几趟，说你就来教书吧。当时也不景气，学校里不上课，搞革命，不上课，学校和社会区别也就不大。当时我上学时成绩相当好，考中学出的榜，我的眼睛得病，戴眼镜。父亲非常热情，看考了多少，考上了没，墙上贴着榜，我看不到成绩。我想着我是农村的，城里的同学穿得也好，人也看起来亮沙沙的，肯定比我好，我没敢看前面……

结果考了第一名。后来父亲动员我到学校来了，一开始是民办教师，报酬就是大集体劳动一天，记10分工分，这就是你的报酬。我父亲干什么都非常要强，经常鼓励我无论干什么都要干好。最后社会推荐，让我上了师范学校，71年上的，通过师范上学，转成正式教师就拿工资了。

我曾经有过反复。我的同学在行政上，说干教育不行，他们推荐我到行政上去。他在县上组织部，专门给我写信，叫我到行政上去干。

那时干了几年这个工作,和孩子们有了感情了,离不开,不愿意去。他们刺激我,说你教书的,家有三担粮,不做孩子王,当教师下九流等等的,要打消我的顾虑,按他们的意图走。反正他们没有打动我的心,一直干到现在了。

有一个学生他不爱学习,他在家里父母亲逼迫他,他就出走了。我和现在的马校长到处打电话。他跑定宁那边乡里去了,中心校的校长电话把他叫回来,到晚上8点多,马校长骑摩托车把他带上来,给他父母亲做思想工作。他们的教育方法不对,给孩子施加压力,现在孩子初中出来,不念书打工去了。

着急学生就是我们的责任,学生没有了,就是我们没有教育好,思想工作没有做到家。我车祸不下10次,有一次用农用三轮车取书去,车摔翻了,把我压到车底下,那次差点把命都没有了。车压到胸脯上,脊椎也骨折,胸脯压塌了,肺挤烂了出血,当时吸不上来气,个人感觉可能就没救了,坚持到医院输氧气。一查,左肺挤烂了,三根肋骨骨折,右肺被肋巴捣烂了,呼吸非常困难。

郭老师讲到自己"经历的车祸不下10次"时,语气很平静。在他看来,为学校受伤没有什么,是乡村老师生活的一部分。乡村老师身上的伤痕即是他们荣誉的见证,也是铭刻在当代中国乡村教育历史上的重要印记。

2001年出的事,现在10年了。前几年不成,上课站着脊椎骨酸疼酸疼,教课站不住,有时候放个凳子坐一下,指导学生做作业。实在没办法,或在墙边靠着,顶一下,压一下,休息一下再坚持。有时天阴下雨有感觉,平时没有,干活时间长一点就不行。

家里现在出不去，一天离不开，我看地种不成了，不种地仅仅靠我的那点工资不行，我想着孙子们再大些，上高中的时间到县城去，租个房子，伺候孙子们念个高中。现在不种些庄稼，钱花光了，租房子，或者生活上就没办法维持，种庄稼就节省一些钱，积攒些资金，明后年就过去，就这么个打算。

郭老师靠着学校那个破木板钉成的篮球架，看着自己工作生活了几十年的学校，眼中充满了眷恋与不舍。乡村老师们不仅把学校当做自己任职工作的地方，还当成了自己的家。

● 您怎么找到马校长的？

现在这个马校长的父亲也热爱教育事业，让他来。他拧不过他父亲的意愿，可他又走了。

秋收的时候第三次回来，他的父亲再不让他走了，因为他的妹妹已经嫁人了。他的妹妹一出嫁，这个学校里头就差一个人了。他父亲说，他的女儿要出嫁，他的儿子就顶他妹妹的工作。他的父亲是个热心人，留他，我也给他做思想工作，让他自学自修，以后创业发展有前途。他来了，干了几年，也动摇过。就在我临退休的前三四年，他觉得工资低，不想干了。我一想，这个家伙怎么样，我还把他留不到我退休的年龄。于是，我找中心校的校长谈一下。我说，我的校长让马老师当吧。他说，那不行，马老师是我们临时聘请的老师，领导工作不能叫他来干。后来我又找中心校的校长谈，我说我的目的不是说叫他当校长，工作完全由我负责，但是我把校长的这个帽给他，留住他。将来我走的时候，这个学校还有个接班的人。如果没有的话，我一走，这个学校就散了，再没人管了。最后这个学区的教委主任，他说你的意图对着，中心校的校长也没讲头了。我说，为了稳住他的心，给他发文。会议也开完了，文也不好发，写了个便函，通知到这里来了，他就想走也走不了了，把他就拖住了，就拖到现在，以校长这个名誉把他拖住了。

老校长郭积才已经退休，站在那里像一个饱经风霜的老农民。让教室不漏雨对于一般学校来说不是问题，可对于几十年前刚刚来到这个学校的郭老师来说却是当时他遇到的最大困难，无钱无料，只有自己想办法解决。乡村老师以顽强和坚持使得无数乡村学校得以维持下去。前几年郭老师快退休时，为找到一个能接自己班的新老师，又成为他最大的心病。为此他费尽心机，因为没有老师，程家窝铺初小就将关门了。说到用校长这个"帽子"拖住新校长马治宗，让他继续留在学校的情景时，郭老师得意地笑了，露出了狡黠的神情，我们却感到其中的一丝苦涩。

作为同村人，郭老师应该很清楚马治宗老师的处境。其实，一个校长的"帽子"根本拖不住马老师，在一个生存极其艰难的环境里，养活自己和家庭是每一个男人的首要责任，马老师之所以留下来，一定有其无奈的原因。

# 马治宗老师

时间：2011 年 5 月 27 日  甘肃省武威市古浪县定宁镇晓光村程家窝铺初小  马治宗老师

**Ma Zhizong**
Teacher at Chengjiawopu Primary School, Xiaoguan, Dingning Town, Gulang County, Wuwei, Gansu Province

# I was asked to find a teacher and finally took over the teaching as my own work
## 村里让我找人 我想成了自己的责任

● 没想到这里这么苦，您是本地人吗？

西北都是这个样子，我是本地人，祖祖辈辈都生活在这里，从我出生就在这个地方。我今年32了，小学就是这个学校，我们上学的时候，还不是现在这个样子，特别破烂，不是这样的瓦房，纯土块码到一起的。我小时候一直就在这个地方生活，外面的大场面也没见过，豪华的地方感觉也就这个样子。

我上小学四年级的时候到那个上面王家水，初中毕业后到我们县上高中，高中毕业后去过外面，新疆、银川这些地方。外面确实要好得多，2000年毕业之后，在外面两年打工，然后家里叫回来结婚。结婚之后，我们这里学校老师缺乏，让我教书，03年就到这个学校，到现在7年了。我爱人就是这个附近的，离我5里远的路程，之前不认识，父母包办婚姻，我们都是，我们这地方的人一般都是这样，不经过婚前了解或者见面。

我们这地方父母思想比较守旧，所以不在外面领来一个或谈一个，父母种地的，爱人也是种地的，我也种地，闲的时候还在地里干活。有3个孩子，一个男孩两个女孩，小的5岁，大的7岁，在这里上学。孩子们以后怎么样也想过，感觉先在这地方住着吧，等到初中上完以后，再到外面去吧。

● 想出去吗？

想过再出去，确实是这样想，但是在这个学校干了7年了，感觉就是想走也不能走了，有了感情。觉得外面跑了几年，外面打工的生活也不好过，如果没有熟练的技术，到外面也不容易。

跟孩子们有时也讲在外面的事，生活在我们这里的小孩，你讲他也不懂，不了解。因为每天都处在这样的环境，他们跟我们小时候那种思想一样吧，生在哪个地方，哪个地方就好。

现在的孩子感觉他们比我们聪明得多，尤其是通过电视上看到的一些，了解的一些。孩子他们从来没有提过出去，就是生活在这个地方，外面的世界还是不了解。带孩子们出去，他们想到的就是到我们县城去玩玩、看看。有时星期天带他们买点衣服什么，骑摩托或者坐我们这里的农用车去。

● 听说您在参加自学考试？

从去年开始我才参加自学考试，成人自学考试，汉语言文学，过了6门。现在收入一个月850，都一样。其他靠种地，一年三四千元，这就是我们的生活。我有个妹妹，出嫁了，他们在外面，在嘉峪关。过去他们也在我们一个县，成家以后，妹夫在那边，然后她就跟到那边去了。她比我好，比我挣得好，一个月在5000左右。他们也经常动员我到外面去，我感觉现在家里面累赘太大，孩子太小父母又老，没办法走。我上高中的同学都考学了，我2000年念完就没上，没复读，就打工。

同学有的在教育上、行政上、公务员，大部分在教育上。家里要求我上卫校，感觉自己不喜欢那方面的专业，就是想上高中。上高中时说，如果上3年高中出来，考不上大学，我就打工。因为那时候我们这里各方面生活条件特别差，为了减轻父母负担，我就走。第一次高考考得不好，我就出去外面打工。

高考差100多分，我一直希望当兵，干个警察，上个军校。来的时候高中刚毕业，老校长这里还有三个老师，都是我们村里周围的民办教师，他们的工资待遇都特别低，家庭生活困难，干个一两年就不干了。因为在学校教书没啥出路，临时找上的人，工资低，家里生活越来越没办法维持，他就只能到外面打工，都不干了，继续在村子周围再找，每年都是这样。

谁也没有维持上十几年或者多少年，根本没有保障，没办法保证生活，他们就不干了。我高中毕业的时候，老校长还有村主任到我家找我，让我来教书，我刚毕业时不想干，想到外面打工干活。我到外面两年的时间，忙时在家种地，忙完再到外面打工，干的都是工程上出力的活儿，干了两年，年龄越来越大，家里大人让我回来结婚，然后我就回来。我特别听家里人的话，他说怎么就怎么，回来跟我媳妇结婚。他们又找我，我还是不想干，因为那时学校的工资跟外面打工的工资相差特别大，刚进学校，一月300块钱，外面打工最少一月也得1000左右，差得太多。找了3次，第一次我没干，第二次就犹豫，家里人也让我干，还是不想干，然后把我的妹妹招进来，她也刚初中毕业，她干了3年。3年之后她也要结婚，嫁到外面去，然后又没人了，又找我。我觉得结婚以后，外面出去不方便，家里面需要照顾，有些活儿没人干，就想着进来干着，一边干这个工作，一边能够帮着家里干活。就这样，03年的时候进来一直维持到现在。03年一月300块钱，干了4年左右涨到450，一直到现在七八百块钱，干了7年时间。

● 现在的收入够维持生活吗？

这些收入不够维持家庭生活，干到今年的时候，原来是四年级，有四个人。前年整合，小的学校集中到一起，我们的四年级就撤到王家水，就剩3个班。

我就一直跟着老校长干到他去年退休，就剩我，每年都是招人，招的人特别多。本来跟我一起的不是她们俩，是另外两个姑娘，人家要出嫁，出嫁以后找不上人，上面他又调不过来人，村主任也说让我找人，我也委托他们在村子周围找，我们找是绝对不来，再说也找不来，工资太低。就我找的她们两个：一个是这个小姑娘，她也是上了个技校，上出来了；还有一个刚开学时不是我媳妇，是我们一个村的姑娘，我找来干了两周的时间，她们家要搬家，搬到兰西去，然后她就跟着家里走了。那时候刚上了两周，学生没人教书，我就跟学区打了电话，怎么办？他们再找，那时候根本就找不上人，为什么找不上？想干的人都是姑娘，男的已经到外面打工去了。我们这儿过完年有两个月时间没事干，到外面打工，然后就回来种地，这时候正是他们出去打工的时间。没有人，就把媳妇找来了。媳妇她农忙时在家种地，农闲了到外面打工，她去敦煌、新疆打工，拾棉花，啥活儿都干，就这样。外面虽然苦，但工资比这里多得多。

媳妇当老师收入减少了许多，外面一天八九十，一个月两千四五，在这儿700元。她想放弃，找不着人来，叫我负责这个学校，我也感觉找不到人来，没人来，我只能叫她，她也不愿意来，来这里生活怎么过，最后没办法，只能找她。干的时间长了，村里让我想办法，我想成了我自己的责任了。她也想着这一学期完了，她也不干了。

我们的情况是每年都有搬家的，不愿再在这地方待了，感觉这里又苦又累，而且没有收入，一年下来，生活没办法过，他们想到更好的地方去。她们家也是一样，我们这地方的人实际上不稳定得很，每年搬家的特别多，都想到外面去过更好的生活，像我为啥不去，三个孩子，两个老人，出去靠我们俩人……感觉就是先在这地方待着。

● 美好的生活是什么样的？

美好的生活想是想过，感觉没那个能力。处在这个环境中长大，普通人，普通老百姓，就这样能够维持生活，把我们的孩子养大，希望叫他们好好学习就行了，我们多苦多累不在乎，就是这个想法，感觉自己再怎样折腾没有啥前途，好像没有上进心了已经。

我现在是学区临时招的，7年了。它现在如果说不要你，马上就可以一句话不要你，在县上，政府没有我的名额。经常想着不干，经常有这个想法，这个学期完了就不想干。虽然工资少，但是拿到奖牌时候，又有些成绩，就这样混吧。就这想法，也没有任何人强迫着我们干，只能就是生在这个地方，出去也困难，在这个地方也困难，还不如在这个地方先叫孩子们上学，正是他们上学的时候。

马治宗老师有着西北汉子的耿直质朴，不隐瞒自己心里的想法。他的话让我们心里沉甸甸的。可能过一段时间，马老师也会离开学校，这是他自由和正常的选择，因为这样的生存环境，换谁也难以坚持。我们没有鼓励马老师继续留下来，面对看到的一切，我们没有资格说这样的话。

# Look at these kids, they are all eager to go to school to learn
## 你看看那些娃都想念书都想学

● 马校长来学校还把你带来了？

他是没办法，当时如果郭校长退休了，这个学校就可以说没有人管了。我们这个地方讲究一点的，他就到外面打工去了。再说我们这个地方上学的、念书的、考了大学的、学历高的，都到外面去了。郭校长当时说，我老公考大学的时候没有考上，文化程度还行，他就看中了。他就想着叫我老公把这个学校管理起来，毕竟我们这个地方的娃们如果没人管的话，上王家水上学的话，远得很，没法去。

他不愿意来，因为现在的生活现实就是这样的，物价高，工资那么低，他就不愿意干。其实，有的时候我也不太愿意叫他干。但是，他想着这些娃们，就干吧。

● 以前你在哪？

之前我就到外面打工。开始我也不想到这里来干，刚开学的时候，是另一个姑娘，说是叫她干，她干了两星期吧，她们家在这地方不住了，搬到安西了，她跟着搬走了，我们这地方都往外面搬着呐。那时候就没人了，没人到这个学校来。我的老公就说，万一不行就得你来教。我不愿意干，我也跟他说过好几次，我就说我也不想在这里面干，比上他我文化比较低嘛。他就说你干吧，你如果不干，这个学校现在我在管理，如果没人干，这些学生们的课上到半路，不能丢下。我也想了，反正你说是刚开始不干就不干了，如果教到半路的时候就不教了，娃们真的不行。其实安到谁的身上，谁也想一想都不行，你看看那个娃们，都想念书，都想学，半路上没老师，唉……

唉——悠长的一声叹息，里面包含了太多的含义，这其中有在自己丈夫面前的顺从，有承担教育下一代的母亲的责任，有对未来改善生活的殷殷期许，而更多的是爱，是对自己家孩子和村里孩子的爱。

● 家里支持吗？

其实我们家里的人，我的公公、婆婆也挺支持我们的，他就说干就干吧，像我们家的许多农活，都是婆婆干着，我们到星期天的时候

# 杜国兰老师

乡村老师的家与一般村民的家没有什么两样,因为乡村老师另一个身份就是农民。走进马治宗老师的家,四周收拾得干净整洁,感受到女主人的勤快。等见到马老师的妻子杜国兰时,更感觉她是一个温柔贤惠的妻子。她也是乡村老师。在乡村,夫妻同为代课老师并不鲜见。我们问她,你丈夫被老校长劝到学校任教,怎么把你也带进来了?杜老师无奈地做了回答。

时间:2011年5月27日
甘肃省武威市古浪县定宁镇晓光村程家窝铺初小 杜国兰老师

## Du Guolan
**Teacher at Chengjiawopu Primary School, Xiaoguan, Dingning Town, Gulang County, Wuwei, Gansu Province**

就要帮着干。反正也没有办法,他已经把这个学校管理上了,就干吧。如果我们这个地方的娃们将来念下书了,有啥大的出息,我们也觉得值得嘛。我看我们这个学校的学生娃们也都聪明得很。我就想着,学生们都到半路没有人教了,你说怎么办呢,想开也就不太那个了……找不到老师就得代,有些人嫌这里的工资太低,不想干,尤其现在姑娘们小伙子们,他们出去到外面,外面的世界比我们这地方好得多,他根本就不想在这地方待,我也不想在这个地方待。

反正我们农村人嘛,生活必需品就得买。在我看来,我们农村人的条件比较差,收入也比较低。

杜国兰老师:你看看那些娃娃,都想念书都想上学

# 潘凤梅老师

时间：2011年5月27日
甘肃省武威市古浪县定宁镇晓光村程家窝铺初小

潘凤梅老师

## Pan Fengmei
**Teacher at Chengjiawopu Primary School, Xiaoguan, Dingning Town, Gulang , Wuwei , Gansu Province, Gansu Province**

潘凤梅老师：感觉他们没考好 就是我自己没教好

**Teachers**

# *I blame myself whenever they don't do well in exams*
# 感觉他们没考好 就是我自己没教好

和杜国兰老师交谈时，我们听到了同校小老师潘凤梅的事。杜老师告诉我们："本来她不想在这地方教书，可是这里没老师，学生没人教，她没办法就留下了。"可能是很少遇到生人，潘老师开始还有一点儿腼腆，后来我们渐渐熟悉起来。潘老师说她想出去打工，想学个技术，有个好一点的工作可以多挣点钱，给妈妈看病。我们问，是不是很羡慕别人在外面？潘凤霞老师没有回答，她沉默片刻，垂下头，擦起了眼泪，随后又慌忙掩饰，并低声对我们说"不好意思"，坐在一旁的杜老师也擦起了眼泪。

● 工资够花吗？

工资够用，反正平常都在这里面，村子里没有处花钱去。给妈妈治病钱不够……学生考试的时候，我比学生还紧张，觉得心跳，担心得很。第一次考试特别紧张，他们考的时候，我就看他们考得怎样，以前我考的时候都没有这么紧张，反正感觉他们考不好就是我自己没教好。

● 教课中有好玩的事情吗？

像我们一年级的娃们特别小，爱听故事。如果说在星期五的周会上讲故事，他们就特别高兴，我们上语文课的时候也有特别好玩的。前几天我们上《称象》。曹操跟他的儿子和他的官员们在称象嘛。我就跟他们讲，讲的时候他们没有听懂曹操的官员是怎么怎么的，我跟他们没有用上课那种的语言跟他们说。我就说，曹操的官员们全是草包，他们一个都想不出来个好办法，只有曹冲，他只有7岁，一个小朋友，想出了好办法。

一下,学生们就笑开了。我说曹操的官员们都是草包,这个"草包"他们没有听过,也知道不是好话。他们就问"草包"是啥东西,我又给他们解释不清楚草包是啥东西,我的脑子不行,想不出好办法,他们就全笑了。

昨天上课的时候给他们讲一个句子,把一个"把"字句改为"被"字句。他们一年级,刚开始他们不太理解,给他这么讲他也不理解。一个同学说是"我把白菜吃完了"。他改被字句的时候,他又改的啥,"我被白菜吃完了"。全班的学生都笑了。有的懂得,有一个是留级生,他就懂。他就说,你说白菜吃你还是你吃白菜,全班同学都笑开了,我就没办法讲。反正有的时候我们的课堂也不一定就是用这个准确的普通话。我就说你再不懂,你可以想一想,我们重说一个我们家里的,我们生活中的句子。你说一个把字句:驴把我踢了一下,可以改成,我被驴踢了一下,不是对了吗。好像我这么一说,他就懂了,他真的懂了。他说,噢,这么说就把句子的意思说清楚了。但是写的时候,我们卷子上的答案,你可以用另外一种方法写出来,那就懂了,学生们就全部笑了,全说驴把我踢了一下,我被驴踢了一下……没办法给他说了,很可爱吧。

说到给孩子们讲解语文中句式的变化时,刚才还心情沉重的小潘老师像一个欢快的女孩子笑了起来。我们心中仅仅掠过一丝欢喜,又立刻被现实的残酷和绝望攫住,无助、无力、无奈几种感觉交织。

小潘老师去给孩子们上课了。站在简陋的教室外,我们听着孩子们大声朗读课文《太阳是大家的》:

西边天上的朵朵白云,变成了红彤彤的晚霞,从东山上升起的太阳,到西山上就要落下!一天中太阳做了多少好事:她把金光往鲜花上洒,她把小树往高处拔;她陪着小朋友在海边戏水,看他们扬起欢乐的浪花……太阳就要从西山落啦!她要去哪儿?她要趁人们睡觉的时候,走向另外的国家。在别的国家里,也有快乐的小朋友,也有小树和鲜花。我知道,此时,那里的小朋友和鲜花,正在睡梦中等她、盼她……

孩子们读书的声音从教室里传出来四溢散去,清脆的童音甚至激起我们心中的点点诗意。大西北的夕阳将四周照射得一片金黄,那不是即将收获的麦田里起伏的麦穗,也不是颗粒饱满的玉米秸,而是鲜见生命活力的黄土大地。孩子们在读《太阳是大家的》,他们只知道一个太阳,她就在其时我们共同的头顶上,可我们这些过客们应该将手掌抚住前胸,扪心自问:太阳是大家的吗?!

# 杜鸿奎老师

踩着干涸板结的土路,我们来到了又一所学校。因为缺水,稍有微风,灰尘四起,眼前少见绿色,围墙和教室的外貌斑驳陆离,似乎年代已久远。学校唯一的杜老师中等个子,黝黑的皮肤,笑起来更显憨厚善良。

时间:2011年5月27日
甘肃省武威市古浪县定宁镇马路湾小学

杜鸿奎老师

## Du Hongkui
**Teacher at Maluwan Primary School, Dingning Town, Gulang County, Wuwei, Gansu Province**

杜鸿奎老师:我爱这一行 看着孩子们高兴

# *I love theaching, feeling gratified just to watch these kids*
# 我爱这一行 看着孩子们高兴

● 一个人教 9 个孩子不容易啊。

我习惯了，82 年我就在这个地方工作。学校从好到不好，过去学生多一点，现在学生少了，周围的人都搬走了。以前有 8 个老师，学生最多时有 200 多，从 2005 年就开始逐年减少，条件差，老师都上别的学校去了。

● 这里有什么难处呢？

难处就太多了，比如我们这儿条件差，老师吃饭喝水就是最大的问题。喝水要骑摩托 2 公里路程回去喝。苦就苦了阴天下雨，不好走，学生们可一定要来，风雨无阻。最早的时候掏钱找人到前面沟里拉水，拉几桶。去年前年比较旱，今年从春天到现在雨水比较多，不知道以后怎么样。

这里吃饭喝水都难，孩子们来上学都拿着罐罐，自己带水。学校原来有个雨水集流工程，挖过几个池子，池子里有水，但这几年学生少了，用水用不起，就没水了。要说最苦就是这两年，一个人，学生少了，感觉好多工作没法做了。以前老师多，学生也多，不太在意，现在太孤单。

大量青壮年劳力离开乡村，使得村里的孩子日益减少，随之而来的撤校并校，其实也无法解决很多自然村孩子的上学问题。学校的孩子太少，一个老师要身兼各个年级和学科，不仅老师孤单，孩子们也孤单。

● 想过出去吗?

有时也想过离开，不想是假话。但我走了肯定还要来一个人。再一想，我干着还是比较好。有时候阴天下雨，吃不上饭，回家困难，确实想着调一调，到外面去，方便一点。日子过掉了，也就不怎么想了。小时候我们这里老师紧缺，随便找一个文化层次很低的人给我们上课。我们的老师一般是小学毕业的人就给我们当老师。到我们上师范的时候，我觉得我们应该改变一下，自己当老师，提高师资水平。有这样一个想法，想当个好老师。我们小时候上学时，有好多娃娃上不起学，不识字，像我们这辈儿不识字的不多，比我们小的就再也没有了。老师都是本地人，高中毕业，初中毕业，本地学生，初中毕业不上高中就当民办老师，当几年他又不想干了，回去了，再找。我在这个学校里30多年，经常这样的，我是爱这一行，看着孩子高兴。

确实想出去，我们这里确实太艰苦了，农民种地真正是广种薄收，太艰苦了。现在我的待遇也可以，一个月2000多块钱。我刚工作时几十块，2000年后1000多，逐步到现在2000多。我爱人在外面打工，现在不在家，在民勤、金川这些地方除草、种瓜。出去两三个月，收入两三千元钱。我爱人一般是春天种完地就出去，该除草时就回来。看看外面的世界，这里确实有点苦，毕业了哪里来回哪儿去，就这样一直在这里没有出去。如果有机会去外面学校，应该是要去的，毕竟那边的条件好。汶川大地震假如发生在我们这地方，老师保护学生，这是义不容辞的事情，必须要首先保护好学生。

我们问，希望孩子们长大后怎么样?杜鸿奎老师回答：希望他们长大以后，孩子们学到最好的程度，走出去，能上大学。

我们与杜老师的交谈很顺畅，但我仍察觉到他时不时流露出的失落，一方面因为生活条件艰苦，另一方面是因为学生太少了。西北干旱已经很多年，在那里生活的人们已经习惯了，不是那里的人很难体会到缺水的艰难，假如不是有人问起他们，他们甚至难以察觉贫水给生存带来的困境，因为他们已经习惯了。缺水是他们生活中不可缺少的一部分。可对于一个老师来说，学生的日益减少甚至比缺水更让人心情郁结。从教室里满满当当的学生到十几个学生、甚至几个学生，学校的概念和老师的教学实践，都在不知不觉中发生了很大变化。学校合并了，孩子们的伙伴少了，杜老师们的内心也越发孤独。

从另一个角度思考，杜老师们所从事的乡村教育工作，似乎与脚底下的这片土地已毫无关系。乡村老师的任务是教会孩子们最基本的知识和生活技能，以"被迫"向大都市输出劳动力。中国乡村教育的本源和目的到底是什么呢?

因为艰难，杜老师说出去的孩子们没有回来的。有时想想，趋利避害是人的天性，当他或她是孩童时，不知外部世界的模样。可无论如何，长大以后出去的人们，无论是被这个社会认定为"成功人士"还是"非成功人士"，他们都不会回来了。曾经炊烟袅袅的村庄，少了生气；曾经书声朗朗的教室，没了生机。中国乡村政治的版图大部分已经剥落，而乡村学校"被迫"成了造成这种剥落的"中转站"。

# 朱维娇老师

一见面，朱老师坦诚的谈吐和爽朗的笑声即感染了我们。
交谈后发现，朱老师笑声的背后经历了常人难以想象的艰辛。

时间：2011 年 6 月 10 日
贵州省从江县雍里乡雍里中心校

朱维娇老师

## Zhu Weijiao
**Teacher at Yongli Centre School, Yongli , Congjiang County, Guizhou Province**

**Teachers**  朱维娇 老师： 代课老师真的很难啊

# *It is really hard to be an irregular teacher*
# 代课老师真的很难啊

● 朱老师哪一年到学校的？

我是2008年到这个学校的，过去在另一个教学点，坳里教学点。我是1995年开始工作的，现在已经有16年了，一直是教语文课。国家也有好政策，去年我通过特岗考试，进入一个编制了，开始进入正式老师了。特岗老师也不是正式老师，要通过三年的试用期，然后进入正式编制，现在的条件比原来好多了。

原来确实很艰苦，说实在的。我们在另一个村还是比较远的，这是中心校嘛。我们那里是个村小学。我家也是这个乡的，在另一个村，从这儿走回去也要一个多小时。现在我们那条线变成村和乡的交通要道了，如果坐车也要半个小时，原来是走路过去的。家里现在还有老父、老母，还有一个小弟，弟弟现在已经二十三四岁了。我还没有成家。我是1972年的人，快奔40了，原来是工作条件不允许，现在工作有一点点进展了，我觉得现在也还没有找到合适的，也不是要求太高，反正是年纪太大了，也找不到相当的、比较适合自己的人。因为我们这里的人早婚还是比较多的，像我们这种年纪的女人，一般都没有了。年轻时也谈过，但是不成功，觉得不是很满意，然后就顺其自然，一年一年就变老了。我觉得还是顺其自然吧，感情这东西还有责任，身上的负担太重了，其实我也不想踏入这生活，真的是这样的。一旦结婚过后有家庭、有孩子、有老、有小，除非不生病，如果病了就更难过。

我们班有45个学生，三年级，过去带得也多；村小比这里孩子人数要少一点，一般是20多个，也有带七八个的。村小工作比较单纯一点。在村小，接触人的范围更少一点，就是我们几个老百姓，乡里乡亲的就是那几个人，根本接触不到什么人。我们没有住校生，孩子们放学都回家了。来到中心校，住校这一块确实很累很累。

● **您想没想过出去打工？**

我从来没有这么想过，原来这么苦、这么累都过来了，我觉得我可能比较喜欢这一行。确实是真的，一走到讲台上，自己就很自信。但是一走到社会上，自己的生活就还是有一点自卑的，走到社会上自己还是有一点自卑。但是面对我们学生觉得很自信。自卑只是在社会上的某个角度，我觉得在金钱方面，我们确实是太卑微了，你知道吗，当时我代课的时候，物价什么都上涨了，一个月就是那么100多块钱。

现在国家有这个好政策，有特岗，能够转入特岗，生活各方面都改善，现在肯定比原来好多了，但是我仍然羡慕原来那种很单纯的乡村生活，比如说那种原汁原味的，而且山美水美，放学过后也不上晚自习的，也用不着去操心管理学生，然后就自由自在地生活。

● **听说朱老师还在自学考试？**

我在自学英语，也是通过进修学习，校长也特别关心我们，如果不关心我们，可能没有文凭，也没有自学的这个机会，我们根本进不了特岗。进特岗现在也很严的。特岗老师的工资收入比过去要高多了，现在不同的只是还没有进入正式编制，工作方面和正式的老师是差不多的。现在最起码我们在生活方面不着急了，原来我的工资很少的，吃了这一顿很担心下一顿怎么过，那钱都不敢乱用，只要你这个月稍微多花一点，下个月就没有办法生活了。

朱老师在给我们讲述什么是特岗老师时，语调平静。一个长期代课身份的老师，终于有机会进入"特岗"，继而有机会进入公办教师编制，其间经历了多少煎熬、失望、等待、期望……

● **在原来那个学校一个月拿多少钱？**

那个时候我一个月的工资开始是90，然后到180，到2006年时候600。现在我们也还有代课老师，今年通过考试，有一部分人进入特岗了，还有很多志愿者老师，工资也都在600块钱。现在能拿到1000多，还有其他的绩效收入之类的，现在工资是1600多。

未来我第一步先把工作搞好，然后再根据自己的实际情况，找一个和自己性格相同的人，

如果找不到，我也就算了，认了，真的。

两个人在一起生活,如果性格不相同,在一起不如不过算了。最起码他勤劳,这是肯定的,这是最起码的、最基本的。如果这一点条件都没有,可能就不成。这个要求可以说是很高,也可以说是一点都不高。我是比较内向的一个人,只有对我的学生,我才是开朗的。现在各方面都好了,只要你勤劳一点,解决生活问题是不成问题的。就是你没工作,你种田种地一样能够生活得好。现在种田国家还有补贴,你一亩田还要得多少,肥料钱什么都给你。当我们在学校工作繁多的时候,我觉得种田的农民还是最幸福的,早出晚归,他又没收谁的钱,你爱去就去,你爱坐就坐着,谁也不说你,很幸福的。

你问所有的时间都在这些孩子身上了会影响交友吗,我觉得一点都不影响,你有课余时间嘛,只是上课的时候忙。但是我还是很少出去交友,可能也是因为我年纪大,也看过了一些事情,我觉得社会上有些方面我还是比较反感的。所以,你说看人看得不准,一个人我只要看了一次之后,他给我印象不好,我就全部否定了。现在五颜六色的人太多,我也不相信了,如果有缘分就好。我这人很自信的,我勤劳,我根本不在乎他嫌我不嫌我,反正我这人就是这样。其实心里话,当时我年轻,而且自己也有一份工作,我确实一点都不想成家。如果要说我成家,可能也是为了父母、为了老的那一天,只能这么说。我觉得现在过得自由自在的。

● 没有想过干别的吗?

我一直想当老师,我这人就是这样,除非我不做事情,我一旦做了,我干哪一行,我一般都是很难改变的。你们从我的感情方面就能够看得出来。我们代课老师也是经过很多次的淘汰过后,又通过考试才留下来的,其实也都很不容易的,现在像我们乡、我们县还有很多代课老师,他们都在艰苦的环境生活中,都是教学的,有些老师已经成家了,有些还没有成家。老师们也尽量地去争取、去学习,有国家的好机会、好政策的时候,以后如果不代课了,

最好就不用代课老师了，代课这一块真的很难过的。可以说我是很坚强，如果我不坚强，我早就退下去了。如果以后你不是正式老师，我觉得最好不要代课了，这一块太难了。我们这里还有很多代课老师。

其实教育局也比较关心我们代课老师的，教学的又必须是代课老师，虽然在工资上低，但是他们的为人师表都是比较好的。代课老师任劳任怨，同工不同酬，他工资那么低，但是他的工作仍然和公办老师的工作是一样多的，大家也没有什么怨言，这是难能可贵的。任劳任怨十年20年的，现在20多年的代课老师都还有。我觉得我们代课老师怎么这么能够忍受，真的是这样。其实大家都很辛苦的，代课老师确实工资太低了，如果能够有社会的好心人经常能够帮助他们才好，我进修的时候一个月才90块钱。

代课老师与公办老师的"同工不同酬"并不是秘密，代课老师以承受多年的"不公平待遇"支撑了几十年的中国乡村基础教育，任何无视和抹杀这一壮举的言行，都将被历史谴责。什么机构、什么行动，才能部分或全部解开这个延续至今的历史死结呢？

朱老师在讲普遍意义上的感情、爱情，讲到组建家庭可能碰到的难处，我们却想到了"身份"的不确定性给代课老师带来的窘境。很多乡村老师在本地并不算是一个知识分子，走上讲台她是教师，走出学校她还是农民。老师的这种代课身份使得未来生活毫无保障，当代课老师年龄大了，被"清理"出教师队伍时，她已没有别的生存技能，仍然生活在本地的底层。没有"公办"身份的婚姻是不是更难呢？

一路上代课老师似乎是个绕不过去的话题，而每次必问的收入问题也让我们有些为难。可每次问到一个月挣多少钱，代课老师们都很坦然，从不避讳。

朱老师已经幸运地进入"特岗"，这个位置是"准公办老师"。已经快40岁的朱老师终于有了盼头，站在了"公办老师大门"的门口。从1995年的每个月90元，到2011年每个月可以拿到1000多元，朱老师其间经历了怎样的困苦，我们无从知道。即使今天拿到1000多元，朱老师仍旧觉得有卑微感。代课老师在课堂上的自信与其在社会上的自卑，对全社会是个说不清结果的"示范行为"吗？这两种不同的心态在代课老师身上，也在课堂上展现在孩子们面前，对孩子们的影响是什么？在社会上显示后，对社会的示范作用是什么？这种收入低的卑微感应该是几乎所有代课老师内心深处的结。谁也知道，老师的卑微感并不是由于懒惰造成的。

一个公办老师的名称，它不仅仅与收入有关，更是与身份被认可、做人的尊严、老师的自信、在孩子们面前的榜样心理等等都有关。

# 韦玉连老师

沿着一条泥泞的土路，我们来到了贵州省从江县秀塘镇
眼前是一幢由木板搭建的土楼，这是一所学校，
名叫打秀教学点。跟着韦玉连老师踏上晃晃悠悠的楼板，我们上了楼

时间：2011年6月9日
贵州从江县秀塘镇打秀教学点　韦玉连老师

## Wei Yulian
**Teacher at Daxiu Teaching Site, Xiutang, Congjiang County, Guizhou Province**

# I do enjoy to be a teacher
# 我就爱当老师

Teachers

韦玉连老师：我就爱 当老师

　　韦老师领着我们在小木楼上的几间房中间转着,望着四周简陋和寒酸的陈设,我们不知说什么好,而韦老师却饶有兴趣地介绍着教室、办公室、伙房,我们从中可以感受到她内心的快乐和充实。

● 这个楼是什么时间建的?

　　这个楼是1974年建的,1975年就可以进到这里来上课了。那个时候我在这里读初中,然后我就去乡里的镇中学,又回到这里来当老师。现在二年级的学生三个,一年级的六个。有五位同学是这边的,还有四位学生是我从家那边带过来的,晚上要带回家,早晨要把他们带到这里来。

　　孩子们中午在这儿吃饭,那边跟我过来的都在这里吃,因为他们带饭来,有时候带点小菜,我在这里煮了有热水,他们就等着我煮出来跟我一起吃。我没在这里住,我带着小孩回家。有时候午休在这里,趴在桌子上睡就可以了。旁边还有一间房是放图书的,这儿的小学校也没什么图书,档案室也在这边,有孩子们入学的情况,还有村里扫除文盲的资料。这边是学生在校生的资料,老师不仅教咱们适龄儿童,还扫除文盲。那些没有进过学校的青壮年文盲,我们也当老师,这是义务,抽出时间,有时候星期六或者晚上,帮他们多认几个字。村里现在文盲基本上扫除了,我去敲课钟吧,上课了。

　　我们站在教室一边,看着韦老师上课。

　　狭小的教室里,韦老师带着孩子们开始朗读第29课《手捧空花盆的孩子》。听着韦老师和孩子们的贵州口音,不知为什么有一种十足的亲切感。

　　很久以前,有位国王要挑选一个孩子做继承人。国王吩咐大臣,给全国的每个孩子发一些花种,并宣布:谁能用这些种子培育出最美的花,谁就是他的继承人。

　　有个叫雄日的孩子,他十分用心地培育花种。十天过去了、一个月过去了,花盆里的种子却不见发芽。雄日又给种子施了些肥,浇了点水,他天天看啊,看啊,种子就是不发芽。

国王规定的日子到了,许许多多的孩子捧着盛开着鲜花的花盆涌上街头。国王从孩子们的面前走过,看着一盆盆鲜花,脸上没有一丝高兴的表情。突然,国王看见了手捧空花盆的雄日。他停下来问:"你怎么捧着空花盆呢?"雄日把花种不发芽的经过告诉了国王,国王听了高兴地拉着他的手,说:"你就是我的继承人!"

孩子们问国王:"为什么您让他做继承人呢?"国王说:"我发给你们的花种都是煮熟了的,这样的种子能培育出美丽的鲜花吗?"

韦老师:你们说煮熟的种子能培育出鲜花吗?

同学们:不能。

韦玉连:你看,所以就出现了空花盆。那么这个空花盆他怎么样啊?他很老实是不是?很诚实。刚才我说的那个狼来了恰恰相反,他撒谎。他说狼来了撒谎,空花盆的孩子怎么样啊?他诚实,他是个诚实的孩子。所以,我们学这篇课文的时候,要学习这个雄日的诚实,小孩从小就学诚实,你撒谎习惯了,到你长大了还是个撒谎的孩子,很不好。我再讲一遍,等一下我们就一起来看看会读了没有,会读了再读,不会读哪些生字,我们再来学那些生字。我教到哪个字以后要看到哪个字,等一下过去了以后不知道那个字是什么字哦。

韦老师教孩子们认字,也教孩子们诚实的重要性。

我们站在这座简陋的木楼下,听着孩子们的琅琅读书声,向四周望去,近处的民房鳞次栉比,远处的田野中,赶着牛拉犁的三两农夫隐约可见。回头再望一眼面前的小木楼,想想,中国的乡村还有多少座这样的木楼,它们传承了不知多少代的诚实、担当的美德,这是我们的先人对后代的教诲和嘱托。今天,我们的心中还有这样的木楼吗?

中午的时间到了,韦老师在"学生食堂"地上的灶台放上一个锅,生火烧水,不一会水开了,韦老师在锅里下了一些像挂面一样的东西,我猜那不是挂面,可能是我们在许多乡村小学里见过的人造蛋白粉制品或红薯做的粉条。韦老师从一旁拿起一捆洗干净的韭菜,用手撕成几段,放到锅里,又放了一些盐,搅拌几下,孩子们中午的"菜"便做成了。

韦老师走到窗户前，与窗外的谁说了几句话，意思是吃的不够了，你不要回来了。我们一问才知道，那是韦老师的丈夫。

"吃饭喽！"韦老师大声叫学生，七八个孩子鱼贯而入，围坐在小木桌旁。韦老师将锅里煮熟的韭菜盛到一个大碗里，将碗放到小桌上，孩子们拿出自己带的米饭，吃着饭，伸出筷子夹着盆里的"菜"，大口大口地吃着这碗没有什么营养的午饭。

打秀教学点学生食堂里一片寂静，偶尔传来孩子们吃饭的声音和他们小声的交谈、嬉笑声。韦老师也坐在一旁，手里拿着一个碗，边吃边看着孩子们。她眯缝着眼睛，目光中透出深深的慈爱。

我们站在一边，眼睛红红地，看着孩子们兴高采烈地夹着只是有些盐水的煮韭菜，大口地吃着饭。我们心里生出一股莫名的悲伤和惭愧，我们不知道孩子们碗里饭菜的味道，我们甚至没有勇气去尝尝这碗饭。

我们站在距离这个小饭桌不到几米的地方，站在一个喜爱孩子的山区女老师身边，站在一群阳光般的瘦弱孩子身边，站在一个慈爱的妈妈身边。如果今天我们没有站在这里，可能永远也不知道这个山村的许多孩子仍旧吃着这碗饭，仍旧这样生活，即使他们觉得快乐，即使他们在大山里的生活可能永远不会改变。望着这碗盐水韭菜，我们依然觉得，我们每一个人都亏欠他们，中国亏欠他们。

后来的许多天，我们总想起灶台边的这一幕，想起孩子们吃盐水韭菜拌饭时的快乐，想起韦老师为孩子们做饭时忙碌的身影。

这个"最爱当老师"的韦玉连老师给我们印象最深的，是她在吃饭时看着孩子们时的眼神，那是妈妈看着自己孩子们的神情：安静、欣慰、快乐，像一只老母鸡照看自己的一群鸡宝宝。几十年的时间，像韦老师一样的女老师们，从一个稚气十足的姐姐老师，到一个成熟的妈妈老师，直至成为一个和蔼慈爱的奶奶老师。她们在日复一日的操劳中，用几十年的心血诠释着——老师——这个职业的平凡和伟大。

孩子们吃完饭后，我们与韦老师在窗边继续交谈。

● 韦老师还教科学课吗？

科学课是三年级的时候有，二年级没有。这里没有什么体育，体育就是他们拔河、打羽毛球，音乐有时候教他们一点儿歌。美术课让他们画画，画点山、水、画小鸟这些。他们挺爱画画的，教他们画花草，有的还画新农村，搞房子这些。这个老师是我乐意做的嘛，艰苦倒没什么。要是没有我的艰苦，这些孩子就走不出大山，你说这些小孩要他到中心校去他根本过不去，那么他大了一点了，人家读一年级他又大了，他又不肯读，毕竟他跟不上。先在这里教他，大一点再把他送到其他学校去，只有这样。

● 您一直都是代课老师吗?

我一直都是代课老师,一个月600,加上养老保险一年1300,等于说一个月有400多,四百七八十这样。爱人在这里跟他们干活,在后面打工,农民,种田。你们刚才问我有什么存折,我说我有什么,家里面的小孩都在上学,贷款的,还有什么存折?学费都是贷款。现在的政策好,有助学贷款。老大一学年贷了6000,大学四学年贷了24000,他毕业了争取先还利息。老二还在上大二,还有两年,现在贷了一万二,两学年了。准备回来的时候再去贷款,贷款了才能开学。剩下的那些生活费,就是我们家长想办法去借。

生活费我们一学期给他四千左右,手头有一点就给他4000,要不就给他3500,他就节约一点用呗。我们家生活费都是跟别人借,我们的收入都归他们,还跟亲朋好友借,还有我的叔叔,他退休了,我叫他省吃俭用。还有一个姑父是邮电退休的,他也省吃俭用,我这几个孩子上不起学的时候,我就找他们要。

● 听说您小女儿也要上大学?

最小的姑娘她考试呢,昨天跟她通了电话,她说也不知道考得好不好。我说时间够吗?她说时间是够了,但是也不知道怎么样。她说先休息一天,希望她考得好。她说要读高中,我说你要读就读吧,两个哥哥都读了,你爱读就读吧,我希望你们都进大学校门,靠你的毅力去拼搏,进不了我也没办法。她的两个哥哥都进了大学校门。

小女儿要是考上大学了就更紧张了,一学年六千贷款现在都还有,可以借,目前就是生活费需要我们找。他们说一个女孩子家培养她读什么高中、大学？我说那都是重男轻女的思想，男的女的都一样，既然她有心上学就让她读，只要她争取。我说你要争取哦，要是你考不上了别说我们送你哥哥他们读书，我们不送你读书，你考上了我们还是送你读书的。我说要是女孩师范类也好，大不了也像我一样，你们有一个来继承我的事业，来教这些小孩也可以。她说妈妈，我想考那个警校，她说当警察，穿那个衣服好美啊，好神气啊，她那样想。我说那是你的想法，你考得行不行那是看你的能力。

● 出去打工是不是挣得多一些？

要是出去打工，两千肯定有。因为我在代课的时候，有好多亲朋好友都跟我说，你的孩子都这么好学习，要花很多很多的钱，你干吗干这个代课老师，一个月150、180的在这里做，你不如去打工，打工你才有钱来供你的孩子们上学，你天天在这里，孩子怎么上学。我就说我出去打工，没人叫我老师了，我就爱当老师，我要当老师，我没想什么钱，以后孩子们长大了慢慢地还钱。我就说这一百两百，够我嘴巴吃就好了，我带这些小孩走出大山就可以了，我不要什么金钱、地位、公办、转不转正，我无所谓。我就这样说，他们说你不出去怎么行啊。

可是，我爱孩子们的心一直放不下，孩子需要我嘛。我到光辉小学一学年，那个小孩子拉屎的裤子，我要给他洗。那个老师说把他放回家，我说我们老师教他，他拉屎到裤子里了，我们送回家不行的，要帮他洗。这么多年，我都不知道洗多少次了，我也数不清了。这些小孩子需要我，所以我就想在这个岗位上干完。我干不了的时候就放弃了吧。

● 韦老师还准备干多久？

我有力气能够站在讲台上还能站多久，我就干多久。教育这个职业、这个工作还需要我的时候，我能力还有，还能站在讲台上给小孩上课，我就站多久，就想这样。哪位大学生，或者是城市来的，他肯定待不住是不是？只有几个学生，整天跟几个小孩在一起，话都不懂，我教他们上课他们还知道，还是用双语教学，因为我们是壮族村，不懂汉语。

你像这些小孩来学校一学期，现在第二学期一年级才开始听懂一点。毕业了的那些大学生，他肯定坐不住，那谁来承担起这些小孩？不可能到八九岁了，大一点了才到那个中心校去。所以，我就说孩子们需要我的时候，多教他们识几个字吧，将他们送到中年级的时候，他大一点了，生活会自理了，他爸妈也放心了，我们也放心了，就是这样的，就是有这个心在。我代课的时候，评什么的时候，他乡里面给我荣誉证书，我觉得这份职业挺好的，我的生活挺充实的。

整日为学校孩子们操心的韦老师，自己的孩子也在上学，而她的工资根本不够孩子上学的开销。无奈，她只得不断向亲戚借钱。即使说到艰难处，韦老师的脸上依旧平静如常。

# 彭毅群教师

时间：2011 年 6 月 6 日
湖南省保靖县阳朝乡阳朝中心完小

彭毅群教师

## Peng Yiqun
**Teacher at Yangchao Centre Primary School, Yangchao , Baojing County, Hunan Province**

# These left-behind kids are yearning for their teachers' caring
# 留守儿童特别希望 **老师的关爱**

● 彭老师都教过几年级？

我从一年级一直到六年级，每一个年级都没有漏过，都教过。毕业以后一开始分到中心完小，下面还有村小，我们去监考。那个时候我们是两个女老师，四个男老师，一起去，因为要过那个河，要绕过来又要绕过去，才能到那个学校。那个时候是春季，前一天下雨，第二天河水比较大，当时年轻，穿一个短裤就差不多了，没想到水都到了这里。等我们到了学校监考的时候，只好到老百姓家里去找衣服穿，冻得直打哆嗦。我觉得那个时候非常苦，也觉得很快乐。我想在那里工作的老师比我们还要辛苦很多。

● 乡村女老师肯定在生活上有许多不便。

那个时候从我家里一直走路走到我现在工作的完小去赶一趟班车，那是县际的班车，到我要工作的仙人地界，到了河边还要走四五十分钟的山路。那个时候我自己在学校里面搞饭吃，还要背起一个背篓，把孩子放在那个米的上面，当时挺辛苦的。我那时候最容易感冒，有的老师就说那是因为走路走急了，出了一身汗。一到学校饭都吃不成，马上就赶第一节课，衣服也不换，就拿起书本，孩子往旁边一放，就去上课了。孩子在学前班，从两岁开始在学校里面摸爬滚打的。

我父亲年纪大了，70多岁了，母亲也是。两个老人体质都不怎么好，像我的孩子现在也这么大了，也想让他出去打打工，但是考虑到我的老公再出去的话，两个老的我们也不放心，这两个孩子，我一直把他们带在身边，孩子小，老的老了，我老公可以说是家中的顶梁柱，再出远门的话，他也不放心，我们也不放心，我的工作也确实分不过来心。大概是2004年吧，那时候孩子小，父母亲在家里要帮助我老公做一些农活，孩子让他们带到田边地头，我还是不放心的。我想再苦还是我自己带，可不能影响我的工作。当时怎么办呢？四点多钟就起床了，搞一些饭，我把孩子背起来，从我这个地方一直走，要走40多分钟才走到学校。到了学校，他才两岁多，怎么办呢？又不要影响我的上课，刚好学校旁边有一个小卖部，那个时候想只要他不哭，不影响我工作，给他买零食。当时我的几个同事都比我大，对我都挺照顾的，教室的最后面放一张桌子，就让他到后面，把他放到教室的最后面的小角落里，让他去玩，在那个课桌上爬上爬下自己玩。

那个时候带二年级，我觉得还是挺好的，那一年的期末考试，我那个班级考了学区第一名。中心完小的那些老师有一次搞了片区的教研活动，要我去搞经验交流，我就说我没有什么经验可谈啊，他们讲你没经验你还考第一啊？我说这好像也不是那么好的成绩吧，就是我平常该怎么上课就怎么上课，上课的时候同学搞不懂就告诉他们，反正老师一天就在学校里面，你们来问吧，不懂的就问。所有的学生都喜欢那种和蔼可亲的老师，我带了这么多年，我就发现，你越是骂他们、凶他们，有的时候反而效果不怎么好。

● 家里什么情况？

家里现在还种地，我老公干。烟叶今年不种了，因为我自己体质不好，腰椎间盘突出，到医院里面住了十几天。我这些体力活一点都不行，坐久了也不行，像提水，干什么都不行。所以，我就要求他，目前来说不是那么大用钱的时候，能够放下就放下吧，种几亩薄田，家里喂头猪，差不多平平淡淡地过就成了。烟叶的收入相比较之下要高一些，但是它的工序比较多。平常回到家里就是洗衣，帮着老的做一做饭，做一些力所能及的事情，然后就辅导孩子学习。像田间地头，我现在是干不动了，我的腰可以说是瘫痪了。我也不知道是怎么的，反正到了去年搞不动了，动不了了，医生说你要休息。我回到学校，刚好又是和我们的校长带一个班，带四年级。那个时候校长的事情又多，一天到晚的这里要去开会，那里又要开会，我就想这一个班级不能就这么落下去。医院让我搞了一个药绑在腰间，绑了两个多月。刚好那一年又被县里抽到质量检测，偏偏又抽到我们班级，校长在没有商量的情况下，就安排我教四年级的语文，我说那服从安排吧。之前一直都是代数学，突然接了四年级的语文，坚持了大概有两个多月吧。那一次的考试我觉得还是可以的，我的感觉害怕耽误了这一个班。那一次县里抽考，得了县里第六名，我觉得还可以。我不是那么自信的人，但是校长说还是不错，带着那个班上了两个月的课，还能取得这么好的成绩，值得宣传宣传。

● 听说彭老师教课特别好？

有的时候也不是说上得好与不好，只觉得自己教的知识学生能够听懂，在一堂课中能够掌握，我就觉得它是一堂好课。特别是那个公开课，我们也上了不少，怎么说呢？古话都说"教学有方，教无定法"，我总觉得像邓小平同志的那句话：不管白猫黑猫，捉到老鼠就是好猫。

我总觉得老师教书，你就是要把你所掌握的知识教给学生，不管你用什么样的方法，学生会了，听懂了，那么你这堂课就成功了。我自己本身出身贫寒，所以我特别关心我们这些孩子。我觉得这些孩子很小的时候就住宿了，很不简单，并且大多数都是留守儿童。现在我们班有三分之二的同学都是留守儿童，他们特别希望老师的关爱。有的时候你骂他们、大声地训斥他们，他们不听。你好好地开导他们，轻言细语地给他们讲道理，他们反而接受得非常好。

我们一年的工资也只有那么一点点，其他的经济来源吧，就是靠种几亩田，种点西瓜。现在最时兴的，就是今年县里的黄金茶，我们种了两三亩。有什么这样那样的项目，能够赶得上的我们就种一点，就做一做，边走边看，日子过得非常的平淡。我也估计不到一年收入大概有多少，就是几亩田，保证家里不愁吃的，有个口粮，就是这样。

前些天我的老师从保靖县城来看我，想着我这个学生，看我的日子过得怎么样。刚好碰到我和老公在那边种烟，当时他一见我，就把我的手抓起来说：假如你现在找了一个双职工，那么你们现在应该是一家三口去外面旅游啊。他这句话当时对我心里有一点点的震撼。怎么说呢？一下子也形容不来当时的心情，后来我自己还是这样想的，人还是要知足一些。在农村里面日子就这样过吧，反正工作不耽误，家里两个老的不让他们吃亏，把孩子能够抚养成才是我最大的愿望，其他的不考虑。

● 想去城里吗？

我们的同事也告诉我，说你都不想往城里去，到那里面去教书，有可能待遇高一些。我说我想去，但是我又怕去。为什么呢？因为到那个城里面去，单位大了，一个单位都是几百号人，别家有个事，像红白喜事，你肯定要去啊。我一个人只有1000多块钱的工资，如果一个月喝那么十桶八桶的酒，还有人情，那我怎么办啊？我一家人的生活不堪。我说在哪里都是工作，在城市里面是教书，在农村里面也是教书。我就想在哪里工作要认真干，在工作上面不误人子弟就成了，要求不高。

近30年的中国城市化进程，吸引了大批农村劳动力，也造成了农村的大批留守老人和留守儿童。乡村老师此时的角色十分复杂却很重要。他们既是言传身教的老师，担负着教授孩子们读书写字这些文明社会的基本技能，又扮演着严父慈母的角色，给予孩子们父亲般的威严和关怀，母亲般的照料和慈爱。乡村老师们与留守儿童们在情感上的沟通是今天中国农村社会仅存不多的重要文明轨迹，这种感情交流使得农村孩子渴望父爱母爱的情感需求得以慰藉，弥补了孩子们成长中人格的缺陷，同时也缩小了乡村情感断代带来的人际关系裂痕。

彭老师很健谈，给我们印象最深的是那句话："人还是要知足一些"。

# 舒序清老师

一见面,舒老师的热情好客和率直的谈吐,让我们之间的距离一下子拉近了。开始,我们的谈话在学校的一个角落,后来去了他家接着聊。他家房子很旧,一些简单的家具,透出生活的简朴和简单。舒老师的妻子在一旁忙着家务,在我们的再三邀请下,她有些腼腆地坐在了我们身旁。

时间:2011 年 6 月 6 日  湖南省保靖县清水坪乡黄连小学  舒序清老师

## Shu Xuqing
**Teacher at Huanglian Primary School, Qingshuiping , Baojing County, Hunan Province**

# I'm an irregular teacher, yet I am virtually the backbone of the school

## 虽然我是民办教师却是**学校的顶梁柱**

● 您教了多少年书?

我今年50,到这教了10多年了。以前我在和重庆交界的那个友谊学校教了十几年,后来调到中心完小三年。因为我家离中心完小有点儿远了,我到这儿回家近一点,离学校没多远,所以我要求他们给我放到这儿来了。

从老师本人来讲,他们还是比较安心的。因为我们这边儿呢对于教师的思想教育方面还是把握得可以。当然有些不那么安心。领导在教育这方面给老师的教导比较好,所以老师即使有不安心的现象呢,也是愿意。

● 有不安心的老师吗?

不安心的原因主要是待遇比较低,一般的老师呢,他们都想往城镇去是不是?而这些老师呢,到农村就是找个爱人难找,所以呢不安心。因为老师这种职业,人家不同意么。虽然讲老师从整体来说好像地位提高了,实际上待遇还是太低,很多人也不那么瞧得起老师呢。比如像我们刚调进局里的田老师,他原来也找了几个,因为他是老师啊就看不起他,要找什么行政机关的,或者是银行方面的,所以他就一直为这个事情担忧。我们讲,你要加油搞嘞,年轻人嘛,苦点是苦点,慢慢就会好转,后来局里搞那个报告,需要这样的人才,把他调去了。过后,他的婚姻就很容易了。但农村里相对就比较难,你像刚才我们下面有个老师,他一直是一个人过,他现在30多岁了,一直找爱人就找不到。他也只能和农村的去谈，是不是嘛，你要想找其他行业的，你搞不好。

老师和老师之间也有，但是整体来讲，他宁肯往其他行业里面去。从教师本身来说，这种职业讲起来虽然是光荣的神圣的，但是也确实比较辛苦，毕竟和其他单位比较，和我们政府或者其他的行业，银行、商业这方面比较，它确确实实还是辛苦些，因为你每天都要和学生相处那么长的时间，并且你又不自由。我们这个上班你必须是认认真真去上班，你要面对的是这么多孩子。你当了教师，毕竟你还是要尽自己的努力，那么多的孩子交到你手里，你怎么办呢？所以当老师必须要尽点力，就是这样嘛。我们平常也对老师说，因为你的命运就是这样了，你吃了这碗饭，你就要办事。假设有机会的话，你自己往别的地方跑，我们领导也经常跟他们做思想教育，就是讲你要安心，所以他不安心也得安心。

我们有个吴老师，在办公室的时候就讲我早都想出去，又想不出个名堂。他原来都下了海，后头又回来。因为这个海呢有时候确实也容易溺着人，有时候也可能从中挣扎出来。所以他下了一年海，过后他自己也觉得没有搞出什么名堂，所以你没有办法，你只能讲不愿意你也要搞这个，你搞其他的也没有命，你不比在城里你有点基础，你没有基础是不是嘛。你如果是基础好，或者是条件比较优越，那还可以是不是？你还要安心搞教育是不是嘛。尽量找一个称心如意的，成家了之后你可以更加安心。如果没成家你不安心是不是？所以那时我们几个想了一些办法，就喊别人介绍。你比如我们原来有个何西江老师，他找爱人的过程也非常辛苦。他性格有点内向，所以只能通过我们到重庆那面找到一个。这里是相当困难的，女方在重庆没过来，所以他这些年都是两头跑。两个人分居住的，他一般的个把月回去一次，有时候他爱人个把星期来一次。他在学校有一个集资房，平时他就住到学校，双休天他就住到下面住房里。

这边儿结婚的话，一般情况下都要5万以上，对于没有一点底子的人来讲是相当困难的。

丈母娘提的要求，就是要答应的，如果不答应婚姻搞不成，你借都要借。你如果是没有这个，你搞不成是不是嘛。这边女同志还是相对高一等，一般没有这种现象，主要是男同志，比较困难。说实在话我们这边农村，女同志干工作的人比较少，拿薪水的人比较少，所以你要想找个双职工，或者是拿国家钱的人那就相当难找，那不比城镇，女老师还比较吃香。原来像我们几乎个个都是半边户，到工作岗位上你要想找个女孩子，一般的情况下你是找不到的。因为那些女孩子她都向高一层看，这些老师根本谈都不要谈。现在我们这边人少了，都是结婚了的，都是年纪长的，一般的年轻人你在这里头更加难搞，更加难找对象了，乡下更难找了，接触面比较小，不像其他行业那样经常和别人交往。

● 不能成家对老师有多大影响？

这个问题肯定会影响到咱们教师的工作，你如果帮他成个家找到一个爱人，搅和到一起，他毕竟还是安心些。我们原来胆子大，曾经给工会主席讲，你就搞一个婚姻介绍所，这个方面多花点精力，你当所长，要他们硬联系。有几个就是由工会把他们调到学校，让他们接触，让他们成家。不是这样他们基本扯不到一起，结果还是拱成了几对。有时女方不同意，这边做工作，再加上领导施加压力，结果还是成功了。好像是带有某种手段，但是比较巧妙，也不是讲过分强迫。那女老师她一开始不晓得，她调到这个乡来，还有意见，其实就是有意思给他们派对。男老师一直到那个女老师周围去转，就转成了。不过那女老师家里反对，硬是不同意。结果领导、书记和工会主席又到女方家做思想

工作，结果达成协议。

撮合！那硬是撮合。讲到当时都好笑的。要给父母讲，你有什么不同意的，他年轻人都可以了……

我1983年参加工作的，这二十几年我一直以校为家。现在我们都是50来岁的人了，根本没有个家，我的房屋还没有。没有一个像样的房屋，确确实实也给孩子们带来了一定的负担。女孩子呢出嫁了，现在她还给我们这边带一个学前班。我还有个男孩子已经是21岁了，但他一直还没有找对象。你问他呢，你也该找了吧。他怎么讲呢，我屋都没有，找对象？所以我们工作了几十年，也算是两袖清风，什么都没的，就一心扑在孩子们的身上。

说到这里，舒老师脸上的笑容渐渐隐去，现场有些沉闷。在一个老师和一个父亲之间，舒老师更多的选择了老师的责任。虽然他现在说对孩子们照顾得少自己很后悔，但我们知道，在他心里面学生们的分量有多重。

我爱人半边户嘛，没职业，她有时候种地，我本身是从民办老师考入来的。本来我高考已经考取了，后面升分数线了，老师也要我去补习。当时家庭也比较困难，所以老师给我留了一个位置。我原来高中的时候算是头一二名的人，顶尖人！考试失误过后呢我就一心想振兴家庭。我一眼就看到将来这个木房子可能吃不通，想到了肯定是砖房子，就想学泥工。一年多学泥工的过程当中，帮下面学校建设那栋房子。结果呢那个当领导的老师就求我，你喜不喜欢到我们这个上面来，我们给你留个位置，只要你愿意。当时我确实有点不愿意，因为待遇太低了，那个时候民办老师只有二十几块钱，后来升了可能有四十几块钱。我一想我是建筑工人，随便可以找你这个钱，我不在乎。那个老师讲，你来报名嘛，参加考试。好！结果我最后一个报名了，参加考试。本身就是老师当时看准我，要求我去，结果当时取了。我们就取了五六个人，我搞民办教师搞了四年就考师范学校。我第一批考取的，到民师学两年就出来了，一直当老师。当老师待遇相对来讲确实比较低，你生活都不够。

我们一个人一个班，你不上课不行的。现在我是带主课，我们不上课没得老师上了。我们现在最大的问题就是没得这个房子、没得积蓄。你莫讲买房子，我们到农村起个像样的房子现在都难。我原来想国家帮点忙，那现在爸爸你都靠不到了，一个月就这一点点钱。你要想帮你修房子再等哈子，读书一年你高中生要那么多钱。高中毕业后，我那个女孩子又读了大学，到后面家里情况又有点紧，读了一半她就没读了，也没取得正式的毕业证。当时我讲我再穷还是支持你，结果她讲，一样的，反正大学出来了也是到外面找工作，我现在给你找工作。所以后面她就没读了。现在最大的困难就是房屋解决不下。你现在农村起了房，最低都要十几万、二十万边边上。年轻老师要结婚的话，他们家里就要求男方起房子，一般还是看先有房子，你没有房子人家就要嫌弃你的。我现在攒劲搞两年，要退休了，尽量帮孩子搞个房子。这几年工资才高一点，原来只够他们读书，这几年慢慢给积点，读书的时候还欠点点账，还得还一下。

● 当年您找爱人是什么情况？

我和爱人是一个村的。她那个时候比我的年纪小一些，我们当时在谈恋爱的时候，有许多高中生都在追我。因为我是高中时候的高材生，了不起，同学都比较清楚我。由于我们家庭条件不是那么太好，所以不急于考虑这个问题。当时还是一心想振兴家庭，先把家庭搞好一点，再加上我爸爸在村里是一个老干部，老书记。我当时的愿望，一个是想振兴家庭，一个是想振兴村里，帮老百姓干事，我当时还是有这种抱负。我们谈恋爱的时候她可能只有16岁，我后面又搞民办老师搞了那么几年，所以我们到后头已经基本上符合了才结婚，都耍了那么长的时间。那个时候我当民办老师了，还没有挣工资。

我们问舒序清的爱人看上丈夫什么了？她爱人说：没有什么看上的，农村人嘛，就是看到他一脸勤劳，本身过日子就成了，没有什么要求。乡里人嘛，觉得好勤劳肯做，就是这么的。那个时候他们才一二十块钱一个月，就是自己一双手勤劳去做。孩子都是我带大的，他也没有时间，又要上课。那个时候带毕业班，五个年级要补课，没有时间。

舒老师打断爱人的话继续讲述。

我带高年级那个时候农村确实需要老师。虽然我是民办教师，但确确实实我们是学校的顶梁柱。我本身职业性比较强，责任感比较强，全身心投入到教学中。为了给孩子们考好，那几年到友谊小学任教的时候，教学质量就是由我搞起来，给校长争了很大的光。校长也被省里评为劳模，并且是特级教师，那几年我们教学质量相当好。家里的事情、孩子的事，几乎一律由她承担。她曾经讲过一句话，我现在印象非常深刻。她讲你硬把那些学生当成你家亲生的孩子，你连亲生的孩子都不顾及了，是不是嘛？连家都不要了。

那个时候六年级，你要补课，你肯定住宿陪学生，和学生打成一片，不像这么的你就搞不好。我们都是农村人，我任教后一心想山沟里面飞出几个金凤凰，所以到我任教那几届，那所学校确实出了几个人才，也就是我们那几届。现在我走到那个沟沟里去，那些家长无不佩服我，对我非常恭敬。我觉得这个工作还是有一定乐趣，虽然讲教学教育非常辛苦，但是我觉得呢和孩子们只要打成一片呢，还是苦中有乐。特别是每当假期啊，像我们这些老教师就有切身体会，像暑假寒假，放假后身边没孩子呢觉得还是有点冷清，冷冷清清的，淡，好淡，没那么热闹了。可遇到个别孩子调皮的时候，或者是不好管教的时候，他心里又有点难过，觉得我们这样的，早晓得就莫搞教育。有时候又这么想，这个是事实。

● 遇到过委屈吗？

说到委屈一般。就是有时候遇到个别特别调皮的学生，老师去疏导教育，他不那么乐意接受或者是无法接受的时候，就是觉得心里好像有点点委屈。其他的没得什么，或者像社会上，有些人他不那么重视教育，你一个老师有什么了不起的哦，穷，穷老师，那么讲有时候受点点委屈，你讲是不是嘛？其他的委屈一般的都还是没那么大。相对而言呢高年级一般的比较调皮，哪个老师都不愿意承担，都不接这个班级。有时候我们农村呢还是要靠点成绩和升学，农村如果是没讲点成绩呢，学校在社会当中的地位呢就少些，就失去了那种社会上的地位。这个班级没得人带，我去带嘛。并且我又去当班主任嘛，我接收。

我们问，没有怨言吗？舒老师的爱人在一旁插话说，那没有什么怨言，这个是他的工作嘛。我该做的自己要做，家里的事没要他了，带个孩子啊、喂猪啊，自己辛苦一点嘛。他以工作为主就是了。好多时候一个人家里带孩子呢，好多为难的事情嘛，要自己去做，要承担下来，再忙的时候他也没有时间帮我来做。上坡也要把孩子带到山上去，背篓放到那里去做事，那肯定是难。结婚我们没有什么钱，简简单单的哦，就是称点肉啊、有点粑粑、猪腿就成了，农村的很简单哦，条件比较差吧，也没有什么要求。我们开玩笑地说，舒老师没有给彩礼吗？他爱人笑了：彩礼啊！没什么彩礼哦，都是亲戚朋友拢来吃一餐就成了，称点肉嘛。那时没得什么条件嘛，你要那些东西，他一个月只有那么点钱，你喊钱他也拿不出来。都是年轻人自己看上的嘛，不在乎什么钱不钱的哦。

按一般农村的标准，那个时候就是讲几套衣服哦。钱就没那么喊，只喊衣服、粑粑、猪腿。

结果她要我去帮她过礼，农村兴放火炮哦。那天放火炮的时候硬缺少一套衣服，结果我啊搞赊销布，那个时候农村发得有赊销布啦，我就把那个赊销布拿起来抵一套衣服。我这个婚姻最大的笑话就是那个，赊销布抵数啊。你没得钱，你不可能尽借钱，你不可能不搞、不办事。为了凑满那一套衣服，用赊销布去抵了。她现在还一直都讲这个。那时候你逼也逼不出来是不是嘛？我们没得钱，没得办法。

● 自己的孩子就顾不上了？

我本身就没那么花时间陪伴到孩子身上，几乎都是搞教学，本来我一直都想带他那个班，结果没带到，阴差阳错嘛。我现在遗憾的事情就是给自己的孩子在管理上很差，花的时间太少，现在后悔。不过他们那么大的人了，你自己去闯荡世界，没给你提供条件，你自己个人去搞，这是很正常的。有时候90后的人，还是吃苦精神不行。经济上给他们，我们现在也没有啊。

夏季，湖南湘西大山中的天气时阴时晴，在与舒老师交谈时，天气阴沉下来，可舒老师一直笑嘻嘻的，全然没有昏暗天气给心情带来的阴郁。

舒老师天生是个乐观派，在讲到高中学习好被女孩子追求时一脸的满足。而讲到他结婚时因凑不够衣服套数，只好将赊销布冒充一套衣服时，又为自己的精明狡猾而洋洋自得。舒老师的爱人静静地坐在一旁，含笑看着舒老师眉飞色舞的精彩"表演"，只是我们问起她，她才看着舒老师小心地回答。

舒老师家境非常贫寒，但他从小即乐观豁达，很少抱怨，在自己的每一个年龄段都取得了很好的成绩。我们一直受到舒老师喜悦情绪的感染，直至离开舒老师家坐到车上，望着车窗外的蒙蒙细雨，我们才渐渐平静下来，不再说话。

# 1,700 Yuan is enough to make me feel happy
# 1700 多元 我感到很幸福了

## 何美基老师

川河将重庆和湖南一笔划开,两地交界的大山中,就是偏远闭塞的苦竹山,独臂老师何美基在这个至今尚未通公路的山区小学已经教了20多年书。

时间:2011年6月7日
湖南省保靖县野竹坪镇龙塘小学 何美基老师

### He Meiji
**Teacher at Longtang Primary School, Zhuping, Baojing County, Hunan Province**

● 您是哪一年当老师的？

我是1978年参加工作的，在这个地方还没有一年，去年9月才上来的。这个学校有七十几个学生，三个老师，我带一年级和幼儿班，我经常在山区工作，带的都是一二年级。那两个老师比我年纪还要大一点，所以我就主动带一年级了。家那边很荒很荒的，叫清水坪镇辽山村苦竹山。现在搬到这边来，这个地方没有水，缺水，就是交通方便点，一到冬天时候地干了。我过来的时候看到很多人没水喝，这个地方贫穷，我就拿了一点钱出来，1000多块钱买了两卷水管，从后面源头迁来了水。大舍校没有水，都在这个地方挑水的。

一个月挣多少钱我都不知道，有的时候多一点，有的时候也少一点。有时候2400，有时候2500，具体是多少我也不清楚。去年才1700多，1700多元我感到很幸福了，我感到都很多了。我原来一个月才5元钱，我们最初工作的时候，一个月才5块钱。

● 家里有什么人？

家里有我爱人，有个儿子，有个女儿，他们不在家，他们在外面打工。

让我们意想不到的是，何美基老师说到这里沉默了，继而哽咽起来，我们心里充满疑问，不知何老师想到了什么。

孩子去外地打工了，在外边做雨伞，不回家。我刚刚到这个地方来，没有房子。今年我的儿子回到家里，这个地方没有床，我们刚搬过来的时候，当时也没钱，他回家10天，腊月二十四回家的，正月初四就走了，他看到这个环境看不惯，我们又没有能力。

● 您的手怎么弄的？

你们在网上可以看到的。是这样的，这个话说来好长的。原来我在家里教书的时候，在一个温室里面烤谷子，工作了大概五六年，我的眼睛就不行了，那个温室里面光线很差，又是山上，一下雨就雾大。我想我的眼睛不行了，小孩子们的眼睛不行了就不好了。我就把学校搬到我自己的家里教书，教了几年。我现在记不清了，就是修学校，在学校准备那些料木，我暑假在山上砍，山上的树木很茂盛，砍倒下来的树架在树棚上，我切这个桠桠的时候，树木不小心就把这个手搞断了。因为我是在山上，又没有通车，回到家里都快要黑了，谁也没看到我，我把那个料搬到家里了，人已经苍白了，到处都是血。那时候路上已经黑了，我们山上要到医院去有40多里，所以把治疗的时间耽误了。因为是热天，感染了，只好截肢了。是有很多事不方便，我爱人在上面给我做饭，在很远的地方去挑水。我们在外面工作了30多年，经常吃在外边。现在条件很好，你买一点紫菜，打一个汤就行了。平常什么菜出来了，就在这个地方买一点，像南瓜这些，我们也不挑食。

何老师是一个既慷慨又吝啬的人，他说，我的钱从不乱花。可他却用自己很少的工资给学校买输水管，给孩子们买铅笔、橡皮。给他人花钱的时候很慷慨，而给家人、给自己花钱则极为吝啬，吝啬到不乱花一分钱。何老师居住的环境可以用家徒四壁来形容。望着何老师的笑容，我们不禁心酸。

● 这个房子多少钱啊？

这个房子是12000元买的，一生的积蓄，买了这栋房子，就空了，没有钱了。那些楼板都是修路丢的一些轮胎，拿些胶钉在那个地方。老家那边的房子也有30多年了。我们那个地方比较偏僻，没有通车，交通不便，种田要在野猪坪那个地方搬水回去，很多人都出去了，现在家里没有几个人了。

爱人她不会种田，因为她的眼不行，眼近视的。孩子原来在深圳，现在在福建。不知道他们怎样想的，他在外面打工六七年了，回来看到这个地方，他确实也看不惯。我不了解，他妈妈了解，打电话就打给他妈妈，从来不给我打。误解肯定有，我们教书的人经常看到有的同学上不起学的，我们只能给他送一支笔、送个本子，那是原来。有很多同学因为家里很穷嘛，连饭都没得吃了，你让他交学费，他就上不了学了。因为你在山区工作，主要是为山区的小孩子服务，让他们识点字。

● 您的孩子会为您自豪的？

长期在山区工作的，都是这样，孩子们确实都有意见。那次我到湖南电视台，电视台给儿子打电话，当时他不来，后来还是来了，参加了那次节目。那时候我也在上面讲了，我对自己的小孩内心还是很有愧的，好像不配是他们的爸爸，有很多地方确实关心了其他孩子，对他们关心不够，他们也有这个看法，他向我提出来了。但是那次他还是理解我的。

关心学校里的孩子多过自己的亲生孩子，使得深爱自己孩子却给他们太少的何老师愧疚不已。更令他感到痛苦的是，他不知道如何才能修复父子之间的隔膜。看着一个父亲的无助，我们无言以对。

拿我自己来说，我确实很喜欢这个工作。平常放暑假、放寒假的时候，我家里也没有其他事，就看看书，学点其他的东西，好像离开了孩子们就不习惯了。

学生走出去的那多了，我有一个学生在江苏打工，他出去了好多年。我们工资都才六七百的时候，他在江苏打工的时候，回来给我买了一条芙蓉王，我从来没吃过这么好的烟。他还给我寄来了500块钱呢，叫我买一两套像样的衣服，因为他在电视上看见我穿得太朴素了，他月薪是10000多，他回来要到这个地方来看看我。有很多已经在城里面工作的，像项秀媛是在保靖县梅坊教高一呢。还有很多，我们学校的方勇义是在清平中心小学，还有四川的都有很多老师呢。

在电视台我们上场的时候，很多人我都不认识了，他讲你认识我吗？我是谁啊？我才想起来。当老师确实很辛苦的,但是要沟通,我们要理解、要宽容,追求的才快乐。他在学校里面毕竟是小孩子,他做这样那样的事,你不宽容也不行的,很多事情要理解他,才能打成一片,最后他才听你的话。我这么多年都是从事一二年级的教学,尤其是和小朋友们打交道。所以,我在学校,这个学生的家庭比较困难,他拿不出来什么我就给他什么,老师就是给他一支笔,叫他好好学习;给他一个橡皮擦,叫他知错就改。

原来困难,现在比较好了,现在我们用的钱少了。在学校里面我都还买一些大号的橡皮给他擦,哪个小朋友没有了,我就给他一个,给那些很好的小朋友,他做作业做得好的,我给他奖励一个。还要干三年,我57了。现在别人都说我得职业病了。因为放假了我在家里总不习惯。我没有出去的打算,因为我出去了要用钱,我的钱一般是不乱花的。

● 退休后有什么打算?

我担心的就是我的大儿子,他现在25了。现在找一个女朋友比较困难,这个地方房子又不像样,地方又比较偏僻,很穷的。我们这个地方没有下这场雨,田都是干的,栽不下去秧,有很多秧栽了以后田都裂开了。父母亲应该想的,他这么大年纪了嘛,有的比他年纪大一些的都有孙子了,做父母的我们怎么会不考虑呢?我买这个房子的时候,就是为了年轻人考虑的,我今后退休了就回老家了。他们一起去的,比他年纪还小一些,都找到女朋友了,但是他没

找到。打电话的时候,我说你们那个厂完全是男生呀,他说没有啊。比他还小的田小伟在那边已经带女朋友回来了,现在都有小孩子了,你这么大的年纪你不考虑,他还把电话挂了。他在外面好像讲义气了,和他要得好的,他就认个妹妹。在老家的时候,她在那里一住就是20多天。我说你要得这么好,在这里玩这么久了,你和她谈一谈。他说那是认了妹妹了。不比城里,我们这个地方太穷了,也算是偏僻山区。在城市二十三四岁不算大,山区这个地方过了26最后就难成家了。

何老师讲到25岁的儿子还没有找女朋友时,流露出一个父亲常有的急切。他给儿子多次打电话试探,却无结果。何老师无奈的笑声遮不住他内心的痛,他儿子的看不惯其实是看不起,可何老师既不能用自己当老师的经历去影响儿子的内心,也无力满足儿子已习惯了的城市生活,只能看着儿子的背影渐渐远去。

当更多的年轻人从偏远的乡村进入都市,曾经融于身体的艰苦和意志,在眼花缭乱的都市生活侵蚀下,已演变为随波逐流的挣扎,他们与自己的家乡产生了无法融合的文明隔膜。作为近30年来经济发展中的第二代,他们已经远离乡村,远离土地,他们与乡村土地上成长的庄稼和晚霞中的袅袅炊烟已没有关系,与乡村政治版图没有关系。在他们全盘接受的城市文明中,乡下的父亲母亲已少有位置。对于他们来说,只有像春节这样的节日,才将家乡作为维系亲情和暂避喧嚣的一处港湾。

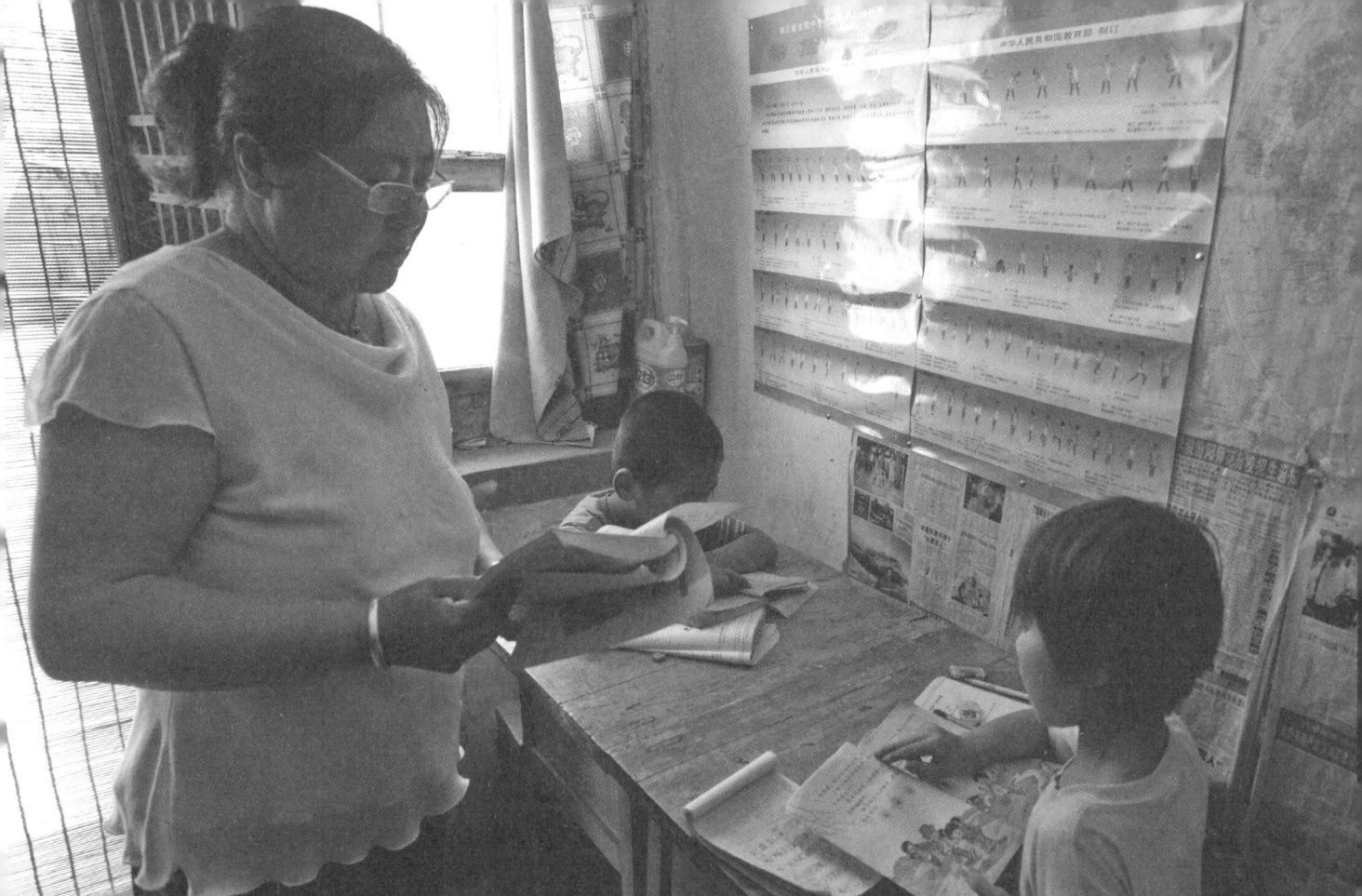

# 李福连老师

山西临县是国家级贫困县,这个距离太原仅仅三个小时车程的县城完全生长在黄土高原上。从县城出发,在松软的盘山公路上颠簸了一个多小时后,我们来到了一个名叫前岭西村的地方。
这是一个村小,或者叫教学点,或者叫家庭学校,因为仅仅六个学生,就在李福连老师家的窑洞上课。我第一次见到这样小的"学校":一间普通的窑洞,沿着墙摆放着几个破旧的小桌子,五个瘦小的孩子正趴在桌子上写字。看到我们进来,孩子们依旧低着头,还是自己写自己的。她们的眼睛,单纯明亮,还有少许的害羞。孩子们身边的书包,基本看不出原来的样子,怕散了用线捆绑在一起,或干脆就咧着口,城里垃圾箱里最破的书包也比他们的书包好

时间:2011年6月28日
山西省临县安家庄乡前岭西村村小 李福连老师

## Li Fulian
**Teacher at Qianlingxicun Primary School, Anjiazhuang, Lin Xian County, Shanxi Province**

# The kids won't have to leave schools as long as I keep my door open
## 只要我的门开着 孩子们就不会失学

李福连老师看起来有40多岁，脸上带有高原特有的红色。她说学校只有6个学生，两个一年级的、两个二年级的，还有两个孩子是学前班。

● 100多学生怎么就剩下6个了？

那学生也是大的毕业了，小的添不上。年轻人都向城市走，全家都走了，慢慢地光毕业了，学生就少了。我们现在两个老师，还有一个是贺老师，他退休了。退休以后只剩下十几个孩子了，那窑洞就破得不行了，上面都不成样子了，那你说怎么办？这十几个孩子的条件不好，都出不去。我也是本村的老师，就想办法和教委主任商量，和村委商量，说搬到我家行不行？他说行。2007年就搬到我家了，搬来的时候还有12个学生呢，后来年年毕业，又加不上孩子。

搬到我家里以后，有点麻烦，土腾腾的，一天都是这样，反正我也凑合吧，就是这样。你说这么一个小村子，如果我不教的话，那就倒闭了。这些孩子家里条件都不好，出不去。你起码得上了三年级以上，自己把自己管好以后你可以出去到私立学校。但是他们都小，几岁的孩子，出去都管不了自己。所以，就剩下这几个孩子了。我的家庭情况也不好，出去以后跳梁高崖的，一天门就是关着的，不让他们出去。反正你干什么都有什么的责任。你好好的话，没事的话都好，一旦有个事情，咱一辈子，就是再一辈子也顶不起，是吧？

我有个老公公，他80岁了，伺候老公公也

是走不开。爱人他在宁夏打工，两个孩子在那边上学，爱人的哥哥、妹妹们都在宁夏呢，就我一个和一个老人在家里。

● 您一直是代课老师？

我一直是代课老师，民办的。二十几岁开始代课，一直代到1998年，办了一个县评的民办老师。现在也是办了一个什么评干，这样收入能稍微高一点，是吧？民办老师的时候，一个月能拿600多，一直加到2010年的八百九十几块钱，现在能拿到1000多。想过不干这个，干其他的，但是家庭条件这样了，还有两个孩子上学呢，都是要钱呢。现在男孩已经自己挣钱了，实习挣个1000来块钱，也够自己花。女儿去年才上了医大，学的医学，费用还要高一些。农村出去的仔细省钱嘛，她也挺辛苦的，知道父母挣钱也不容易，反正是不乱花钱。我两个孩子还挺可爱的。

儿子在宁夏化工，他学的电力。两个孩子肯定不回来了，我也不希望他们回来。你说回来以后你看这村里能怎么样？没干的，也就是没生活。

当老师有什么感触啊？没有感触。开始我也不愿意当老师，后来农村孩子们上学可困难了，为了自己的孩子，也当了老师，后来当了就放不下了。像原来的话，这个村里也没有人才。在咱们这个年龄，高中毕业还算可以了，我是高中毕业的，一直就在这个村里。我嫁在这儿的，自己有孩子了没人教，才当的老师。

当老师开始38块钱。38块钱一直代，一直代到大的孩子已经上学了，女儿也5岁了，又上学了。说实话，不愿意当老师了，后来挣42块钱，还不如我喂个猪。你说是吧？一年喂上两个猪都能卖几千块钱呢，你说当老师多辛苦呢。原来还跑上跑下的，一直在跑，我也不愿意。后来我婆婆说，我帮你的忙嘛，为了自己的孩子嘛。再一个，我这个人也是比较老实，干什么是干这行爱这行，干得也挺好的。我也有县的、地的奖，就放不下了，一直在教着，

那也没有办法，转不了正，转不了也是感觉一辈子干吧，给我办了一个评干。我们也都是农村的，这种生活也行了。

李老师的"评干老师"与朱维娇老师的"特岗老师"差不多，都是代课老师转为公办老师前的一个过渡岗位。

● 您想过不干吗？

学校就剩我一个老师了，不干吧，村里也是有几个孩子。再一个，我原来2006年到安家庄乡交头去当老师，在那里教着呢。我们村干部就和我谈话，说你不回去的话，咱们学校就要倒闭了，你忍心吗？我也想了嘛，因为你家在这儿，你祖祖辈辈也是要在这儿生活，如果你要不回来的话，自己觉得是对不起，后来就回来了。回来以后，你说剩下几个孩子怎么办？现在孩子也不出什么学费，冬天连炭都烧不起。到了我家以后这都不算了，我自己也是情愿的。就这样，马马虎虎，反正够不够就是那两个钱，农村就是这样。你说现在六个孩子，这个门开着的话，这钱那钱自己都要顶着。现在我既是老师，又是保姆，有几个小孩子在我家里了，你连扫地啊，一切都是你的活，都是自己干。

● 您喜欢这个工作吗？

反正你干哪行喜欢哪行，咱也没别的本事，就这一点点本事，就是太辛苦。你说六个孩子也是两个年级，反正你有几本书得上。再一个，这个村还是一个文明村，家家都是望子成龙、望女成凤，反正都想出去呢。再一个，这个村里如果你上学出不去了，那就是打工一辈子。家家都想叫这个孩子学得好一点，考上个大学。你说不教吧，人家也想办法有出去的，但是还有失学的，毕竟你出去没本事，挣不到钱，孩子都念不起书，再回来，也有这种可能性。因此吧就这样干着，主任也说了，你就这样凑合着吧，反正你不干了，村里学校就倒闭了。

去年我也不想干了，想出去了，几个孩子也没意思。再一个，在我家里也乱得，你说孩子们小，再说他们都是调皮，我也不想干了，我也想出去干一干了，不想在这个家里边了。用土话说，我也累了。后来主任跟我打电话说，如果你走了的话，你还可以着呢，你是好老师呢，你不想村里下来闹事的话怎么办呀？我说没事，我们村的不会和你闹事的，我也不想干了，你说几个孩子有啥意思？不管怎么样得有那个气氛是吧？孩子们平时对自己也没有信心，尽管你再教，你也是站在跟前教，不像以前的讲台上有黑板，教起课来也挺有信心的。现在孩子们少了。后来经过他主任说服，也行了。反正你自己再凑合两年吧，我说也行了，现在自己也50岁了，出去也不太怎么呢，就这样吧。反正干着没孩子了，算了，那你说我能怎么想？像我们这儿农村倒闭的学校，在这个地方有5个村子，原来有5个学校，现在只剩下我们这几个孩子了，全部倒闭了。

原来我们上面的学校也有200多学生呢，也是在山上，不是苦嘛，也没有老师去，然后孩子们就逼得都走了，没人教嘛。我走了，这几个孩子也就没人管了。

原来过六一节挺红火的，学生挺多的，现在都倒闭了，只剩下我是本村的老师，如果本村没有老师的话也倒闭了。你说这么辛苦，再说村里穷得连个学校都修不起，你说老师来了上哪儿去？住都没住处，你说是吧？那肯定是倒闭嘛。这也是我自己的家嘛，不知道怎么想，反正搬到自己家里那就没办法了，你说现在往哪儿走，只好这样了，有什么办法呢。

把学校搬到家里，家人也挺支持我的。原来这个地都是土地，学生搬这儿以后，桌子底下都是坑坑，两三天我自己买的砖把这个地全铺了。现在只剩下五六个桌子了，原来两排桌子，十几个孩子呢。他们不是毕业了嘛，年年毕业，去年还有几个孩子，是六年级的，毕业出去了。再说这么一个小小的学校，他们也孤独，我说你们出去也可以，念一年也考初中了。本身你在这个村里面，连个资料都没有，都要考好初中呢，都是向往着念那个好的学校呢。我说你们出去也行，你已经上六年级了，不出去也只剩下一年了，有的他不想读，爸爸妈妈不想让他们出去，出去费钱，读一年也得2000多块钱。小学在外面读那不是连吃，一切的伙食费下来就得2000块钱。你在村里面上学吧，他一年也花不了多少钱，现在的书费不是国家都免了嘛，也花不了多少钱，就是个本本呀，做个作业，也花不了几个钱，要是在村里学校的话，连100块钱都用不了。差距大了，那也没办法。我说你们也就是一年了，让孩子们出去也闯一闯，见见世面。不然的话，你一下子进了个初中，也适应不了，你说是吧？你先出去适应适应也可以，出去了三个，剩下六个。

爱人在外打工，年年出去，今年出去也是回来刚走，好多年了。女儿是去年上的大学。

现在一个人在这儿挺孤独，我不想管了，出去也是自己，回来也是自己，只有一个老人。这个老人一直就是我伺候着。我丈夫两个弟兄，他哥哥一直在外边，两个妹妹也在外边呢，就剩下我们。孩子们小的时候，他也在村里，大了以后就不行了，出去挣钱，光两个孩子上学也不容易呢。公公是气管炎嘛，还有糖尿病。

我父母亲都去世了，村里面只剩下一个哥哥，一个弟弟也在孝义铝矿工作，还有两个妹妹在离石，我就在这儿呢，也没处走了。我两个妹妹可反对我了，还有一个弟弟，反对我在这个村里待着。几年前就说我，你就在那个村里待着吧，你就放不下你的那个工作，你不教书就没有别的干了？你说那能咋了，我说我教了一辈子了，基本上是一辈子了，二十几岁教的，1982年结的婚，1983年就开始代课了，一直代课，就是生两个孩子，剩下的都是做这个，做到最后放不下了这份工作。两个妹妹说你出去不能干个别的，不能做个生意吗？我说我干不了,她们说你为什么干不了?人家都能出去干,你就干不了,你在这能挣几个钱了?一直就是牵系着老人,让他出去他也不去。2006年吧,他女儿回来接他去城里住,2007年就回来了,住不习惯。他不敢出去乱逛,他住的是楼房,上班走了就他一个,他说住得就像监牢一样。老年人出去说话都听不懂,他说不行,后来他就跟着我了。

● 以后有什么打算?

我打算退休后,我也不在这个村里待了,我也要走了。孩子们都在宁夏,女儿还不一定,她要上五年本科,读完以后她肯定升研、升博,她心可大了,反正她不一定在宁夏,儿子肯定在宁夏。老了你在这个村里面也不行了,孤零零的,出去都没人。以前这个村里面人很多,现在有个年轻人难了,三十几岁的都没有,都出去了,村里基本上都是五十几岁以上的,全是老年人,年轻的都走了。考上学校的肯定是出去了,没有考上学校的也是出去装潢啊做甚呀,做个生意啊,都出去了,都向城市走了。你说我们吧,孩子小学肯定是一直陪着的,可是上初中,孩子13岁就出去上学,一直不在自己身边,孩子出去自己自理生活,你都管不了。初中、高中、大学一直不在自己身边。再一个遗憾的,你自己没钱嘛。这一点不和人家的孩子一样,孩子过得辛苦嘛。我们的孩子特别懂事,两个孩子都懂事,可会体贴父母了。

下午三点多钟放学了。蹦蹦跳跳的孩子们出了"教室",也就是李老师的家,李老师跟在后面叮嘱着,几个孩子不一会儿就不见了。

我们出了李老师家左转,上了一个长长的坡,来到几个破旧的窑洞前。村长拿钥匙打开门,里面脏乱不堪,还可以看出是教室或者是办公室。

在一个窑洞里面,我看见墙上有很多奖状,上面已经布满灰尘。李老师告诉我们,这就是原来的学校。2007年就塌了,她来的时候就在这个学校了,也不知道学校已经有多少年了,大概它有40年出头了吧,村里也没有钱再把它修起来了。

李老师指着教室门口废弃的旗杆说,这个旗杆是山西大学给的,你看现在还不是这样,如果老师都不在这个村的话,那还不是倒闭了。

站在被遗弃的窑洞教室前,眼前是一根孤零零矗立的旗杆,心里是一股说不出的滋味。越来越多的孩子随着父母离开了家乡,一座座学校倒闭了,或者说已关闭。曾经的炊烟袅袅和生机勃勃的村庄渐渐都变成了孤城,乡村学校也仅仅是为城市输出劳动力的中转站,所谓文明教育和以城市为标准的学校教学内容、教学目的,都是教导人们彻底离开乡村……

# 李玉秀老师

这个学校也只有一个老师，名叫李玉秀。教室门口的村长说，这个学校在新中国成立前就有了，李玉秀老师是外村嫁过来的，她高中毕业就在这儿做老师了。村里聘用她是因为她教得好、负责任，村子里头她送出去的孩子有上百名

时间：2011年6月30日
山西省临县丛罗峪镇小腿沟小学

李玉秀老师

**Li Yuxiu**

Teacher at Xiaotuigou Primary School, Congluoyu Town, Lin Xian County, Shanxi Province

# Young people don't want to come simply because they can't take the tough life here

# 年轻人吃不了这苦 人家不愿意来

● 一个人在学校什么感觉？

我吧，一人在学校好歹日子能过，赚多少钱就多少钱，就这么个事情。因此一直就这样，一年又一年，领导去年说同学少，让孩子们去下面学校，村里面的人不想让去，他们说孩子们小，不能下去，那就这样，等到孩子大了再说。

我1979年教书到如今，家里就是和老伴了。这个年龄也该退休了，还没有转正，还是代教，代着呢。没有人教，走了，这些孩子就没办法了，辛苦又能怎么样，怨自己的命运不好。

过去有两个年级，三、四年级，这两个年级是轮着的，不一定。喜欢这些孩子，自己也是养孩子的，觉得没有学点知识，可惜了。我走了，这些孩子可能真的就没有学上了，我一直在代课，初开始是民办，后来不是计划生育嘛，生了3个孩子，1981年被人家减了下来。孩子们大了一直又代着，生孩子的一段时间没有代。

以前读了书，念了八九年字，你说什么贡献也没有，我说自己的孩子没有培养好，想到自己村里困难，没有人来，那就这么干着，你说不是？我高中毕业，那几年高中毕业就算高的了。爱人是这个村的，当兵的，当时我订婚了，他就复员回来，回来又到离石，到砖瓦厂干了几年，人家不是又减人，又回来了。放了学，他爸爸回家照应，做饭；孩子们跟上到学校来，就这样。

● 学校里孩子都多大了？

学校的孩子小的有4岁，大的7岁，5岁的、6岁的，每天还要给孩子们挑水、洒地、喝水。家远的孩子们回不去，来的时候拿的牛奶给他们热着喝。比如说天下雨，孩子小需要接啊、送啊，有的去年上了学的，有的今年上了学的，你初开始的时候需要送，以前妈妈会过来接，有时候不接来的你需要送回去。最远的孩子家就在那个山上，能瞭见的那个山上。

如今学校净让合并了，不知道会怎么样后半年。教了这一辈子的书，也没有什么感受。从这个学校出去有100多学生，有出来上大学的，有两个都毕业了，大概今年有两个可能高考。这个学校的条件还是挺艰苦的啊，下雨漏雨，村子也没有钱修，村里人少，又是今年说让下去乡镇去念，明年说去乡镇上念，不值得修。

● 不干了以后怎么办？

我退休了，舍不得这些孩子，人家要那样也没法。教惯了这些孩子，就像自己的孩子一样，街上碰到了，感到挺亲热，孩子们一见到也都会喊。八几年建的这个学校，那时有四五十个学生，两个老师。从一年级教到五年级毕业了，再招一年级，招回来了再一直教到五年级，毕业了再从一年级开始。你说年轻老师来能在这儿坚持下去？如今的人很难，如今不是年轻人没有吃过苦，你说是吧？比如让你到这儿来，住不行吧？人心都一样，年轻人没有吃过苦，受不了那个苦。

● 您觉得要是有年轻老师来，能坚持吗？

如今的年轻人生孩子只生一个，不要人家计划生育，自己都不养了。你说一天那十几个孩子，到了学校管吧，你要尿了，他要喝水了，要不就是你把他这样了、他把你那样了，一天就吵吵闹闹，心上总不得安然，又是孩子们出来磕磕碰碰，你经常要操心。一年级在教室里学，外面小的出来耍，你还要坐到门上，又要照看外面，又要照看里面。你说现在年轻人心也单纯着呢，和老年人不一样。我是说我教不就行了，年轻人吃不了这苦，人家就不愿意来。

　　我们接触到的乡村老师有一个共同的特征，即谈话中经常出现的沉默寡言。面对访谈者的问话，经常的回答只是一个"嗯"字，这让我们总想从老师嘴里挖出"料"来的企图每每落空。这些老师在课堂上的神气和下来的寡言，让我们不知所措。我也想，我们究竟想从这些老师身上"挖掘"出什么呢，平淡如水的一问一答中蕴含着什么呢？李玉秀老师对于孩子们的喜爱与对于学校即将关闭的淡然让我觉得有些不适应。李老师很清楚学校的条件，也理解如今的年轻人不愿意来学校教书的原因。我想，这个学校在两三年后真的将不复存在了吧？

　　问到李老师退休以后想干什么，李老师语焉不详。想想，李老师自己也说到"退休"这个词，可她的代课身份并不能享受"退休"这个待遇啊。我曾经看过一个报道：西北某山村小学一个年近60的代课老师被学校辞退了，已经教了几十年书的这个老师仍然每天早晨习惯去学校，虽然他知道自己与这个学校没有任何关系了，可他还是站在学校的门口，看着孩子们都进教室了，才默默地走开。可能李老师们的"退休"命运大都是如此吧？！

# 王秀平老师

在李福连老师的邻村,也有一个只有几个学生的村小。当我们走进上课的窑洞时,几个孩子坐成一排,王秀平老师正轮流教他们不同年级的课。

时间:2011年6月29日
山西省临县林家坪镇木瓜洼村小学,王秀平老师

**Wang Xiuping**
Teacher at Muguawacun Primary School, Linjiaping Town, Lin Xian County, Shanxi Province

# I enjoy being with the kids
## 我喜欢 跟孩子们在一起

● 您是什么时候来这个学校的?

我是去年来这儿的,过去也是在这个地方,我的孩子们小的时候,在这个学校也做了一段时间。去年一开始,孩子们都不在家了,我开

始又干了。现在家里就只有我一个人。种地嘛,平常的时候我也不出去,星期天吧,到了下午放了学吧顺便去做上一点点,星期天也是做一点点。爱人在外面打工,挣的钱维持不住这个家呢,现在孩子们上学的学费可以向学校贷,有的时候可以和亲戚、朋友借一点,挣钱根本供不上孩子上学。

爱人在外面做装修,打零工。比方说到秋天就回家了,回家收拾地里种的东西,有时候打枣,反正到秋天就回家了。平常在外面打工,一年挣几千块钱,因为早时不走,冬天冻得也是做不成,条件不好。

● 孩子们怎么样?

我的孩子大的快毕业了,老二还在读大学。这里的生活条件也是很艰苦。学校里12个学生。相处三年时间了,挺好的。早晨上两个年级的课,早饭以后来了再接着上语文课,再给一年级上了,反正是轮流上,上了这个年级的,那个年级有的时候自己反思,不出声,默默地看。上完了再下来,学生也是不太多,如果再出现问题,一个一个做完作业再看、再辅导,上课是那么个上法。还有小的吧,他有时候哭了、闹了,有时候上厕所了吧,还得管理他。反正有的时候不是说时间固定的。比方说这个年级这个进度完了,基本上都掌握了,或者是作业完成了,我就可以给别的年级上课了。有的这个掌握得不行,我就再开始上或者是今天不给他上,明天再上,也是没有个时间规定。这个程序也是混乱的,不是说按照课程表固定今天给你上语文,到时间就上,根本不是那样上的。

家里的孩子们在外地上学,老大是男孩,在运城学院,学的生物系。正月开学走了,又回来的时候就放了假。平时打一个电话,电话上教育他们,因为我们经济条件差,教育他们好好学习,节约,尽量减少不必要的开支,别浪费。老二是女儿,在榆次那个晋中学院，学的是化学专业。老三是汾阳煤校毕业了，没有个职业。刚开始在我们这个地方的煤窑上实习了一段时间，后来这个煤窑不知道怎么回事，不开了，也就失业了，到吕梁市打工，没有个事。

家里就是我一个人。放了学和孩子们一起回去，回去自己做一点饭吃了，吃了以后在地里头嘛，自己干一点农活，这就是我的生活。没想出去，出去也是没有一个固定的地点，打工的是今天在这儿，明天在那儿，庄稼人也是没有一个好工作。两个孩子毕业以后想让他们当老师，反正学的就是那个专业。现在还没有就业呢，毕业了就业比较困难。像我们这儿吧，什么工作都行，都能干，只要有一个干的就行，无所谓。比如说那个生物系的吧，可以当一个教师，或者在社会上招一些工，还有就是去那个人才市场上吧。像我们这样的家庭，什么工作都行，只要有工作，不是说这行干不行、那行干不行，反正就是这个条件吧。像我这个大儿子毕业了以后想自己成立一个公司。

大儿子24岁了，有的时候吧，星期天晚上吧，平常我又不在家，我又不拿个手机，只是家里有个电话。等星期天晚上，他就给我打一个电话，问问家里面的情况，生活上只是过问一下。平时一般不打。有的时候，他方便的时候我不方便，上自习了就不打。想他的时候也是打个电话，一般是他给我打。因为我们这儿的电话，给他打费用高，所以我也是为了节约这个钱吧，就是他给我打，他给我打回来。他打便宜点。我给他打长途，比较贵一点。因此他打的时候，我和他聊一聊。有的时候我给他打过去，我就挂了，他就知道是我给他打的。

他问问这里学校的情况，问问我在学校最近的情况。可能是他的文化程度比较高，知道教育孩子心理学吧，对于现代的教育不要和以前的教育一样，他还在教育我怎样教育这孩子。再一方面吧，知道我在这个家里挺忙吧，关注我的生活，问问今晚上你吃饭了没，反正意思是让我再累的情况下也吃一点，其他的也没有。我只能是叫他好好地学习，遵守一切纪律，不要为家里考虑，都是自己照顾自己。

他需要照顾弟弟妹妹，专门在学校办的那个校园卡，我也不知道是什么卡，校园和校园之间打电话不花钱，他们互相照顾一下，就是那样聊一聊。他跟妹妹不在一个地方，一个在运城，一个在榆次。

● 您生活中大部分时间都没有与家人在一起？

我生活中大部分时间是跟这些孩子在一起。有的时候，比方说有一个学生可能今天感冒了、有点病了，相处时间长了，觉得他不来了，觉得怎么少了一个东西，孤单的。下雨天吧，比方说比较远的，下雨天到放学的时候，我都把他们送到家，或者是送到快到家的地方，每天和他们相处的时间长。孩子到了学校，家长也是挺放心的。我也尽我的一份责任，就是在教学质量方面，年级多了，教学质量在我认为是差一点，反正各方面的生活、安全上，我是特别特别注意。像在活动时间吧，像这种天气不叫他们出院子里了，就在教室里面和他们一起玩一玩，因为天气太热吧，孩子不懂事，太阳晒得他们黑。因此一天里从不能离开，有的时候早上吧，打扫下卫生，没有水，还得去沟里面担水。

● 平时您还要挑水给孩子们喝？

有的时候早晨担两回水，有的时候早晨起来，给我家里担水，我一个人也要吃水。再过来和孩子们聊一会，布置作业，孩子们有一个事情做，就下去那个沟里，再给这里担水。这里不开灶，孩子们来时，你们见从自家一人拿一瓶子。这儿吧，有时候洗一下手，地是土地，干燥了洒一点水，打扫一下卫生，就是用这个水。

要是放假的时候，孩子不在身边，一个人在这儿会想他们。有的时候呢，小儿子这是上了大学了不回来，以前一放了假，三个孩子都回来了。这阵吧，上了大学了、放了假他们在外面打工挣点钱。平时自己在家，一个人种点地吧。放假的时候，比方说暑假，一个月时间太长了，途中吧检查他们的作业完成的进度怎么样，规定多少时候完成吧，就不在学校，在家里面检查检查。

● 您喜欢当老师吗？

我喜欢当老师，因为我们在这里的艰苦条件下，喜欢培养出一个孩子离开这个贫困地区。反正是在教育孩子方面吧，愿意教孩子，培养成人才，就是喜欢和孩子们一起玩。家里面的

家务再做，到了学校有这份责任。回家吧，家里的负担挺重的，到了学校，把一切都忘记了，和孩子陪伴，上课也罢，活动也罢，就是和他们一起。

● 您不在学校时还操心吗？

也操心。你走的时候，反正是把这个任务交代了，他不敢调皮，你说少少地布置一点点作业吧，可能怕你走了有点点时间长，怕他就有其他活动的余地，比方说纪律捣乱。你给他布置的任务必须多一点呢，在完成不了的基础上，孩子们也挺听话的，觉得老师一回来，说老师我的这个没有拿下。可是我自己明白，说没有拿下，这任务重，也不对孩子们有什么责骂，反正不做甚，只能说有时候在我走的基础上。在的时候，就是上完课，做下作业一个个地辅导。

● 您现在还是代课老师吗？

我现在还是代课老师。没什么打算。我现在的想法就是说，我们这贫困地区吧，第一，我们村里没有个老师，一个村里的得到家长信任，或者领导同志也说你在这里代着，如果说我能做就在这里做，如果说这边假如有个老师，比咱能力高，就让人家上了，没打算。现在也就是因为我说的，第一个村里没有个老师让孩子学，要让学校的大门开着。第二，本身我是喜欢这些孩子们。第三，把我赚的钱供孩子们上学。就是这三个目的，其他的没有什么打算。

我现在一个月工资能拿到600。像我挣600块钱，我是这样想的，在家歇着也是歇着，挣600块钱，刨上我一个月的伙食费吧，下午地里还能捎着种一点点蔬菜，在星期天还能种一点点地，还能在家看着我的门。一个月剩余200块钱，或者说能挣300块钱，刨去我的一切开支，挣300块钱吧。我们的孩子意思是在学校里少贷点贷款，或者是少向亲戚借一点，或者说吃饭方面，各方面吧还能吃一顿饱饭。像我的孩子上学吧，在学校是挺艰苦的，是吃最低级的饭。他们不是说他能吃得饱饱的，比如大的吧长大了，挺高的孩子，吃上一点点，吃得不饿了就对了。比如以前上高中的时候吧，放假回来，走的时候说：妈，我又长了两斤了。学校生活挺艰苦，我的目的就是挣点钱，养活大这些孩子。反正就我一个人吧，一个月有了200块钱就能够了。买上袋面、油、盐、炭，也开支点，再其他的吧一个人在山区也没有什么开支，尽量减少不必要的开支。

48岁的王秀平老师断断续续一共代课27年，为什么断断续续？当村里有老师时，她便回家种地了，成了农民；当村里没有老师时，又把她从地里叫回来，给孩子们上课。她从21岁开始当代课老师，27年过去了，至今一个月仅600元工资，三个孩子在外上学，丈夫也在外打工搞装修。

在与王老师接触的几个小时里，给我最大的印象是她有一种从容，有一种强大的满足心理。与她交谈，未见愁苦，甚至未见她皱一下眉头。我不断问她，是否想自己的孩子，是否想改变目前的生活，一个人在这个小山村是否感到孤独，她始终平静地应答，甚至未见一丝情感上的波动。

我们的谈话经常陷入停顿，只是相对静默。

我想，我可能没有听到想听的东西，可我到底想听到什么，是她对自身处境的抱怨？还是那些振奋人心的豪言？都没有，我们面对的只是她的平静和微笑。

到底是一种什么样的强大力量使得她如此从容。

王老师看到我们都不喝水，从外边拿了一个西瓜进来，就在讲台上将西瓜切开分给我们吃。教室里有一个大水缸，是孩子们饮水用的。不一会儿，王秀平老师拿着一根扁担和两个水桶下山挑水去了。从山坡上向下看去，她的身影非常瘦小，一步一步地走上来。在西北黄土高坡，终年干旱，吃水困难，给孩子们去山下挑水是王老师每天的工作内容之一。

从外表看，王秀平老师就是个农民，每天备课教课，回家后浇水种地，然后做饭吃饭，一天结束了。

我们去了王秀平老师的家，是一个普通农民的院子。离院子不远是她家的地。

不知这个老师的强大的内心世界、力量和从容，是否源于她一直没有离开这块土地呢？一个没有离开家乡、没有离开土地的人，是否就少有今天我们经常看到的惶惑、不安、焦虑、没有安全感呢？在过去我们对中国乡村的所有认识中，土地与农民是紧紧相连的，（当然在今天，土地对于政府和开发商更重要。）难道土地对于任何人的重要性早就应该跨越简单的生存问题吗？土地还是农民的生命基因，也是这个民族的文化基因。土地其实不仅仅与农民有关系，它与我们每个人都有关，只是我们身上的这个基因逐渐蜕化，并本能或被迫地将这个基因逐出生活。

土地是物质的，也是精神的，是文化的，是所有人潜意识里的"根"。它连接着人与自然的关系，更连接着人与文化的血缘关系。

勤奋学习　求实开拓

# 陈秀平老师

时间：2011年6月30日　山西省临县碛口镇白家山学校　陈秀平老师

**Chen Xiuping**　Teacher at Baijiashan School, Qikou Town, Lin Xian County, Shanxi Province

李廷秀老师：恐怕对孩子们勤不起，交待不下家长

# I am worried about not being able to live up to the parents' expectations if I don't teach their kids well

## 恐怕对孩子们教不好 交代不下家长

2010年我们摄制组拍摄过一个农村小学科学课培训的片子《摇曳的红烛》，片子讲述了农村小学科学课的现状：没有教具，无法进行形象教学；缺乏师资，老师身兼数职，没有进行过正规科学课培训；甚至科学课课本也无法保证每个学生都有。

我们在教室外听了一节陈秀平老师上的科学课，这节课的内容是引力，陈老师手里只有一本教材。讲完课陈老师来到院子里，和我们一起看着孩子们嬉闹。

● 陈老师是什么时候来这个学校的？

我毕业那是1973年，高中毕业，再没有上学。1986年开始教书，刚开始在下面，1988年调到这儿，23年了，一直在这里。那个时候有七八十个学生吧，还可以，有时能有100左右。这几年人们出去打工，随家都走了，现在学生是越来越少了。我们这里还算可以吧，还有学校，有的农村都没有学校了。我们乡镇合并以后，有60多个自然村，现在合并也有三四十个自然村吧，学校仅剩十几所，就很少了。农村小学就是四五所

吧,反正是很少,特别是我们山上的更少了。

我们结婚以后,他也是民办教师,我也是民办教师,我教书的地方又不是我的娘家,各方面不方便,孩子们也大了,该上学了。为了照顾我们吧,让我从下面调到这里来,到了一块,孩子们上学就在这里,要不然不行。我在这边教书呢,又不是住校,在我娘家吃饭,你带上孩子吧,一年四季也不方便,领导为了照顾我,到这里了。现在儿子28了,姑娘30了,姑娘嫁了。我们姑娘反正运气也比较可以吧,也是当过兵。回来分到杏花村汾酒厂上班。儿子大学毕业以后,在离石打工呢。原来生活艰苦吧,两个都是民办教师,工资很低,孩子们还要上学,生活确实是艰苦。这里村里的人普通的人家生活也比我们强,现在我们俩都转正了,孩子们也大了,现在好了。转正了,工资也随着挣多了,女儿也上了班,也不用我们顾虑了,现在好多了。

一直在这里教书,当时我爱人也在这里,我们都在这里了。他是1995年才调出去的,那时我们的孩子基本在学校,儿子就是那年小学毕业的,家里只剩我一个人。现在爱人他也在家里,退休了,内退。

● 您还有几年也该退了吧?

一年吧我也退了,应该是明年春天吧。我们村的人们是想让我在这里教呢,明年退休再说吧。这个工作来说吧,我也30多年了,做得实在也发愁呢,主要是这个体质不行,小病多,晚上睡不着,睡不好觉,一晚上最多也好好地睡不了三四个小时,睡不着觉,休息不好。对这个工作也是发愁得不行,早晨还要早一点起,休息不好。早晨6点到学校,学生6点来了。睡不好觉的原因就是这个工作吧,这么多年了,一直就是在学生身上,反正也是牵着呢,恐怕对孩子们教不好,交代不下家长,这也有关系。30多年了,神经衰弱得厉害,睡不着。总是不由地要想,怎么能把这孩子们教得像样点,咱不是从小学一下子就能教成大学生,但是你总是小学打好基础以后,学生们才有发展前景,才有希望上什么高中、大学。你小学有失误,就赶不上了。睡不着觉是多方面的原因。

● 这里没有升学率,怎么还有这么大的压力?

不光是学生们身上操着心,其他的也有或多或少的原因,自己的孩子前途、婚姻。原来我的孩子小的时候,这些方面我就不操心了,那主要就是在学生身上。一放假,心里就是轻松的,基本上没有什么顾虑,不考虑,能教得了好成绩,叫家长也满意,叫家长也放心,这方面也是难免要想，要操心。教的学生里头有出去上大学的啊，具体教过多少学生数字我也不清楚，反正我教的这个村子吧，教了多少届毕业生我知道。从1998年开始到现在，连今年的是十届毕业生。成绩一直在全镇都是不错的。我教的学生也是复试班，有九个学生考重点班，结果重点班考了六个。中学的老师都跟我说，白家山放了卫星了，一下考了多一半。1993年我带的毕业班，又是全公社考的第一。其中有一个白海花同学，在下面四五个乡镇考的第一，考的成绩特别好，她是上了长春的什么大学来着，也是重点大学。1996年我带的毕业班，白丽萍同学，全公社、全镇考的第二名。2000年带的白彩霞同学，也是全公社考的第二名。当时学生多，一届毕业生起码有四五百吧。2004年的白洋洋同学也是全镇考了第一。2004年我带的班毕业了以后，五年级的老师他不教了，家长们不放心让刚来的教，又让我带上。2005年也有一个白芳芳同学全镇考了第二名。去年的毕业班，学生也少了，就是仅仅四个毕业生，毕业生也是带的复试班，白文丽同学也是全公社考了第四名。反正成绩一直在全镇来说名列前茅，我感到学生每次考上好成绩了，心里头感到特别地高兴，起码你能交代了家长、交代了社会，咱不能耽误了人家的子弟。反正我就是这样想的，工作尽我的能力吧，不要把孩子们耽误，在教学工作中尽心尽力。原来学生多、年级多，也不让学生们代替批改作业，大的高年级给低年级批改作业，这方面从来不用，都是自己一手做的，反正有点不放心吧。

● 那些考上大学的孩子归来看您吗？

他们有回来再看过我，看见他们高兴，也有没有考上大学的回来看我。现在吧，家长外出，学生们也走得不少。有的好学生，尽管他在农村小学，一直以来就是比较好吧，可是总不如人家城市里全面，人家见识广，肯定各方面是不一样的，孩子都想往大学校跑。剩下的吧，是些基础不怎么好的学生，自己想吧，本身学生的基础各方面差，要教好更要下功夫，如果不下功夫就难说了。这个也是愁，怎么能把成绩比较差一些的学生能教出好成绩来呢，这一方面也是考虑得最多的问题。

一脸慈爱的陈老师在这个学校已经送走了十届毕业生，我们问她现在的学生好管吗？她的回答却总是哪个学生考了第一，哪个学生上了重点大学，夸奖起自己的学生来如数家珍。乡村教师长时间与孩子们在一起，他们之间的情感关系有时候胜过孩子们与他们的父母。

# 陈晓艳老师

这几年到了不少农村学校,见到不少乡村老师,从我内心讲,我希望能见到更多的年轻老师,与他们聊聊。尤其是现在中国的乡村,几亿年轻人离开家乡,去了城市。留守的年轻人是怎么想的呢?留守的年轻老师是怎么想的呢?

中午过后,孩子们陆陆续续来了,一个年龄稍微大一些的女孩子也走进院子,看到我们,她站在那里显得有些不知所措。一问,得知她也是学校的老师,名叫陈晓艳,只有17岁。

时间:2011年6月30日
山西临县碛口镇白家山学校

陈晓艳老师

**Chen Xiaoyan**
Teacher at Baijiashan School, Qikou Town, Lin Xian County, Shanxi Province

# *I teach them all I know*
# 把我会的 **都教出来**

● 你这么小，怎么想起当老师的？

初中毕业了，出去打工吧太小了。没有出去过，自己想当老师，像这些孩子，比如说上课，像他们这些事都得要管是吧？他们上了课一般自己写，有时候还会说话，嗯，挺可爱的。他们下了课，他们就叫我和他们一起玩。把孩子交给我也放心，因为他们的家长也在这个村子，所以常常见。

给他们教书，不觉得吃力，英语课是给高年级的，教他们单词，比如说一些常见的单词。比如说数字、水果之类的，我一般是教自己会的，孩子们爱学英语兴趣挺高的，我觉得吧，学生上课时候一般还是会喜欢比较年老的吧，因为他们经验多。下课的话，他们一般都会找我玩。也教他们唱儿歌，一周教一次吧，教过《五指歌》、《上学校》一些儿歌。你说一些流行的歌曲……他们太小了。一周上一次英语课，在星期一的下午，三、四、五，三个年级同时来上。

● 下课了你跟孩子们玩吗？

课外活动一般他们自己玩，跳绳什么的，还有捉迷藏，两个班下了课一块玩。伤心了，委屈了，有没有这样的事？没有，挺高兴的每天。教书家里人支持。以后大了的话，应该是出去打工吧。

现在一个月700。同学出去打工的，也差不多吧，七八百。继续考学？没想过。家里他们想让我大了以后出去打工。我有三个哥哥，我最小。他们说我小，所以就让我先当老师。外边没有出去过，他们跟我说过，说很大、很繁华。因为我这个人一般记不住路，出去就找不着路。最远去过古交，因为我姑姑在那儿。古交好，那么多车，那么多人，挺热闹的。

17岁的老师陈晓艳在教室里领读课文时像一个老师，而她不说话时又像一个高年级的学生。她的确还是一个小姑娘呢。她给孩子们上了一节语文课，这一课的内容是《吃水不忘挖井人》。小陈老师领着孩子们读课文：

瑞金城外有个小村子叫沙洲坝。毛主席在江西领导革命的时候，在那儿住过。村子里没有井，吃水要到很远的地方去挑。毛主席就带领战士和乡亲们挖了一口井。解放以后，乡亲们在井旁立了一块石碑，上面刻着：吃水不忘挖井人，时刻想念毛主席。

每次在乡村学校听到孩子们读课文或唱歌，我都会怦然心动。这次也不例外。尤其是那句"吃水不忘挖井人"，总在耳边盘桓。

下课了，空旷的院子里没有小学校应该有的体育设施。孩子们与一老一少两个陈老师在院子里一起玩了老鹰捉小鸡，两队疯跑的孩子，与城里的孩子无异。

院子中，孩子们的欢笑声让寂静的山村有了一丝生气，虽然我们听不清楚他们在说什么，但他们的笑声，却深深地感染了我们，现如今已经很少能够看到这么纯真灿烂的笑容了。

| 高杰瑜 | 校长 | |
|---|---|---|
| 苗小兰 | 32岁 | 10年教龄 |
| 王奴平 | 52岁 | 30年教龄 |
| 孙新玲 | 30岁 | 11年教龄 |
| 张补连 | 35岁 | 15年教龄 |
| 张少连 | 29岁 | 10年教龄 |

这是一个条件相对比较好的学校，刚开始见到这些女老师时，我想，终于见到一个教师群体了。一路下来，很多学校都是一个老师或两个老师。在那些偏僻的山村，总觉得一个老师生活在那里很孤独，甚至有些压抑，虽然真正面对她们的时候，给我的感受更多的是平静。

我很享受这次谈话，在整理谈话记录时，我将六位老师的回答合成了一篇，因为我发现，对于我们提出的问题，她们的答案竟然出奇的一致。有时我觉得我已经不是一个外来者，一个想深入她们内心的观察者，而是她们中的一员，为她们的快乐而欣慰，为她们的困难而纠结，虽然我并无资格成为她们中的一员。

时间：2011年6月30日
山西省临县丛罗峪镇天洪小学

## Gao Jieyu, Miao Xiaolan, Wang Nuping, Sun Xinling, Zhang Bulian, Zhang Shaolian

**Teachers at Tianhong Primary School, Congluoyu Town, Lin Xian County, Shanxi Province**

# *Every female teacher in a county school is also like a mother*

# 每一个乡村女老师都是**学生的妈妈**

在一间简陋的办公室里，我坐在一群叽叽喳喳的女老师中间，被她们的热诚所感染，感觉到的不仅是30岁左右女性业已形成的成熟，还有她们亦如少女般阳光的内心。谈话中，我不断挑选一些轻松的话题，想听听她们生活中快乐的东西。这些老师都有孩子，正如高杰瑜校长所说，她们既是自己孩子的妈妈，也是所有孩子的妈妈。

5位女老师中，35岁的张补连老师是代课老师，她从结婚前就开始代课，现在教龄已经15年，每月还是600元工资。周围几个女老师说，张补连老师的授课任务与她们是一样的，教课很好，家长都想让她教。

● 我们感觉乡村学校特像一个家庭。

农村人就是纯朴，关系融洽。实际上照顾学生，就像对自己家的孩子，就有这种感触。每天上学就照看孩子们，不要在路上玩耍，每天放学的时候说，注意安全，老师们操心很多。当了老师无怨无悔，和孩子在一起快乐，就是感到充实嘛。没有事干就会感到很空虚，在学校过得很充实，每天感到很有意义。学生有时调皮，有时还是很可爱的，调皮孩子也是可爱的。我们农村学校本身就是这样，不受一些社会不良风气的干扰。

● 村里没有网吧吗？

网吧？村里面根本没有，像城市里头吧，自己家也都有电脑。免不了影响孩子。村里面的孩子，家里没有这个东西，回家了还要帮忙干一些家务，做饭呀，扫地啊，我们也经常教孩子们回去做点力所能及的事情。村里面的孩子相对比城里面的孩子早熟一些，也就是自立。

现在农村条件也比较好了，有的村都是自来水。以前我们放学了回家还要挑水去呢，给爸妈挑水，帮忙做饭。他们到地里干活的时候，你回家还得做饭，尤其是下午，得给爸妈做饭。

现在都是新的办公桌、新椅子，以前都是旧的。去年我们这儿有个人捐资买的办公桌椅。原来那个桌椅在城市已经是老古董了。原来这个门窗都很烂，就是土门窗，纸糊的，那个门关了以后，开这么一个缝，老鼠都能跑进来，我们特别怕老鼠。原来这院子也挺破的，墙都是石头的。这三年，大门、围墙、院子、窑洞都进行了维修。现在条件好多了，以前可差了，晚上睡的时候，那个老鼠爬到我头上了。现在条件还是好多了，所以工作也更踏实了。

● 从普遍看，教师并没有得到社会的尊重，尤其是乡村老师，你们觉得呢？

教师这个职业吧还是受人尊重吧。我们也不能只看结果，要看过程。看结果这个工作就不能做了。只要出去打打工，挣得都比这个多，所以不能计较。心里不平衡肯定是有这样想的，但是有时候也就是想想。还是说我们不能计较报酬。教师这个职业比较好的，教龄长了，学生现在就是哪儿都有。

当老师也没有后悔过。是觉得外边比较好，但是也没有后悔过，对这一份职业还是热爱的。出去旅游见过大城市，咋没动摇啊，肯定外面好呗，都比村里面好一些。最后还是回来选择当老师，这工作忙，也不能说不工作了吧。

和孩子在一起特别快乐，觉得还是挺好的，喜欢这份职业，又是本乡田地，父母亲都在这里，没有在外边的。教书育人嘛，是咱们的观念，你看学生尊敬你，家长也对你挺好的，挺重视的，教师现在的地位也挺高的觉得。桃李满天下。教出去的学生，到节假日的时候还到我家里看看。

"桃李满天下"那是一种什么感觉呢？满足？自豪？牵挂？没有做过教师的人可能很难体会。老师们内心很满足，无论她教过的这个学生现在多大年龄，无论从事什么职业，无论贫穷或富有，无论走到哪里，老师与这个学生都有一种天然的感情联系。这样的感情绵延多年也无法割舍、无法阻断、无法替代……

● 乡村学校男女老师比例差距太大了。

乡村学校男教师还是少，上师范班大多数都是女生，一个班就有几个男生。毕业以后男生有改行的，做生意。女生也有改行，不多。女老师对孩子们细心，生活上比较体贴关心，孩子自然就喜欢她们，都好像孩子的妈妈一样。孩子们每天来的时候喝点水啊，给他倒开水，甚至给孩子们洗一洗脸。农村孩子的家长都挺忙的，地里干活的什么的。有的爸妈出去打工了，孩子让爷爷奶奶看着，有时候就是脏兮兮的，老师帮忙洗一洗。每一个女老师都是妈妈，是这个感觉。男老师肯定当不了爸爸。

● 女老师都在忙学校的孩子，自己孩子的教育会不会耽误了？

老师忙学校孩子，没有时间关照自己的孩子，有时候工作就顾不上家了，家里事情就帮不上忙。自己的孩子没有时间照顾，缺乏母爱。我家的孩子说了，我有妈妈，没有母爱，经常就这样说。我怎么办？我其实心里也挺内疚的，反正能给他多少就给他多少吧。回去了就尽量去满足他，去领上他出去逛逛，看看他学习上咋回事。他怪我也没办法，我得上班嘛。孩子经常说：妈妈，你的工作比我重要。经常就是这句话。听见这个话吧，有时候觉得孩子也挺可怜的，挺内疚的，对孩子好像欠缺了一些什么，尽量去弥补孩子。就是放假把所有的时间都抽出来陪他。孩子挺懂事的，挺明事理的，你要是和他慢慢地这样说，也能说通，他长大以后会理解的。老公也能说通，他也要理解嘛，都有工作，也不是说强求你不用上班了，就是让看孩子。女的有个工作挺好的。像我们农村吧，有这么一个工作也不容易。首先你又上学，父母供你上学也不容易，出来找了份工作，挣的钱少一点。宁可工作，也不让到外面去，他们也觉得挺欣慰的。

出去一些朋友聊起来，有的时候不认识的，介绍的时候说他是个教师，我觉得他们的评价就不一样，感觉挺光荣的。

我们开玩笑地问，做别的就不光荣吗？老师回答，也光荣，但是教师也光荣。我们又问，有几个职业让你选择，当公务员，做生意，还是去做一个技术人员，或者在城里当个白领，还有当教师，你选哪个？老师说，这样选吧，我也考虑不大清楚。我们上的就是师范，你出来当个教师就是对口的嘛。农村的这个观念吧，上学时候爸妈就说，女孩子当个护士也好，要不就是上卫校，要不就是当个老师挺好的。所以，从小就是贯穿着女的当个护士也好，当个教师更好，就是这样的。做生意那是挣钱，现在走到哪儿都有我们的学生，就是有这个感觉。

这儿不能上网，电脑会一些，上了网可以在网上看更多的东西，这里没有这个条件，你要一些资料，只能到镇里面。一般没时间，晚上做饭吃饭，还要改作业。村里面有不少出去打工的，把孩子们放在家里面，和爷爷奶奶住在一块。像这样的孩子就需要更关爱。咱们这儿的留守儿童有 40 个左右。有的没办法，必须得带出去，爷爷奶奶岁数大了，六十几岁七十多了带不了孩子，必须得带出去，苦也就在一起苦吧，就是那样的。其实还是带出去好，打工赚钱比较多吧，外面的条件毕竟好。为了生计，那就是挣钱。现在跟孩子们在一起，还是比较快乐的吧，是自己孩子的妈妈，又是很多孩子的妈妈。如果孩子小，上课的时候让她在教室后面，有时自己在外面院子里玩，没条件，没人照看孩子。

● 为什么代课老师的问题现在也没有彻底解决？

代课老师有很多历史原因，不知道有没有这一方面的政策倾斜。像十几年的代课教师，能做到现在的，也是自己愿意，要是不坚持那就做不下来。代课老师和我们工作量一样，可是工资差距很大。事实上我们都努力了，她更努力。她爱这份工作，要是不爱，她早就辞职不干了，出去打工她能挣得比这个多，不用说 600，甚至能挣到 1800，两倍到三倍的工资，她没有这样做，她爱这个工作。

环坐在火炕周围的女老师们说着目前的生活、工作，想象着城里繁华的情景，大声谈论着几年级几班某个学生的表现和学生家庭的情况。我环顾四周，这个房间既是老师的家，也是老师的办公室，与这个简朴环境相对应的是她们精神上的满足。

我们说到张补连老师的 15 年代课境遇，张老师回应的声音很低，却让我感到了一种发自肺腑的坚定，她平静的表情透着一股执拗，一句"不让我干了我就自己办一个学校"让我无言以对。周围的老师们都对张老师报以关切的目光，朝夕相处的女老师们在这个简朴的学校里情同姐妹。

# 成继香老师

在学校的门廊中，我们见到了成继香老师，
早就听说过成老师的情况，
交谈时我们不忍心触动她的伤痛。
成老师在讲述时，
眼睛里不时闪着泪花，
说不清是来自难挨的病痛回忆还是经历了
人生关口后的感伤。

时间：2011年6月30日
山西省临县寨则坪镇寨则坪小学

成继香老师

**Cheng Jixiang**
Teacher at Zaizeping Primary School, Zaizeping Town,
Lin Xian County, Shanxi Province

成继香老师：人活在这个社会上，有人尊重就好，不一定是有钱就好

# In our life, gaining respect is more important than making money

## 人活在这个社会上 **有人尊重就好** 不一定是有钱就好

● 成老师哪一年开始教书的？

我1978年高中毕业，1979年就当了个民办教师，一直就在山里教书，今年正月里到了这儿。我的父亲也是一个老教师，退休了，我爷爷也是教书的，儿媳妇也是教书的，我家里的老姑，孙子的爷爷，公公也是教书的，我妹妹也是教书的，我家净是教书的。

我父亲小的时候，爷爷就去世了，也是老早以前吧，记不清了，村里的老婆婆说你爷爷也是教书的，我只是在照片上看过。我爸爸教书也是在一个小山村里，一生教书，到退休的时候教了三个地方。这儿的校长的岳父就是我爸爸的学生。我爸爸教书教了30多年吧，一直在农村小学。

我上小学的时候就跟爸爸念书，上了初中就不了，我爸爸一直就在小学教书。小的时候受爸爸影响多，爸爸教书，我们也就是不一样了。现在孩子们在山里，念书也是艰苦，学校少，村里留的都是七八十的老人，大人们都带上自己的小孩出去念书了，没有学校，可怜了。所以，我也就是选择了这个职业，我也是喜欢孩子，爸爸他也是喜欢孩子，我们都喜欢孩子。

● 听说成老师前几年身体不太好？

2006年，我患了乳腺癌，刚带的那届毕业班，自己就感觉到中途吧剩下一个月的时间，没有个人替换，就一直教到孩子毕业了。毕业了上了太原，做完手术，一直检查，到现在，今年是第五年。医生是三院的大夫，人家做手术的时候，听说我的教书过程，特别关心我，经常给我打电话。他说，这实在是太辛苦了，前天还给我打过电话。他说，你教这个孩子们，得了病，已经提前一个月发现了，你还硬带完这个班才上来。对咱这个行动有所感动，就是做手术的话，反正在你身上尽力而为。

病已经发现了，农村的土话说，如果说有这个生命，我有两套准备吧：要么是把这个课上完了以后，在孩子们的心目中也是挺伟大的；要么是说不怎样，但是迟早也不在一个月的时间。前天教育局的领导还来跟我说这，我说不想提这痛苦的事情。检查了检查，现在是没事了。去年检查时，完了医生是拍手欢笑，说你这个病治得非常好。医生建议我一直上班就挺好，所以我就一直上班，没有请过一天假。

暑假里做的手术，赶暑假起来，我就一直教着呢。我在的小山村里，全村的家长都去了，还有家长哭的，不让请假，到检查时你就走，我也是眼流泪，就是因为这个，我没有请假。家长们不让走，回来了你有怎样一个力量教孩子怎样一个力量，所以我就住下了。有了家长的这个鼓励，我最终是做下来了。刚开始家长说叫我爱人帮忙，家长有的时候给打扫卫生、洗衣服，就是这样。我后来一年比一年好，就好了。

去年又毕业了八个，留下五个，我就说把五个学生也带到这儿学校来，家长就在附近租赁个地方住下了。

生病的时候，我害怕啊。爱人硬叫我上医院住院，我就是看到孩子们学得很起劲，所以我就想剩一个月了，孩子们考完我就上去。因为在山里再没有个老师了，村里也没有。我跟村支书开了个家长会，我没有说我这个病情，就说你看留下一个月了，没有个人带，还有几个重点的，人家考了临县重点，所以我就说这一个月完了再说。

后来去医院，医生就骂我，说你不要自己的命了，你维持住自己的生命，才能教孩子。我不敢说了，我就说迟已经迟了，你尽力吧。我想过就是怕不好的多、好的少。所以，我就是想最不好最不好，它就是最后了，我把这个事情办完再说吧。最不好它就是乳腺癌扩散了。

我就问这个大夫，大夫就说你早一天有早一天的好处。做手术完了以后化疗，我就是一直进行的，按医生说的，我一天也没有退缩。

医生就说好样的，说你心情愉快点。我说回去心情愉快点，我不用请假，上班行不行？这个大夫说行，你就是上班以后不要发脾气，我就一直上班了。

当老师的快乐就在这儿。不像有的人说，村里有人说你那是为挣钱，我说不是，我闲着无聊得不行。我就是觉得上这课挺好，我在这就带个一年级班，就像带自己的天真活泼的小孩。

化疗是在三院做的，化疗烤电，当时这个头发都掉了。我感觉到回去以后我没有脸面见孩子们和村里的人。后来这个大夫就挺关心的，给我买的那个假发。大夫说你打扮得漂漂亮亮，你不要认为自己有病，漂漂亮亮的你回家，以前干啥还干啥，我就一直听这个大夫的。我每次化疗只是礼拜日，礼拜五上去，礼拜六化疗一天，礼拜日歇一天，礼拜一再回来继续上课。大夫们也好，说我这个人吧挺坚强的，说这个病与你的性格、各方面有关，大夫们也挺关心的。我说谢谢了。大夫现在每年都给我打电话。

● 在这里还要干几年吧？

我今年52岁嘛，大概56岁能退休。孩子们挺可爱的，去年暑假来看我，我也挺高兴的，咱们的职业就是这个，看见孩子们都好、成绩优秀，咱们就高兴了，就是这样。

那时候生病了，还带着16个学生，我自己的孩子都已经上了高中了，不在这儿。当时学生也不知道，只有我和爱人知道，我不想说，就没有告诉他们，我只是说我要住院，你们毕业我就走。学生们毕业了第三天我就上了太原。我住了院的时候，学生们也知道了。

现在也是还一直吃药，我病好了以后，吃药吃得紧，后来又找到一个中药研究所，又挂的主任大夫的中药和西药结合。人家就是说你这个挺好，我也感觉上课走进教室，就全忘了，记不清这场病了，自己一个人待下去就感觉到自己这儿也不舒服、那儿也不舒服。孩子们走进教室就忘记了，大夫也是根据我的这个心理吧，他就说你就上班吧，一直上班，我就是和孩子们在一起，忘记这个烦恼。

现在两个儿子结婚都不在身边，爱人在碛口政府。他没事的话也就上来了。刚开始几年，我身体有点虚弱，他也帮忙呢，他也给我批改作业，给我做饭，洗衣服。所以，也有他的功劳呢，有他的支持。

● 现在是公办教师吗？

我是民办老师。我是1979年教书，到1981年第一次考试，考试排的是全镇第七名。我1978年高中毕业，我要读个复习班，我父亲不让，说我们村里少一个教师。我那个班主任老师上去找了一回我父亲，说你让她读复习班，以后肯定能考上大学。我爸说姊妹七八个，家里的生活也艰苦，当时挣工分，爸爸叫我教书我就教书。我父亲他不愿意求人，就让我当这个民办教师了。开学以后，我心里不服气，一直当代课教师，一直代课，最后又进修了一个文凭，以前挣 12 块钱，刚开始 9 块钱，后来 1996 年才转正。我 19 岁教书，现在 52 了。我就是爱这个行业，我觉得这个行业踏实，每天过得挺踏实的和孩子们，自己感到上进吧，爱这个职业。

我的两个孩子小学就是我教的，一直教到他们五年级毕业，上了初中在林家坪念的。两个儿媳妇也是老师，大的是分配了的，小的没有分配，教幼儿园。

大媳妇就是在我们村里教书的，她说我是教书的，她也就选择了这个教书。我的两个儿子不爱教书，都是男的，回去还得洗衣服、打扫卫生，他们就不爱教书，他们就是大了当了工人了。我的小儿媳妇生下这个孙子以后，在我们农村里私人的学校教书，私人没有地方，我觉得孙子下去不好教，就在家里给媳妇开的幼儿园。小的这个媳妇是在离石职高毕业，幼儿学校。我们就喜欢孩子，回去以后，我走到哪儿，村里的孩子们跟到哪里。生病时候，孩子们给我洗衣服，有的时候我不知道的时候，孩子们上来后，把碗筷拿回去，等你回去之后孩子们把家里打扫了，锅也洗了。孩子们就和自己的孩子一样。星期日我住在学校，孩子们也来坐在炕上，他们有时睡啊、写啊、唱啊，挺自由的。

当时我在村里学校就我一个老师。有的时候家长们也去了，放学以后到学校，窗子也得糊，我这个身体虚弱，家长怕孩子们弄不好都来了，开学的时候把外面都打扫了，窗也糊了，这个生火的、取暖的也是家长弄的。家长们挺好也是，有他们的支持我才做了手术，在那个小村村一个人住了 11 年了。要是走了，可能这些孩子就没人上课了，小村村没有人去。当时我去那个小村村的时候，他们学校就是个土窑洞，还是个危房，教委的上去说这是危房。后来把学校简单地修整了一下，住进去，刚开始那个村子是二十八九个学生。

● 当老师快乐吗？

教这么多年书，我就喜欢孩子。我看见孩子们考上这个大学，我就感到自豪，就是这个乐趣。我父亲的学生们现在又是教委主任，又是校长，我看见他们对我父亲非常地尊重。人活到这个社会上，有人尊重就好，不一定是有钱就好。我就是爱这个，也可能是因为父亲教书的缘故吧。我父亲在我们现在这个校长的岳父村里教过书，那个村里的学生们大多数都是教书的现在，都在教育局。我的父亲去世，他们都去了。

选择了乡村教师这个职业，就是选择了清贫的生活道路，作为谋生的职业，乡村教师的收入非常少，可透过成老师那双满是泪花的双眼，我们体会到一个乡村老师对待"尊重"的看法，对待"有钱"的看法。成老师几十年时间沉醉在当一个乡村老师的快乐之中，有着别人无法感受的收获，她让我们真正体会到了一个乡村教师的内心和价值。

# 白艳青老师

走过来一路,我们见到的乡村老师,年龄都偏大,乡村学校的艰苦条件难以吸引年轻人来此任教。在这个学校我们见到了一个刚刚从师范毕业的小老师,看见我们几个人一起涌向她,她有些不好意思。

时间:2011 年 6 月 30 日
山西省临县寨则坪镇寨则坪小学  白艳青老师

**Bai Yanqing**
Teacher at Zaizeping Primary School, Zaizeping Town, Lin Xian County, Shanxi Province

# I fear to face the complexity of human relations once I get to the outer world
## 我怕我出去 外面的人际关系比较复杂

● 白老师怎么到的这个学校？

我是白家山学校陈秀平老师的学生，从那儿毕业以后去了镇上的中学，之后又去汾阳师范。上了五年，现在是大专毕业。我们同学回来干教师这个行业的不怎么多。

● 对陈老师什么印象？

对陈老师印象挺深的，因为我还没上学的时候，她就在我们村里了，一直到现在，也有20来年了吧。她为人处世也挺好的，人也挺和蔼可亲的那种，她在我们村里印象可好了。

我本来学的就是当老师这个职业，我在这个学校，也是陈老师给我介绍的，介绍到这儿实习，再到这儿代课。我妈跟她说我今年毕业了，让她帮我联系一下。正好这儿缺一个人，她就把我介绍到这儿了，她能帮的尽量都会帮的。我本来就上的师范专业，我妈也是想让我教书。她就说这个职业以后也好，可是现在这几年老师也是不怎么好当。现在的孩子都比较宠，打也不能打，骂也不能骂，都要做他们的心理工作。

我就不怎么喜欢这个，后来我妈硬让我干的，我也慢慢地开始喜欢这个了。

陈老师为人好，她跟村里的人、家长都相处得特别好，村里人们都特别地敬佩她。她与孩子跟家长交流得比较好，教育的方法比较好。我妈种地的，她说来说去就是陈老师，说陈老师现在咋样咋样，也想让我干这行呢。妈妈觉得陈老师特别好，所以希望我能像陈老师这样。

● 喜欢这个工作吗？

刚开始我就不怎么喜欢这个工作。后来一直在这儿，慢慢的我就感觉到心也踏实下来了，感觉自己还是干这个吧。刚开始前半年实习，我去那个学校，看到同学干这个工作的可少了，都是到外面找其他工作。后来心里还想，我干这个有没有用。我跟我妈说，我也想到外面去，我妈说就干这个吧。我的思想又踏实下来了，继续干。现在是带三年级到五年级。

我是这个学校最年轻的老师，他们都成家了，孩子都大了。我们师范毕业后都是代课老师，一个月就是六七百。有时候没有那个耐心，不想代，今年好像是有一次特岗考试。

● 你的同学都是学师范的，她们怎么看这个工作？

同学说，像咱们灵县的吧还是代课的比较多一点，下面的孝义、离石、汾阳出去的干这个的就不多。那边他们的工资比我们这边还低，500、400多，咱们这儿还行吧。我也没想过干其他的，我说我既然学了这个，我先试上几年再看，因为我的性格比较内向，我怕我出去，外面的人际关系比较复杂，社会比较复杂，我说回来锻炼上几年再说。我在学校基本不用想太多，到了社会上啥人都有。因为暑假的时候，我在外面打过工，啥人也遇到了，我就比较怕走向那个社会吧。

这个学校老师都挺好的，因为他们都成家了嘛，他们对我也挺好的，他们自己不是种了菜嘛，就我一个人，他们今天给我拿这个，明天给我拿那个。在他们身上，我也能学到很多。因为我专业知识学的计算机，到这儿条件不怎么好，没有那个计算机。回来之后就没有碰过计算机，一直就是在这儿代课，教语文跟数学，跟计算机一点关系都没有，我想过一直干下去。

一路上我们时常看到被遗弃的"希望小学"。农村青壮年进城打工也带走了自己的孩子，留守儿童越来越少，撤校并校使得昔日生机勃勃的乡村学校没了生气，农村义务教育面临"人去楼空"的严峻形势。然而，在这里我们还是看到了年轻面孔，不知古老朴实的乡村教育能否在新人身上传承下去？不知顽强脆弱的乡村教育如何面对未来？

# 第二部
## 灾难中学生的守护者
## Guardians of the students in the disaster

今天，我们可曾想到上百个为救助学生而丧失了生命的教师英灵不远，可曾想过我们还活在这个世界上的人应该对他们表示最起码的尊重？

# 2011-4-5
# 北川老县城

## Could we always remember them?
## 我们还有能力记住他们吗?

**Wang Weiping**     王卫平

2011年清明节期间我们来到北川老县城。这里已是地震遗址纪念馆，唯一通向县城的道路设立了几道岗哨，经过交涉通过第一道警戒线后，我们来到了一个大铁门面前。得到铁门前警卫的允许后，我们弃车徒步前往被地震摧毁的老北川县城。

通向老北川县城的道路是一个S型的大下坡，两个北川教育局的领导陪着我们，其中戴眼镜的老师手里拿着两束鲜花，一问得知他的妻子和老丈人都在大地震中遇难。另一个老师则做过几年曲山小学校长，后来到县教育局工作，他叫徐正富。

路上，已经熟悉起来的徐老师谈起地震当时的瞬间："当时尘土飞扬，一片混乱，我大叫着，是男人就去救人。"说着，他沉默了一下："也有不愿意去的，还有装受伤的。"

我无从判断他的讲述，只是默默地听着。

下了一个长长的陡坡，来到一个可以远眺全县城的平台。这个平台叫做"望乡台"。平台正对面是一大片开阔地，向下望去是一座大坝，上面写着"阻挡泥石流大坝"。徐老师介绍说，这里原来是县政府所在地，当时电视里播放的地震发生时学生们汇报演出的礼堂就在这里。附近还有一条河和一些民房，地震将它们摧毁。2008年9月一次泥石流将一切荡为平地，后来就修了这个大坝。

平台的石阶上残留着正在燃烧的蜡烛和一堆堆纸灰。不时有前来祭奠的人，双手合一，默默悼念。

看见一个30岁左右的女子在点香，我悄悄地走过去，低声问她："你好，你是在……"她抬起头来，看了我一眼，摇摇头，不愿回答我，

我发现她眼睛里充满泪水,赶快知趣地走开。

从这里向北川县城远眺,在昏暗的天幕下,一座座东倒西歪的房屋不像经历了一场浩劫,像没有摆放好的玩具,而玩具的主人策动了一场疯狂的玩耍,然后悄然离开,只留下混乱的玩具还默默地矗立在那里。

远远望去,灰蒙蒙的街道上鲜有人迹,只有个别人在街道上走着,因为太远了,人看上去像是在空中游荡,耳边不时传来鞭炮的响声,噼噼啪啪的声音在这个沉寂的城市中显得格外刺耳。

这是一座被遗弃的城市。老北川县城在今天可以称为"伤城"吗?

我们即将走进这个曾经被全世界关注的城市,人类于2008年5月12日在这座城市的惨痛遭遇,人类在这座城市经历的无数生死离别,不知是否已被人类忘记?

只有真正走在老北川县城的街道上,才体会到"浩劫"一词的含义。街道两旁的楼房东倒西歪,残缺破碎的楼板有的彻底垮塌,有的楼房底层被压得只剩下一层薄薄的碎瓦砾,不仔细看,根本看不出来一楼被挤压碎了,埋在了下面。看起来张牙舞爪、四分五裂的建筑显示了极其恐怖的景象。街道两旁很多倾斜的楼房被巨大的铁架子支撑着,防止它再一次突然坍塌。

老北川县城最大的公墓就在街道旁,这是官方正式祭奠的地方。据称这里原是一个开发商挖的地下车库,有两层楼深。地震发生后,因遇难者太多,无法处理,于是这里被作为政府埋葬死难者的公墓,有7000多遇难者被掩埋在这里。

墓地布置得庄严肃穆,绿油油的草地显得清新安静,背景是个巨大的水泥墙,上面写着"深切悼念'5·12'特大地震遇难同胞",街道两侧放着一些鲜花。

眼前这个看起来仅仅二三百平方米的地方,平静、安详、肃穆,可草地下有几千个亡灵。有谁看到了当时是怎样惨痛的一幕幕:一

用爱心抚平地震创伤　用双手重建美好家园

深切悼念"5.12"特大地震遇难同胞

■ 北川中学

个个死难者，身上的伤口还在淌血，折断的肢体没有复原，抢险的解放军官兵们、他们的亲人们，将逝去者背着，抱着，抬着，走向这里……在向大坑中投放一层又一层尸体时，周围人们是怎样的心境？那是自己的父亲、母亲、妻子、丈夫、兄弟、姐妹、女儿、儿子，他们被放置在冰冷的土坑中，被石灰、黄土、水泥一层层覆盖，呜咽声、痛哭声、哀嚎声，痛击心扉，声震云端。转瞬间，一个个曾经的鲜活生命成为大地泥土的一部分……

呜呼哀哉。

最让人震惊的是墓地背后的情景，两山之间是一个宽百米的巨大石堆，而埋藏在下面十几米甚至几十米的竟然是北川中学新校址的整个校区。在那一刻，山崩地裂般的巨响，几吨几十吨的巨大石块滚滚而下，平时看起来静静的高山，瞬间成为一头凶猛的怪兽，将学校的一切彻底吞噬，也深深埋葬了300多个师生，他们中的一部分至今依然葬身在巨石堆下面。

一个完整的学校仅仅剩下一个篮球架和矗立在操场上的旗杆。今天，旗杆上的五星红旗也垂下了头，不知是为脚下发生的一切仍然悲

伤，还是不忍心每天都看着这无法收拾的惨景。

一个女孩子拿着几束花来到石堆前。她原是北川中学的学生，山崩地裂那一刻，她们班因正在操场上体育课而得以逃生，而在教室里的师生大部分被埋在了石堆下面——永远。

面对昔日的学校和教室，面对葬身地震中的同学和老师，泪花闪闪的女孩子努力压抑着自己的情绪，她默默地献上花，双手合一，垂首闭目……我试图与她交谈，可简直不能发问，只要提起那个时刻，女孩子的眼睛里瞬间噙满泪水。

从公墓向前走100米，从一个碎石通道走上坡，是北川县曲山小学的遗址。小学的旁边是县公安局，正面的办公楼只是裂了几道长长的缝隙，它右边的办公楼已向右倾斜，完全靠在正楼身上，而它左边的宿舍楼完全垮塌。

办公楼前矗立着一个地震遗址的告示牌，上面记载了在地震中遇难的民警。北川老县城许多废墟前都立着这种告示牌，上面是本单位原有职工多少人，遇难多少人。看着一个个照片上含着微笑的脸庞，真切感受到生命的无常和灾难残酷。

■ 北川曲山小学

在曲山小学的废墟前，我伫立良久。那个被全世界认识的"芭蕾女孩"李月，那个在2008年北京奥运会上演出的小精灵，那个失去一条腿永远无法用双足跳舞的孩子，就是在这里读书。当时李月被埋在倒塌的教室下，被解放军战士救出，在将她抬出来的时候，已经是失去一条腿即将要被截肢的李月。

曲山小学由三座楼房组成的教学楼像被一只巨大的手掌无情地撕扯过、踩躏过，教室和办公室的内部至今仍裸露着，里面杂乱的书桌和书本散落四周。正面中间的教学楼一共是三层，一层已经完全陷入地下。据说还有人至今没有找到。

废墟前，空旷寂静，一对中年夫妻默默走来。徐校长向他们挥挥手，然后低声说，他们都是学校的老师，女儿遇难了，就在教室里，至今没有找到。我看着他们直奔一所残破的教室门口，慢慢地蹲下，拿出纸和一些食品，默默焚烧，没有一句话，当袅袅青烟慢慢散开后，两个人默默地离开。我很想走上去与他们聊几句，可不知为什么，竟站在那里一动不动，只觉得喉头发紧。

此时此刻，我想，无论如何，血缘关系是维系人类之间最重要也是最无法割舍的关系，那种失去亲人的悲痛，旁人依然无法体会。当初那一刻的哀鸣无助，几年后这一刻的默默无声，悲伤已经被时间驱散，而悲痛，那是永远

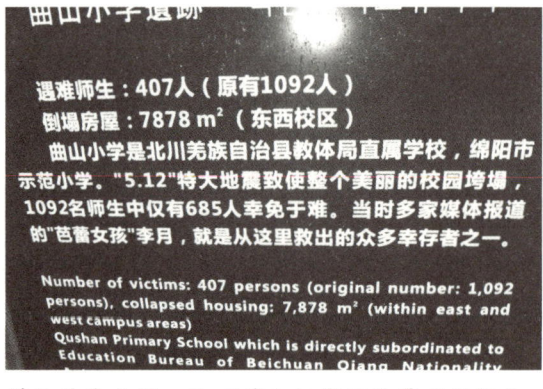

学校前矗立的一块石碑上记载了地震后的损失。

压在胸中的痛,将伴随一生。即使时隔三年,讲述者眼睛里依然泪花闪闪。

继续向县城深处走去,在路旁向北川职业高中校园望去,对面学生宿舍楼上,仍可见两个用床单捆绑起来的绳索从三楼悬挂到一楼。当时地震震塌了楼梯,老师和同学用床单制作了救命的绳索,学生们依次从三楼滑到地面。旁边楼房的阳台上还有挂着的衣服,三年时间过去了,已看不出衣服本来的颜色。

身后过来了一群年轻人,我问:"同学们,有老北川的同学吗?"立刻,有同学向前喊叫,一个女孩子来到我面前,疑惑地看着我。

我轻声说:"你好,你是老北川的学生吗?在北川中学上过学吗?"

女孩子的脸色陡然变了,情绪激动的她硬邦邦地回答:"我是北川中学的,现在已经上大学,过去的事情全忘了,全忘了。"说罢她一转身快速走了。

站在巨大的废墟前,让灾难的亲历者重新讲述,该是多么地不人道啊?!我在一篇报道中看到一句话:"没离开北川的师生去了天堂,离开北川的师生来到绵阳。"重回故地的学生,都带着满含创伤的心,稍微的情绪波动都可能引发号啕大哭。

从这里向前走,进入北川的金融街。昔日最繁华的地方却是最惨景象。路旁北川农业银行的七层楼全部垮塌,成为一个巨大的瓦砾堆,听说还有人至今没有找到。

老北川县城的一切都没有改变,依然保留了地震时的样貌,保留了惊魂一刻,保留了生死别离的瞬间。

城里居民已经全部搬出,只是在每年的清明节和5月12日,在每一个废墟前,都有人焚香祭奠,思念自己的亲人,希望与另一个世界的亲人们重温昔日时光。

2008年的5月,曾经让我们一次次泪流满面,可今天我们的记忆中,当初的一切还有什么印象呢?

地震的废墟就在眼前,曾经鲜活的生命就在它们的下面,我们希望永远记住他们吗?我们还有能力记住他们吗?

如果我们已经全部忘记了,难道我们的心中已经满目疮痍,成为一片废墟?

我们又一次来到北川中学旧址。每次看到这个巨大的石龙魔鬼,都不禁震惊。难以想象当时的情景。对于地球,自然界每次一个小小的震颤都微不足道,却是生活在这个地球上人类的巨大灾难,而对这种灾难的发生没有任何抵御的办法。人类已经创造了许许多多的不可思议的事物,可对于脚下的土地,人还是没有办法,可能永远也没有办法,永远只能被动地面对灾难,经受灾难、承受灾难的结果,只能

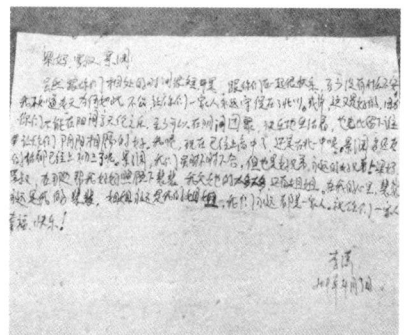

在还活着的亲人的内心深处留下永远的伤痛。

在公祭墓地对面的一个祭奠平台，一个男孩子蹲在那里，在几张黄纸上写着字。他叫李潇。

周围祭奠的人们在烧香、烧纸、放鞭炮，而他全神贯注，丝毫不被四周的动静影响，只是默默地写着。

我从后面看去，李潇的信是写给去世的舅妈、哥哥、姐姐和一个女孩子的。他讲到了自己的近况，讲到了当时在一起玩耍的情景，讲到了与同学打架的气愤，讲到了想念他们的痛苦。孩子的纯真、自由、任性，还有不是这么大孩子应有的细腻情感和思念，都跃然纸上。

逝者已去，
生者惶然，
不知去何处寻找曾经的亲人和伙伴，

只得继续用书信传递心思，不知阴间的他们能否体会尚留在人间的我们的思念。

我轻轻地叫他："李潇，等你写完了，你能念一段吗？"

李潇抬起头，我的眼前是一张年轻稚气却倔强的脸，"不行！"他的回答没有任何商量的余地。

一个小时过去了，李潇仍旧在写着，我不忍打扰他。

阴阳两隔，他在与自己的亲人对话，几张纸上面的字已经密密麻麻。一个16岁的男孩子正是最顽皮的时候，可他在灾难三年后依然深情，也背负着如此沉重的情感思念。

写完了，他将几张纸叠好，放到火盆里用火点燃。渐渐地，信已经成为灰烬，不知远方逝去的亲人能否听到他的心声。

我走上前去，问了他几句话，此时的他，脸上依然是倔强的神情，而态度却平和了许多。

中午12时，我们准备离开。在走向停车场的路上，发现一个母亲带着一个穿着红衣服的七八岁的女孩子从远处走来，我们跟着她们，又一次走近曲山小学的废墟。

年轻的妈妈看见我们跟着她，停下脚步对我们说，希望不要被打扰，不要拍摄她们的脸。我们立即退出几十米外。

远远望去，在巨大的废墟面前，两个人蹲下来，妈妈在烧香烧纸，女儿在一旁看着。一会儿，女孩自己走到一旁，手举鲜花，向对面几米外残破的教室恭恭敬敬地拜了三次，随后又跪在地上，向残破的教室磕了三个头。看她认真的模样，难以形容我们此时的心情。

我们远远地站在她们后面，默默地注视她们的举动。

此时，巨大而残破的教学楼

已不是钢筋水泥的残骸，不是大灾难后被遗弃的教室废墟，不是亲人的坟场，而是一尊庄严的祭坛，一座膜拜神明的圣台，一个亲人灵魂寄居的美好天国。

四周静得可以听见自己的心跳，缕缕青烟在空气的节拍中舞动，教室四周的荒草轻轻摇曳，时间似乎凝固了。

废墟究竟是一个个生命的终结处，还是人类漫漫长程中的喘息地，还是某个生活中突然出现的命运旅店，还是经常产生遗忘的人类的真正坟墓？

突然，女孩子将手搭在了妈妈的后背，搂住了妈妈，难道是在抚慰悲痛中的妈妈？一只小手在向人们告示：家里的男人走了，我们是相依为命的母女。

女儿突然蹦蹦跳跳跑得远远的，还用双手捂住了耳朵，尽显一个孩子的顽皮天性，原来是妈妈要点鞭炮了。

鞭炮响起来了，
这似乎是亲人的召唤，
是生者的呐喊，
希冀惊醒熟睡中的亲人，
恳请他们张开双眼，
看看我们吧，
看看你的依然相望却眼含
热泪的妻子，

看看你的漂亮的宝贝女儿，
你闻到花香了吗？
你听见妻子低语了吗？
你能站起来拉住女儿稚嫩温暖的小手，
亲吻她的额头，
继续用慈爱的眼光看着她，
让她的撒娇任性抚慰你的伤痛吗？
可是，你用沉默回答妻子和女儿的呼唤……

鞭炮声戛然而止，缕缕青烟飘向天空，飘向遥远未知的另一个世界。四周依然一片寂静，巨大的废墟继续以它的威严和冷漠矗立在那里。

母女俩站起来离开了，红衣女孩蹦蹦跳跳走在前面。在下坡处她们停了下来，我走过去，对她说："你的女儿非常可爱，刚才她的举动让我们感动。"

母亲的眼睛突然红了，眼泪流了下来。她低声说："去世的是她的爸爸。"

难道遇难的又是一个教师？我们相对无语。

我们来到绵竹的汉旺镇。东汽中学在这里。庞大的东方汽轮机厂本身就是一座城市，连绵的厂房车间、家属区、学校、医院、商店，构成了一个城市的所有要素。

从一个铁门进去，一直走到一个水坝，一路上两旁楼房大部分没有倒塌，墙面上纵横的裂缝和已经被拆除的一个个黑洞洞的窗户，寓示着曾经的大劫难。如此庞大的生活区已空无一人，走在楼宇间，感觉很奇怪，像是走在被战争洗劫后的荒芜的、被遗弃的死城。

从东汽出来，我们又去了旁边的生活区，寻找在地震中遭受重创的东汽中学。生活区里空无一人，在一个长长的围墙外我们左右突围，最终，我们没有找到东汽中学。而曾经感动无数人的谭千秋老师就在东汽中学。

地震后的一天，当牺牲的谭千秋老师的妻

子捧着他的骨灰，回到他曾经就读的湖南大学时，夜幕中，成千上万的学生手捧蜡烛，延绵数公里迎接自己的师兄，"千秋兄长"的呼唤声曾经让无数人热泪盈眶。

从几个臂上带有红色安全标志的人口中我们得知，东汽小学和东汽中学已不见踪影，震后被夷为平地，甚至连废墟都没有留下。

当天晚上我们赶往绵阳什邡。

第二天早晨，我们从什邡县城来到红白镇。在"5.12大地震"中被外界熟知的红白中心校就在这里。

在崭新的红白小学门口，张德强老师在等候我们。大部分时间他都默不做声，只是陪着我们，像在沉思，偶尔问他，他才简单地回答几句。

就是这位张校长，在震后混乱的几天里，白天黑夜守着几十具学生尸体，防止被恶狗撕咬，直至将他们全部安葬。

我们前往红白中心校的旧址，一路走着，道路两旁都是新建的民居，镇上原来的民居格局已经在震后重建中彻底变样。路上的居民遇见我们一行人都与张校长打着招呼。

走了不远便是原红白镇小学，原校址已没有，仅有一棵大树在街中心。人们管这里叫"白场"。

沿着街道再向前走，过了一个桥，我们来到红白中心校原址，这里已经完全没有了学校的痕迹，垮塌的校址被平整为一个广场，名字叫"红场"。在原来学校的地方盖起了居民楼，只有一棵树伫立在广场中央，张老师说，那是他很久以前栽的树。

今天的红白镇已经彻底变了模样，几乎找不到地震前的痕迹。重新规划和建造的建筑布局，改变了红白镇过去的生活轨迹，曾经烟火缭绕脏兮兮乱哄哄但人情味十足的民俗民风很少了。"城市"或者叫"城镇"这个怪物，将我们带入了据说是"文明的世界"，给我们带来了源自人性的肉体享受，它不断满足我们无休止的欲望，也扼杀了曾经纯真的美好，切断了我们灵魂与伟大文化的历史连接，荒废了我们今天的精神家园，窒息了我们的思考和对于精神世界为何荒芜的追问。

建造一个新城的目的是什么？

为了生存？为了爱？

仅仅两年多时间，平日里谁还会提起那一天呢？只有每年的那一天，我们才像看着遥远的别人的生活一样，简单重温曾经熟悉的那些事，而从来不做思考：八万多同胞的逝去对我们意味着什么？侥幸活着的我们面对一个不知所措的社会，继续着我们不知所措的生活。

2011年的清明节，我们在四川，在曾经的大地震灾区，度过了几个不平静的日夜。我们还会回来的，为了记录曾经有过的悲壮，为了完成那些逝世者的心愿——传达爱，散播爱。

■ 生命之树——红白镇中学仅存的纪念物

# 2011-6-10
# 徐正富老师

**What makes a great teacher is his generous love for students**

老师的伟大就在于她对孩子无私的爱

四川省北川县教师进修学校

2011年清明节期间，纪录片《老师》摄制组去老北川县城拍摄，徐老师带着我们在一所所倒塌的学校之间走着，那时的他更多的是沉默。他说他很不愿意领着客人一次次去地震现场，每一次面对昔日的学校、教室和碰见熟人，心里都难受。我们理解他，这位长期在基层从事教育领导工作的中年汉子，与学校、老师和学生们已经融为一体。我们也知道，徐老师是5.12大地震的亲历者，让他回忆当时的情景肯定为难他。当我们6月份再一次见到他并提出我们的要求时，徐老师答应讲述。

● 请徐老师讲讲地震当时的情景。

5.12汶川大地震那天中午一点半开会，因为局长要下乡，提前开会，凡是开会的大都遇难了。我当时在路上走，周围的房屋倒下来，当时一个感觉就是，天要收我，我也没办法。头上砸了一个口子，感到一股热气往上冒。昏天黑地爬起来之后，感觉到自己还在，一摸到处都是血，我在地上不知道怎么找了一个毛巾，一下子缠在头上。当时我虽然到进修学校去了，离开曲山小学不到一年时间，但在曲山小学工作了九年，对曲山小学感情特深。我第一个反

Teachers　　徐正富老师：老师的伟大就在于她对孩子无私的爱

应就是，我是学校里的老师，我就往学校里面跑，边跑边喊：活着的男人跟我去救学生吧！我跑到学校里面，老师、学生们都是哭天喊地的。

有几个家长现在一看到我心情非常沉重，为什么呢？当时地震，我第一件事就想到学生，我到学校里救援看人手不够，我说这个救援的人数太少了，我就顺着干道边跑边喊，我说活着的人跟我救学生，家长们快去救你们自己的孩子。所以，往曲山小学的人越涌越多。很多家长不知道，他跑出来之后在那个地方埋头大哭，突然想到自己孩子还在学校呢，一下子就在路上疯跑，大声哭着喊我的孩子……他们也参加过来，所以救援的人就要多一些，大家都非常混乱，我说这种情况下，我们只有自救。我们就把男老师组织起来往楼上爬，把学生找到，就往下面递，女老师就在楼下接学生。就用那个斜着的水泥板，我们把学生从上面往下滑，那时候也没有觉得这个安不安全，那时想救出一个是一个吧。我们当时就救出了200多个学生出来。

我们张主任也是曲山小学的，表现得相当英勇。说先进吧，他应该是真正的先进人物，是默默无闻的一个先进人物。当时我们把学生们聚在一起，救了大概有一个钟头左右吧，我突然想起来我的孩子，他们吆喝孩子，我的孩子呢，因为我的孩子是大学刚毕业嘛，她住的楼房和学校对望。我看了一下，我那房子是倾斜的，没有倒，我想她应该没有事。最后看见她的时候，她真没事，自己从楼上跑下来了。

我不是在进修学校嘛，我们学校旁边是职业中学，里面也遇难了很多学生，一楼的楼梯全部塌了。职业中学到处是死人，你平时看那个死人躲得多远，那天看到死人根本就不怕，因为你没有经历过，经历过你觉得很平常了，横七竖八的尸体到处都是，到处都是呼救声，也不知道救哪一个，也没有力量一个一个地去把他救出来。所以，那个时候受伤轻的、能够爬出来的，在救援时候才能救出来，有的学生基本上就没法救了，因为他的下身全部压在水泥板下面，救出来也没有法。我们一个家长的孩子从一楼里面逃出来，当时抱在怀里还叫他一声爸爸，一会儿没有声音了，这个家长真的很悲伤。还有一个家长他救他自己孩子，他也看到了他的孩子，他也能够救出来，但是他的孩子压在水泥板下面，他如果把这个水泥板稍微抬一下，水泥板要垮掉，两边也是学生，根本就没法救，两边的家长过来不准他抬这个水泥板。他只能眼睁睁地看着，他拉着孩子的手，拿了一瓶矿泉水递给这个孩子，一直陪着他孩子，一直没有声音。像这些家长，这种悲痛是最深的，是忘不掉的。

看见这么多孩子遇难，你作为一个教师吧，你那个时候能够多救一个是一个。因为你活到这儿了，假如你没活着，你想做也做不成。你没有这个机会，所以你做事是一种幸福，上天给了你幸福，是吧。我们经常跟那些遇难学生的家属说，你不要太伤心了，有福之人送无福之人吧。

我们的老师当时把学生一个个抬出来，遇难的抬在一边，没有遇难的集中在政府广场上，老师就轮流看护学生。我们有一个老师埋在里面，我一个人把他救不出来，我就找其他老师来救，救了三个钟头才把他救出来，现在还健在。在学校大家都是非常齐心的。如果在路上看到这些，根本无法救，没有时间救，因为他还有自己的同事、亲人，只有那些老师冲上去。就是说，我们的老师和学生不弃不离，这个应该是最伟大的。

当时在老县城，泥石流垮下来产生冲击波，很多学生是被冲出到地面上才活下来的，当时如果埋在水泥板下，根本就没法救。像我到学校去，就有一个学生，他就在我脚下，拼命地喊：叔叔阿姨救救我！我也到处找，但是没法救。因为当时那个废墟也不知道把他埋了多深，废墟上面有几个大的水泥柱压在上面。我说我是学校的，我一定救你，你一定要坚持。到晚上8点的时候，他就没有声音了。

● 老师也有自己的孩子呀。

地震后，老师都没有逃脱，全部参加救援学生的行动，全在废墟上救学生，有的房子还没有全垮塌，很多学生被桌凳压住了，要救就必须爬到危房上面，一个一个往下递。当时的情景很惨的。我们的老师，不管是男老师、女老师，特别是女老师，很多人非常坚强，她们也跑到三楼去，当时余震不断，救一个人，余震来了大家一下子撤离，也要保护自己，不能说我救学生，也不顾自己的生命危险。老师们把埋得比较浅的、能够救援的，5月12日晚上8点钟之前把他们救出来了。

我们把学生救出来之后，那天晚上就下毛毛雨嘛，天气特冷，5月份嘛，人和人之间必须要背靠背、相互拥着才能够取暖，谁离开了，那里就是一个风洞。当时学生分班、分年级，一团一团地围着坐着，大家相互取暖。晚上也挺恐怖的，恐怖在哪里呢？到处都是哗哗的声音，也不知道是上面的水下来，还是山上全部垮塌下来。当时又没有路。还好，熬到了第二天早6点，我们就一起组织学生往北川中学这个方向转移。有500多个学生吧，我在废墟上找了一个哨子指挥，我们往前走了一段，前面说路不通，然后一下子又到了坝子里面。

● 第二天什么情况？

第二天早上刨了一条路出来，每一个老师带着班上的学生，扶着学生一起走，经过那个小河间的时候，尸横遍野的，大家很多时候都是踩着尸体跳过去。很多人走了一段路就不敢往前面走了，老师就鼓励他们，不要东看西看，只看脚下，就往前面走。遇到沟坎，男老师就主动下来，把孩子一个一个抱着传递过去。那天早上7点多有志愿者开始过来了，走到那个坡上把学生一个个地接上去。志愿者有车子过来后，首先就送北川中学的这些学生先到绵阳。当时情况非常混乱，所以我说张主任他是亲身参加这个救援活动的，应该说他才是英雄吧。

当时他作为一个老师，也没有想到其他，只想到学生。他小孩在绵阳读书。你想想在那个情况下，学校的师生都在等着教育局来救援他们，信息不通、道路不通，什么消息都不通。所以，很多学校这个时候千方百计地转移学生。因为水看着往上涨，老师带着学生一起往山上跑，很多人走到农家户里面，老百姓就把房屋腾出来让学生住，有的临时搭了帐篷，让学生过夜。在这种情况下就需要一个指挥部是吧，当时我们张局长他说你当指挥长，我当副指挥长，我协助你工作。那个时候全县所有师生一下子转移出来，需要安置，还要寻找亲人。

那个时候我们很多老师带领学生出来，根本还不知道自己的很多亲人已经遇难了，他们不知道在哪个地方。很多老师首先把学生先带出来，然后再返回去寻找自己的亲人。家长情绪也非常激动，学生在学校里面遇难了，家长的心情我们当然理解，就找教育局、找学校。我理解，凡是丧失亲人的，特别是丧失自己孩子的应该说到现在心情还是非常悲痛的。特别是上了40岁又失去小孩的，一到了节日，一提起地震灾难，他们的情绪都相当激动，他们那种悲伤我们能够理解。

当时老师带着学生从山上下来。因为有泥石流下来，把老城区一下子埋了。新县城和老县城之间的干道根本就不通，到处是废墟，根本爬不过去。

有一个希望小学就在离县城不远的一个地方。地震过后，一切道路断绝，他们那里有一个养猪场，那些工人非常不错，连他们工厂都没有管，就帮助学校的老师一道翻过一座海拔大概有1000多米的山吧。当时晚上下着大雨，每走一步非常困难，他们把工厂里面的一些食品、水带上，和老师学生一起一直往山上爬。晚上他们烧上篝火，为学生、老师取暖。直到第二天上午他们才翻过这座山。老师带着他们，没有一个掉队的。

堰塞湖旁有一个小学，堰塞湖一下子把所有的房屋都淹掉了。水一下子堵起来，把整个村、街道、学校全部淹掉了，现在还在湖底下。他们组织学生马上转移，也是往山上转，他们那一座山应该是1900多米吧，将近2000米，水深一截，他们爬一截，水深一截往上爬一截。一个学生都没有受伤，全部带到绵阳来了。像这种事情，知道的人也非常少。20多个老师，带了300多个学生。他们真的是很危险，你如果到堰塞湖看一下，你就知道当时的险情了，一切都没有了。还有我们云里小学、云里中学，都是堰塞湖水淹掉之后，老师们带领学生转移。我觉得真正的英雄是活着的时候做了有价值、有意义的事，这个才是英雄，不是活着出来救了几个人，你就是英雄。因为在那个情况下，不管你是领导干部还是社会上的一般人，很多人一下子变成好人了。原来很多生活中混的那一部分人，他们就跟我讲，我把超市保护起来，有秩序地给老百姓发水，我还爬到废墟里面救了很多人，他当时就没有想到其他层面去。在灾难面前，他那种人性本身的善就体现出来了。

危难中，老师们作为儿女的父母和父母的儿女，都承受着来自家庭和亲情的巨大压力。亲人遇难或不知在何处，煎熬着老师的内心，可看着眼前遇难的学生和更多的需要照顾的学生，老师们不弃不离的这个选择何其难啊。

地震过后，我们有很多英雄事迹的报道，实际上在我们老师看来，那真是一件很平常的事。因为大家都经历过，也参与救援过，大家从来没有说过什么英雄，我觉得我们很多老师真的是非常伟大的。

我当时自己任命自己为八一正红学校的书记，在指挥部嘛。我看见这个地方来了五个学校的师生，一下子没人管理，我说我得组成指挥部，市教育局也过来帮助。所以，我定了一个章程，什么临阵脱逃什么的都定上去了。那个时候，你作为一个党员，你必须把所有的时间和精力全部献给孩子、献给学校。

● 看护别人的孩子，自己的孩子却遇难了，这样的老师更悲伤。

最让我感动的就是老师，我们很多老师的小孩遇难了，现在他们看见其他孩子还在读书，他自己就走不过那一步，过不去。就想假如我的孩子还在，今天也应该坐在教室里面。六一的时候，一个老师看见中央电视台儿童频道鞠萍姐姐他们都过来了，那个老师就不由自主大声嚎哭着跑向舞台。我当时一把把他抱住，我说你冷静一下。

所以，你注意观察，遇到节日的时候，这些老师都是一边组织学生活动，一边暗自流泪。

当时不是有一个复课嘛，很多老师觉得这么大灾难，还办不办学校，还教不教书，有的人很麻木。有几个孩子遇难的老师主动站出来说：徐校长，我来承担课。我们新教育团队在做儿童课程《向着明亮那方》，这首诗读出来之后，一是悲伤，二也非常振奋。再艰苦，我们要向着明亮那方，虽然烧焦了翅膀，我们还是要向着明亮那方。一部分老师他们留下来，他们坚持下来。我经常到他们学校去。我说，好样的，最艰苦、最艰难的时候，你们都挺过来了，你们真的是优秀的老师，家长感谢你们。

我们老师地震过后应该是比任何家庭付出都多，因为其他单位都有市上的、省上的、中央的这些部门接待，找一个地方安置。只有老师每天要跟着学生，学生到哪儿，老师到哪儿。当时学生们都在九洲体育馆，老师就必须到九洲体育馆，跟着学生。我记得最深的，那一阵子没有蔬菜，开始几天都是吃的方便面、牛奶这些。像学生就不行，没有蔬菜对他身体有影响，有很多炎症都会出现。很多志愿者送来米饭、蔬菜、稀饭，都是先让学生吃，老师们去吃方便面，有的老师吃了很长时间方便面。他说他口腔都吃烂了，现在听到方便面、牛奶，他们就感到紧张。我说老师他伟大，就体现在他对孩子这种无私的爱上面。很多家长都做不到，这么大的灾难，家长首先给孩子找一个寄托的地方，肯定托到学校里，因为有老师照顾，家长到老县城去寻找亲人、搬东西，老师就没有时间。所以，新县城建好之后，很多老师家里的家具都是新买的。他说地震过后，什么东西都没拿出来。他的时间和精力全部献给了学生，他这种爱应该是无私的，也没有谁表扬他，到现在也没有人说他有多高尚。

这些老师从来都是兢兢业业的。因为在帐篷学校住了一年多，又到新的住房，老师很满足的。老师现在到了新县城，到了新学校，他们就看到希望了，看到了孩子们在新教室里面上课，他们也看到了明天的希望，他那个满足很容易的。

现在你看我们的学校，寄宿制，新建后的学校非常漂亮，应该说我们的硬件设施也提前发展了20年以上。所以，我们的老师也非常理解，我们的房屋建得这么好，有这么好的设备，我们应该充分发挥它的效益。所以，我们现在跟云川小学和原来的曲山小学提要求，要提前实现教育现代化，提前让北川的孩子享受到现代优质的教育。现在寄宿制开始之后，老师们基本上也是在学校里面住。学生星期五晚上、星期六回家，他们才能和这些学生一样回家休息一下，挺辛苦的。

像永川中学，原来他们是在北川中学分出来的一个初中部。你到他们学校去，就会看到他们的老师非常振奋、非常朝气的一种精神面貌。老师们在对待事业上非常认真，在对待利益上，大家也都能相互地体谅、相互地谦让，同事之间也非常关心、也非常珍惜。地震过后出来的这些人，对名、对利看得相当淡，能够活着出来，就应该好好地活着，体现一下你活着出来的价值。我们的价值、我们搞教育的最大的价值就是在教育工作上、在学生身上。

● 灾难过去了，人也变了。

这个灾难过去，人变得更纯粹了。现在大家都非常乐观了。当然遇到节日这些，我们特别不愿意到老县城去。我女儿在宣传部工作，经常带外地的领导到老县城去，她的心情也相当不好。老县城那个地方非常小，地震前走到老县城那个地方，大家都是熟人，都非常友好地打招呼。现在到老县城去，每一个地点、哪些人过去在哪些地方，我们都熟悉。所以，清明节我们要烧一下香，我们都要给这些朋友、同事祝福几句，因为走到那个地方，好像和他们的距离相当近，心情特不好。所以，有时候那些外地人过来的时候，我们勉强去陪一下。实际上自己很不愿意去。

在灾后重建的过程中，我感受最深。因为我经历了很多，一个是经历了我们师生灾后转移、灾后复课，第二个又经过了我们的重建过程中比较关键的几步。现在那个部队对我感情非常深，我走了还送了我一段话，评价相当高的。

因为部队的将军、政委，他们觉得当时在那种混乱的情况下，我们和部队这样一起把孩子安定下来、稳定下来很不容易的。所以，现在部队经常到北川、到安昌，几个首长都要过来看一下我。

那一段时间是这一生最难忘的。那个时候我成了非洲人了，成天都是在帐篷、板房之间转悠，根本没有固定的办公地点。办公的时候也在帐篷里面，有事了本子掏出来写几句。在这个帐篷学校的时候，就需要稳定、需要集体向心力，不然的话，你说我们遇难的老师，80%以上的家里有遇难的经历，如果老师散掉了，那我们的孩子怎么办。今后北川重建好了，还是需要我们这批孩子去建设。我当时说这批孩子是北川今后的金子，是北川的希望，我们有责任带好他们、爱护他们。

我们想起 2011 年的清明节与徐老师一起去老北川的县城，一起看过惨状中的曲山小学和北川中学。站在曲山小学的废墟前，他指着旁边的一幢居民楼说，我家就在这个楼的五层，地震时变成了四层，我女儿自己从倾斜的楼上跑出来。在那一段时间里，可以感受到徐老师不时地会沉浸在当时的情景中，他大部分时间都把情绪压抑着。

作为教师进修学校的校长，徐老师快人快语，身上有一种领袖气质，但在描述三年前那幅惨烈的场面时，眼睛是红红的。徐老师给我们看了《向着明亮那方》的歌词，这是一首日本民谣。

向着明亮那方
向着明亮那方
哪怕一片叶子
也要向着日光洒下的方向
灌木丛中的小草啊
向着明亮那方
向着明亮那方
哪怕烧焦了翅膀
也要飞向灯光闪烁的方向
夜里的飞虫啊
向着明亮那方
向着明亮那方
哪怕只是分寸的宽敞
也要向着阳光照射的方向
住在都会的孩子们啊

在大自然中，一片叶子、一棵小草、一只飞虫都是极微小的生命。而在大地震中，任何生命与动荡的大地比起来也都是极弱小的生灵。老师们和同学们在生死时刻，将生命彼此连接在一起，因为他们心中都有一个不灭的希望：向着明亮那方……

# 2011-6-2
# 李杉老师
Repay the country with supreme loyalty
## 精忠报国

四川省什邡市蓥华镇八一中学

我在一本书中找到了四川什邡红白镇中心校张辉兵老师在地震中牺牲的经过："地震导致教学楼剧烈摇晃，张辉兵立即站在门口组织学生撤离。十多秒后，教学楼整体垮塌，张辉兵被垮下的楼板砸中头部。当救援人员挖到张老师时，他的手仍指向逃生的通道。"

在纪录片《老师》的拍摄过程中，本片摄像师张砥生老师从央视的资料片库中找到了张辉兵老师牺牲后，他的妻子宣丽和孩子在他墓前痛不欲生、伤心落泪的画面：悲痛的宣丽久久不舍离开丈夫的墓地，而她的女儿看到妈妈悲痛万分的样子，劝阻妈妈不要哭了。妈妈告诉怀抱中的女儿，爸爸去天使那里了，爸爸睡着了。女儿回答，天使也睡了。在妈妈怀中的女儿用细小的胳膊给妈妈擦拭眼泪……

看着这份珍贵的影像资料，我久久不能平静，决定到了成都一定要联系宣丽，但未料到，宣丽婉言谢绝了我们。在离开成都时，宣丽送我们去火车站。在汽车上，她给大家唱了一首歌。我们听不懂宣丽的四川乡音，但我们听出来宣丽已逐渐走出痛苦的心情。三年过去了，经历了巨大悲痛的幸存者都开始了正常的生活，我们此时却要硬起心肠去打扰她们。

我们又联系了张辉兵老师的同事李杉老师，开始时，他并不十分情愿，但最终还是向我们讲述了两件难忘的事。

● 能说说现在的心情吗？

现在回想起来，我就觉得那段时间就像梦，我总觉得没过完，从三年前的"5.12"开始，

李杉老师：韩忠报国

我们教九年级的几个老师就说，我们的生活是啥子，是断了层的，好像缺啥东西，到现在都觉得缺，所以现在我在带着九年级，我把这个九年级再重新走完一次，才能把以前的事情重新做完，我心里就好受点。每个人地震完了都有一定的心理障碍。

张辉兵老师唱歌特别好，这个事情是我们所有人都忘不掉的事情。因为在之前，每年五四青年节我们红白镇有传统，都要表演节目，什么样的节目都表演，特别好。我们红白中学对这个特别重视。说实话，我们课外活动组织得不多，但是组织得特别好。地震之前我们组织了两次活动：第一次活动是集体比赛手语操

《感恩的心》。如果你们去看，还有视频，是我们学校留下的唯一视频。每个班学生站到那里比赛。那时正好是清明节，小学部的同学就站在旁边参观，中学部的学生参加比赛。先是一起比赛，大家集体一起做，所有的老师坐一排，坐在台台上，学生就开始比手语操。那时感觉多温馨啊。我们班的学生们就坐在边上看，我们没有参加比赛，开开心心在看。张辉兵他们是评委，当时我们感觉特别好。

地震以后，我们所有中学老师同学一直最怕的一件事，就是听到《感恩的心》这首歌。最怕听这个。因为他们晓得，我们所有人一听这个歌，就能想起那一年我们所有的师生都在一起，组织这个活动，多开心啊。地震完了，有来参观的、捐助的，有的提要求，给他们做手语操《感恩的心》。当时小学部的同学们在前面做，中学部所有的同学在后面痛哭，站着都没动，不做，一直在哭。因为大家都想到地震前那天那种快乐的场景，想着自己的同学还在自己旁边，大家在一起开开心心比赛。比赛赢了，还得了第一名，多高兴。这是我们第一个活动。

● 听说还有张辉兵老师当时唱歌的影像。

第二个活动是五四青年节，2008年的五四青年节跟平时不一样，以前的五四青年节老师不参加比赛，老师只当评委。但2008年的时候，就是因为张辉兵他们在这儿说起，他们说干脆

我们也表演节目，我们说对嘛，我们就表演节目。我们两个老师一个朗诵，那么那个唱歌的人呢？当时我们起哄让张辉兵唱歌，张辉兵说，那我就唱吧。他说他唱《精忠报国》。其实我们晓得张辉兵唱歌唱得多好，我们当时喊他唱歌有种感觉是开开玩笑，本来表演节目就是大家开心。"五四"的时候，我记得那天我们正好是考试阅卷，张辉兵他就没去阅卷，他去学校唱歌《精忠报国》。他走之前我给我们班的同学说张老师今天唱歌。我在我们学校待了八年，加上读书，一共十来年，我从来没有落下过一届五四青年节，就是那次我落下了。因为我们几个去阅卷去了。后来我一回到学校，有同学给我说，李老师，张老师今天唱歌唱得好好听。我说真的呀，他说嗯。晚上的时候，我就把视频拿来，当时我一听是《精忠报国》，我说哇，张辉兵唱歌唱得好好。我一听完就说把这个视频保留起来，留给大家看，每年让张辉兵唱《精忠报国》。他就在一旁笑，他特别喜欢唱屠洪刚的歌。我说明年再唱一首，他说好啊。

地震完了以后，我们学校存放所有资料的那个硬盘丢失了，我们学校所有的照相机、摄像机都不见了，只有一个老师他的摄像机在，他的摄像机里录得有张辉兵表演节目的过程。但是地震后，那个老师的父亲太难受，就把这个视频资料给删了，唯一的视频资料给删了。删完以后，我们就觉得这件事很遗憾。后来我碰上北京来的志愿者，问这个事情，他说这个数据也许可以恢复。于是他就把这个数据，这个相机带回北京去了，他说他找人把它恢复起来。过后他就到北京去了。我一直以为这个恢复不了。

● 这个影像找到了吗？

后来我到北京去，那个志愿者有一天给我打电话，说数据恢复了，那已经是7月中的事情了，让我到他那儿去拿。他告诉我一件事，他说他觉得很遗憾，恢复的数据只有视频图像没有声音。我说，没有声音也好。但是很奇怪的是，他把视频打开放到他自己的电脑里边，他说是张辉兵唱的《精忠报国》，手一点击，视频打开，那歌声一下子就出来了。当时距离地震已经过了三个多月了，我突然听到他的声音。地震以后，很多人遇难，我们老师很多人都忍着，千万不能太难过，那就太苦了，我给学生补功课也一直强忍着。我都没想到能把视频打开，7月15号在北京突然听到张辉兵唱歌的声音，我当时很难受，实在是忍不住了，我就在那儿大哭，非常难过地大哭。

我曾经在不同场合听到过那首《感恩的心》，却怎么也不会想到李杉老师口中《感恩的心》居然还有过这样的情景。说实话，无论是来汶川地震灾区参观的人还是来捐助和做义工的志愿者，都不应该让孩子们唱《感恩的心》，即使你不知道这首《感恩的心》对于劫后余生的这些孩子们意味着什么，也绝不应该。我不知道是哪个王八蛋能在那个场合，能忍心看着孩子们哭成一团，去满足自己的什么"心"。我把这个"心"打了引号，我不认为它还是一颗心。

李杉老师告诉我们，张辉兵老师曾经说，他的愿望是能够攒钱买一辆摩托车，开着摩托车，带着妻子宣丽和女儿一起去外面玩。可惜，这个愿望最终没能实现。

我找到了《精忠报国》的歌词：

狼烟起 江山北望
龙起卷 马长嘶 剑气如霜
心似黄河水茫茫
二十年 纵横间 谁能相抗
恨欲狂 长刀所向
多少手足忠魂埋骨它乡
何惜百死报家国
忍叹惜 更无语 血泪满眶

马蹄南去 人北望
人北望 草青黄 尘飞扬
我愿守土复开疆
堂堂中国要让四方
来贺

看着气势恢宏、豪迈大气的歌词内容，我想象着张辉兵老师地震前那天演唱时的激情洋溢，想象着当时老师们、同学们给他热烈鼓掌的场面，想象着这一幕给所有人留下的亲切而悲壮的情景。

我想，歌手屠洪刚先生可能永远不知道在四川偏远的山沟里，一个普通的乡村老师会如此热爱你的歌曲。张辉兵老师用为孩子们指向生路的手臂，用洒在地震废墟上的滴滴鲜血，用自己短暂的生命诠释了你的歌曲《精忠报国》，宣示了在危难时刻一个老师对歌词的全部理解。

我真希望屠洪刚先生能看到、听到张辉兵老师在2008年5月4日学校联欢会上演唱的《精忠报国》，听到一个26岁年轻的生命，在人生欢乐的最后时光，用中国一个普通乡村老师的一腔热血演绎你的歌曲，像那首歌中唱到的："何惜百死报家国 忍叹惜 更无语 血泪满眶。"

# 2011-6-1
# 方全旭老师

To teach students the good qualities as a human being is a teacher's basic responsibity
教会学生如何做人才是最基本的

四川省什邡市红白镇学校

在联系方全旭老师时,我们心里一直在犹豫,直到已经面对方老师了,我们的内心依然忐忑不安。因为我们知道,方老师的儿子在那场地震中遇难了,而重新让一位父亲去回忆那个惊心动魄的时刻,回忆自己孩子遭到不幸的情景,真的很难。可是我们还是硬起了心肠,只是为了让更多的人知道大地震中的一位老师、一位父亲面对灾难时的心境。我们对方老师说,汶川大地震几年后很多人都已经忘记了,可我们觉得这件事情不应该被遗忘,尤其是震区的老师们在这么大的一个事件当中付出了那么多,是不应该被忘记的。方老师的回答出乎我们的意料。

● 请方老师谈谈地震时的情景。

说内心话,我不愿意谈起这一方面,我觉得每一次谈都是一次伤痛,因为我的孩子也在地震中失去了。所以说,我更不愿意提及这些事情,我觉得有些事情埋在心里,一般不愿意把它再一次说出来,希望你们理解。

● 三年之后很多人对地震当时的情况已经忘记了,尤其是老师们付出那么多。

如果让我来说这个问题,我觉得忘记也存在忘记的理由。为什么呢?我觉得作为一个老

**Teachers** 方全旭老师：教会学生如何做人才是最基本的

师，为什么不可以把你忘记，什么叫老师？老师就像父母一样，我就觉得这样的事都是老师应该做的，你应该做的为什么我一定非得记住你？我是这么去理解这个问题的。都说老师这个职业是灵魂的工程师、最神圣的职业之类的，既然已经给你这些所谓的称号了，你就应该做。所以说，遗忘也是允许的，我是这么去理解的。

比如说我如果做了什么事，我并不希望能把我记住。如果我做的目的是希望别人把我记住的话，我觉得这件事情就带有标榜的性质了，就没意思了。像教师一样，我的职业是什么，我应该怎么做，问心无愧就好了。

● 地震时正在上课吗？

我是教语文的，教五年级。我们学校中午2点25分打了一个预备铃，那个时候我已经在办公室了，当时我是把头转到后面和一个女同事在谈话。当时我忽然感觉地下有一点不对头，觉得有一点波动，我第一反应感觉，糟了，地震了。她在我后面，我一把就拉着她的胳膊，我说快，地震了，我们俩就冲出去了。我们是平房，冲出去估计没有10米远是操场上的一个篮球架，走到那个地方的时候就已经站不稳了，脚下一直在不停地晃动。这个时候，突然从数学办公室也冲出来一个女教师，我们三个人就紧紧地搂在一起，但是仍然站不住，脚下不停地摇晃，而且这个时候感觉眼前好像什么东西都模糊了、看不清。现在用我的话，我都形容不出来那是一种什么样的晃荡，就感觉这个地颠簸过去、颠簸过来，不停地颠簸，反正人是站不住的。

我们冲出去以后，看见学校食堂打工的宋大娘，她冲出来以后，一个趔趄就扑倒在地上了，她就不停地在那里磕头，反正就是保佑之类的。在这种情况下，我感觉那个地下山崩地裂了，好像操场是从中间裂缝了，当时不是感觉，好像亲眼看见。当时我明明看见地是裂缝了，但是后来什么都没有，也许是幻觉吧，我也不清楚。

我们的孩子那个时候基本上是上个厕所回到教室，开始上课了。一个班的学生在外面上体育课，有两个孩子在教室里面，因为中午的作业没做完，在教室里补作业。结果这两个孩子都非常不幸，他们后来都被高位截肢了。这两个孩子当时好像是在二年级吧，后来我还教过这两个孩子，现在这两个孩子都到都江堰爱心学校去了。

● 什么时候您回过神来想起还有那么多学生？

我抓出来的那个女教师，我们平时关系挺好的，我也比她大不多，她叫我旭哥，她已经哭了，她就叫我哥、哥、哥，孩子呢……我忽然才想起孩子，我们都转过头去看我们的教学楼，在看的一瞬间，正好看见那个教学楼正在坍塌，不停地坍塌，坍塌下去的时候非常厉害。我们那个教学楼是三楼，看的时候，那个房子正从三楼坍塌下去，把二楼压垮，然后再坍塌下去。漫天的灰尘就起来了，这个时候什么东西也看不清楚，什么也看不见。等灰尘过后，呈现在我们面前的全部都是废墟了。

我们学校的一个老师姓胡,这个时候他看见了我,他就叫我的名字,他说我在这儿呢,我才看到那个砖头几乎把他掩盖了。当时我看到他的时候只有一只手,还有头部是露在外面的,而且当时他的头上、脸上全是血,他另外一只手正在捡他周围的砖头,我们冲上去把砖头捡开,他是第一个救出来的。后来他跟我说,他说他当时叫我找我的孩子,其实我根本没听清楚,或许是没听见,或许是根本就没有去听。

那个时候很多孩子冲出来到楼梯口那个地方了,结果那个楼梯口坍塌以后,表面上一层都是学生,好多学生已经没法动弹了,也认不出来,也看不清,因为灰尘太大了,脸上、衣服上,几乎辨认不出来,但是还是能够听到好多孩子不停地呻吟,救救我吧……有的孩子就说你们打120吧、你们打110吧,这些话我现在还能够记住。

● 当时想起自己的孩子吗?

我的孩子当时在读三年级,都不知道什么时候想到他,我告诉你实话。毕竟过去这么多年了,也平复了很多。但是事实是怎么样的,我也就怎么说。因为当时看到一栋三层教学楼全部坍塌下去了,表面上全部是很多死去的孩子。我们当时是五个年级,六年级在中学,很多班级都是两个班,学校当时是300多孩子,除了一个班的孩子在外面上体育课,孩子们基本上都掩埋在下面了。我当时看了,我就觉得完了、一切都完了,我当时冲到上面去的时候,还骂了一句粗话,我说谁修的这个豆腐渣工程之类的话,我当时确实欲哭无泪。

当时不停地余震,我们学校以前的德育主任看我站在废墟上,他不停地叫我快下去,我根本理都没理他。我就站在废墟的顶部,不停地摇晃,看眼前嘛,如果有在外面的、还幸存下来的学生,我能够把他救出去、能够把他背出去。我告诉你,好多孩子没办法,活的都没办法。

我也不知道到什么时候,回头看到我们以前一个同学姓刘,他扛了两把钢丝钳过来,我一拍大腿,我说好了,终于有工具了。当时他拿出了几根木棍,什么都没有,那个木棍以前是搭在房子上的。

唉,无济于事,因为坍塌下来的那些砖块都是一大块一大块的,我当时去掏,没多久,这个指头地方就划破了。我站在废墟上的时候,又想着家里,又看到这里的孩子,我就在想管不了那么多了。这个时候我也不知道自己的孩子在什么地方,谁知道嘛,也不知道地震的时候他跑到什么位置,因为三层的教学楼就是一片废墟,都在那里。我只知道后来有一个孩子跟我说过一句话,他说:方老师,谢谢你刚才救了我。我就觉得我没印象。他说谢谢你,是你在上面,在那里说叫我们坚持住、挺住、放心,我们一定会把你们救出去的。我当时是说过这句话。

● 当时救了几个孩子?

我救的孩子好像只有两三个吧,也忘了,

真的忘了。我记得最清楚的一个就是唐章恒，后来我们住进那个板房，从他们家门口过的时候，他爸爸叫我进去，叫我到那个孩子身边去，给孩子说这是你的救命恩人。其实我觉得什么救命恩人。我当时救他的时候，有一条很大的梁压在那里，我看到他的手压在下面，坍塌下来的那个砖块到这里，好像骨头都已经看得见了，当时手也压在下面，拉手拉不出来，想使劲扯出来，又害怕再次受伤之类的，好像下面有一个砖块。我使劲掏，好像那个砖块会动，使劲把那个砖块掏出来以后，我也顾不了那么多了，把他的那个手使劲地掐住，然后使劲一拉，终于把他拉出来了。在下面太多孩子了，数不清。

● 什么时候看到自己的孩子找到了？

我无意间转过头去的时候，看见我的爱人站在校操场，我看到她就让她去找找我们的孩子吧，我说你看看我们的孩子在什么地方，她点头。我就不知道她到什么地方去找了，我站在那个废墟上又看到她的时候，我看她的怀里抱着一个孩子，我就问她，我说是我们的孩子吗？她点头，她没有说话。我说怎么样，她也没说话。我觉得肯定凶多吉少吧，我就从那个很高的废墟上跳下去，我也顾不了那么多了，跳下去的时候，我看我们的孩子那个嘴里不停地涌出血泡。

我也不能知道，因为我不是医生，我也不知道究竟有没有希望，我就把他放在地上，把他侧卧，我就用我的手指把他的嘴角掰开，我害怕那个气泡把他的呼吸堵住，就不停地掏，它还是不停地涌出来，头上全都变乌了。我看他的眼睛，我也不知道瞳孔放大究竟什么样子，因为我没见过，反正我知道他眼珠不动了、人也不动了，我也不知道究竟是不是还有希望。这种情况下我掏了很久，我就把他背在我的背上，从那个废墟旁边往外面走。其实在那个时候，我忽然发现，我还以为只有我们学校坍塌，结果我才发现红白到处都坍塌了，不止是我们学校。经过我们学校后面那个废墟的时候，特难走，到处都是砖块，堆得很高。当我把我们孩子背到红白镇卫生院的时候，其实到处都放着孩子，那个公路上到处都是孩子，几乎排满了，还有很多孩子已经都在输液了。因为我和医院的人也比较熟悉，我记得当时叫了一个姓刘的医生过来给我看，他跟我说了一句，没希望了。我当时还抱有一点所谓的侥幸心理吧，我又叫了一个人过来看，他又把我们孩子的眼睛掰开，他说没希望了。在那个时候我全身都瘫软了，一点劲都没有了。

我不知道在那个地方坐了多久，我说实话，如果在那个时候叫我再回学校去救孩子，我真的没力气。我都不知道我是怎么样一步一步地把孩子抱回到当时所谓的家。家里全部都坍塌完了，所有的东西都没了。我就找了一块稍微平整的一块洗衣板，把孩子放到上面，就在那里发呆发傻。没多久就开始下雨了，我就找了一些破损的布，把他包起来。我们中国有一句俗语是入土为安，我就想早点把他掩埋了。后来我给他换衣服的时候，换上他喜欢穿的衣服，

当我把他的裤子脱下的时候,我才忽然发觉他的腿上,有比拳头小一点的一块肉早已不见了,身上胸前都是乌的,头上大大小小的一些都是窟窿。

方老师讲不下去了,沉默片刻,我们问,后来很快地就把他安葬了?方老师此时已抑制不住自己的悲伤,掩面痛哭,哽咽地回答:没有,当天晚上也没有,我舍不得。

很难想象那是怎样的一种情境……那一刻的惊魂,那一刻的慌乱,那一刻的选择,那一刻的空白,都在经历过那场劫难的人们身上留下了强烈的痕迹:内心永远的伤痛。

我们问方老师地震前对儿子说的最后一句话是什么。

● 还记得那天他上学前与您说过的话吗?

我都不想提这件事情。上课之前,我在家里有一个习惯,爱睡午觉。他和他们班的孩子在我们家里打打闹闹的,我还骂过他,我说你要玩到学校里边去玩吧。这就是我对他说的最后一句话。我们班上是学校里面遇难人数最多的,一年级和学前班在一楼,三年级、四年级在二楼,五年级在上面。我们班上是在教学楼最角落里面,我们班有45个学生,死了19个,我们五年级是两个班,每个班都死了19个,算学校里最多的。这个班后来没有带,也许是学校考虑自己面对学生的事情,我也害怕再见到那些孩子。

我们学校是整个什邡市唯一一所全寄宿制学校。我想如果我的孩子像他们一样大的话,那肯定都还在怀里撒娇呢,离开自己的父母来到学校真的不容易,你看我们学校里一年级的孩子,生活不能自理就到学校来住校了,非常不容易。我从来没有教过低年级的学生,一般都教三年级以上的。我和孩子们也爱开玩笑,我有时候也爱善意地去讽刺他们、打击他们、挖苦他们,当然要看哪些学生,要看这个学生的性格特点,他对你这个话的意思能理解吗?其实我自己认为也许是一种反面的激励吧。

● 听张校长说，您是特严厉的老师，又是最受孩子们喜欢的老师。

我们班上很多孩子都喜欢和我玩，和我开玩笑。将心比心吧，虽然我是教师，但是我们的孩子不一定时时刻刻都在我自己的身边，你看现在书里面经常有一些中华的美好传统这些东西，比如说"老吾老以及人之老，幼吾幼以及人之幼"。好多东西大家都应该将心比心、换位思考吧。

这个事情之后，我觉得我对学生关爱好像比以前多一些，毕竟经历了这么大一件事情，我觉得对孩子的这种爱还要多一些。我认为啊，我不知道别人怎么评价，但是我自己感觉对孩子的这些关爱多一些。我觉得每个孩子都有各自的性格特点，如果所有的学生都是一个样子，也觉得没有什么新意。

我现在没当班主任，我今年已经39岁了，我爱人是高龄产妇。为了生活上的照顾，还为了她带孩子，为了照顾家里一点吧，我就跟学校说，我不再担任班主任了，所以我把那个年级送毕业了，我就退下来了。现在孩子已经6个多月了，女孩。

我有一个宗旨，其实很多人也许觉得我这句话肯定是假话，经过地震以后，钱这个东西真的是身外之物，我觉得还是平平淡淡吧。比如说你给我放一座金山和我的孩子，我肯定愿意要孩子，那是绝对的。我告诉你，地震虽然三年已经过去了，其实我哪天不想起自己的孩子，天天都想起、天天都想。我给自己规定了，每个月的一号都要到他的房间去看看他。后来就迁坟到这边来了，因为那个地被统征了，迁到这边来以后反而看到的时间还少。

● 爱人现在情绪怎么样？

现在这个小女儿是自己带，我一般在学校里忙完了事情以后，就回家带孩子了。我有时候外露一些，有些东西我愿意表现出来，我爱人不表现出来，她肯定比我痛苦。怎么说呢，这个痛肯定无法比较，但是她全部把自己掩藏起来，她也不向谁说，她不像我有时候与我们老师谈到这些东西的时候，还说出来。就像你们今天在这里和我聊天一样，我把这个事情也说出来了，我觉得心里也许能够释然一点，她从来不。

我知道她全部都埋在心里，我害怕聊起这个东西，一聊起来，她肯定比我伤心欲绝、比我撕心裂肺，我从来不提及，我害怕在她面前提及。我们的孩子自从埋在那边以后，在我的印象中好像她从来没去过一次，你说她想去吗？她想去，她肯定想去，一过来以后她也没有去过一次。比如说这几年的清明节，还有一些中国的传统节日，八月十五、端午节，几乎都是我一个人去的。我不想她去面对，毕竟我一个男的，我觉得好多东西我能一个人独自承受，我就承受了。

● 您觉得当老师快乐吗？

我觉得当老师快乐，我告诉你们，我非常敬重这个行业，但我不喜欢当老师。真正的要想当好一个老师，实在太不容易了。所以说，我觉得如果你是老师，你是个好老师，我非常敬重你，我是发自内心地敬重你，而且敬重这个职业。但我不喜欢当老师，就是因为有太多的事情你该做，除了教他们一些知识之外。

怎么理解好老师这个标准呢？我觉得知识文化先放一放，我觉得教会学生如何做人，这才是最基本的。比如说我们小学的行为规范要培养，对他们长大、今后的为人处世、走上社会都是大有裨益的。所以说，这些东西做好了，才能说学生的课余文化之类的，先传道。

● 想过离开这个职业吗？

我曾经想过离开这个职业，地震之后也想过，有时候说想离开，就是一些生活当中的牢骚吧。其实教师这个职业，说是人类灵魂的工程师，我觉得当之无愧。要真正做好这些东西，如果你把教书当成了一种谋生的手段就没趣味了，这不仅仅是一个职业了。应该说一个人的爱好和事业能够紧密地结合在一起，那多好啊。

这么说吧，我不喜欢这个职业，不是不喜欢，怎么说呢，我觉得有时候感觉自己力不从心，我觉得自己的知识、能力实在太欠缺了，我不能把我知道的一些东西全部地、更多地教给我们的孩子们，更好地用一种什么方式、方法教给这些孩子。我平常经常在反省自己，我觉得怪还是怪自己，自己能力有限，我是这么想的。老师的确很崇高。我估计应该不会离开了，我说离开的意思是希望有更多的老师能填充我们这里。

● 当老师心里有满足感和幸福感吗？

老师有桃李满天下的那个成就感，觉得还是很幸福的。做对学生负责的老师，教会他们做人，我觉得还是最重要的。前几年云南的一个叫马加爵的学生，他不是杀死自己的同学嘛，你说我们中国这样的事情在大学里面也不仅仅是一个个案吧，我觉得孩子们毕竟都要走进社会，首先心理要健康，所以平时和人之间的相处很重要。

我老是觉得自己的东西掌握得太少了，我想给学生很多很多东西，但是我拿不出来，我是说真的。

方老师是个性情中人，快人快语，非常直率，说起学生来有股恨铁不成钢的急切，而说起自己三年级的儿子在地震中遇难时的悲痛情景，丧子之痛后压抑的情绪非常真切，让我们所有在场的人感同身受，无言以对。

方老师有一句话给我们印象很深，无论是提到地震时抢救学生还是今天教学时与学生打交道，他都爱说"我们的孩子"。这夹杂着老师和父亲双重意义的称呼，让我们感受到方老师内心的爱。

老师也是普通人，但比一般人更多了一份爱和担当的责任。

# 2011-6-1
# 张德强老师
## All the students like her
## 学生们都喜欢她

四川省什邡市红白镇中心校

2008年5月12日汶川大地震发生,四川什邡市红白镇中心学校的教学楼开始剧烈晃动,正在三楼教室里,组织学生彩排迎接奥运的舞蹈《喝彩北京》的二年级语文老师汤鸿在生死抉择的时刻,用血肉之躯撑起生的希望。她用身体护住了三名学生,其中两个女孩得救,而汤鸿老师却永远倒在了瓦砾之中。

在红白镇小学遗址前,张德强老师向我们讲述地震时的惨状时面色沉痛,时而举起手臂指向事情发生的地方。当他的目光投向手臂所指之处时,三年前的沉痛和哀伤仿佛扑面而来。只有回忆起更久远的事情,他才恢复平静。

● 红白镇什么时候有学校的?

1952年以后红白镇这里办学就开始了,那时候我们老师是相当艰苦的,当时是在山里,离集镇比较远的都有一个教学点。我们老师基本上是背个包办公,没有地方,然后找一间房子很简陋的办学,他们都是跟当地的农民吃住在一起。但我们老师们就在这个条件下做出了许许多多的人们都想不到的一些事情。

● 您当老师多少年了?

我是1978年高中毕业,当时缺老师,我

Teachers　　　　　　　　张德强 老师：学生们都喜欢她

就当民办老师了。那个时候挣工分,一个月是8块钱补贴,一年下来给你三百四百工分。工分在你所在地的生产队,你生产队的一个劳动力是多少,如果你这个生产队搞得好,10个工分就是一块钱,算是最好的了。

● 地震时您在哪?

地震那天当时我们星期一开学校例会,就是我们行政要从这里到我们中学初中部,我们是九年一贯制学校,我这是小学部,那里是初中部,我去开会。我是2点14分下楼,兜了一圈走的,走的时候大概是2点22分的样子,在离初中校门不到100米就地震了。我是看到我们学校的教学楼倒塌下来的,我看初中学校倒塌,我就转了身,当时地震还在摇,我的旁边是生活用房,是平房,就倒塌在公路边,灰尘就传过来了。能见度大概就是你离我这么远的距离,都看不见了,灰尘特呛人,当时把衣服拉起来捂着鼻子。当时这个街上趴了很多人,趴在路的中间。从房间里面跑出来的、逃出来的都在趴着。我过来以后,进了学校大门,看到教学楼下面倒塌了,第一个看到我们的王周明老师。他当时头上喷血,已经死了。我们就把一些砖头瓦块捡开,把他抬在这个位置放着。当时这里是一个篮球架,就放在篮球架子旁边。

他的家属大概是3点半来的,他的母亲来到这个位置上。当时我们这里还有两个乒乓台。不是很多照片都有这个场景嘛,我们救出的学生就放在那个乒乓台上,其他老师,还有家长和社会其他人员赶进来,就往那边送。我们幸存的老师都上废墟了,寻找活着的学生,情况特惨,整个操场上全部是学生,当时小学生就圈在这个地方坐着,留一个老师看着,其他的人都去做事去了。当时我们学校牺牲了7个,1个职工,一共是8个人。这8个人当中,我们小学就有4个,1个职工、3个老师。3个老师就是:汤鸿、王周明、岳正芬,中学就牺牲了张辉兵,还有杨冬、郑海鹰、冯强,我们中学部德育主任。

当时遇难的孩子都在一个广场上,就是他们的操场。小学就在我们昨天去的那个地方,受伤的、还有没有受伤的,重轻伤全部往这边搬,一个是搬到中学的操场,另外搬到当时的空坝,一个大坝子。我们学校的老师都是第一到场的,附近的还有其他单位的进行自救。自救完了,晚上其他人都走了,我和我爱人,还有离家比较远的老师在一起。12号晚上,大概在那里有15个人,外面全部是废墟,只有我们学校操场那个坝是个空地。当时学校门口有一个小卖部,有一把伞,我们把那个伞用一张桌子撑起来,我们就在那个地方。当时还有一些家长来找孩子。第一个晚上人比较多,都在那儿过了一个晚上。就像我们这样的团团围住,前面烧一堆火。第二天13号上午川电那个液氨泄漏,我们在这里都闻到了氨的味道。这个泄漏要伤人的,它漏到空气里,可能造成死亡。当时都动员他们撤。我爱人就说我们还是走吧,我说我不走,你走吧,你下去看看我们的孩子,你们在一起,我说你出去的时候再联系。当时她就跟他们下去了。这个地方下雨很冷，白天都是烧火的，烧房子里面的橡子之类的。当时我一个人，也没办法，烧一堆火，把住校的学生被盖披在背上，然后坐在椅子上。这个时候，绝大多数孩子没有领走。地震以后，那个野狗相当多，它要去吃尸体，看到狗，马上起来驱赶它。就是在那种情况下度过了一个晚上。

13号晚上是我一个人，我刚才不是说烧了一堆火，然后就是拿被子裹在身上，一把教师办公的椅子。如果困了就躺在那儿睡了，随时注意把火生起，那是相当冷的，必须要烧火。那个校门进去的地方有很多遇难的学生，篮球架这地方也到处都是，几十个孩子，家长没有来看的都是我们把他们盖上的。凡是能认识的孩子，我都写个条放在里面，便于认领。

当时堆了32具尸体，埋的时候就是32具尸体。当时挺惨的，特别是12号那天晚上，在下面有5个孩子的尸体堆在下面，我不放心，我就开始一个一个地往上搬。当时我们校长说：班主任留下来、党员留下来。这怎么办？我没走，还有一个副校长没有走，只有我们两个人，我说你在这个地方，我就在小学那边。

成都军区预备役师当天晚上来了，后面是成都军区，都是机关干部，来了临时编组。当时工具很少。大型机械进来的话，应该是路通了以后，是16号。我就在这边，一直都没有走。后来，13号下午深圳特警也赶到，重庆救护队也来了，14号河南消防他们也来了。

他们来了以后马上开始施救。在当天12号、13号能够救的，我们基本上已经全部救出来，不能救的是没有办法了。13号下午5点钟，我们过去一个民师的男老师，他在昆山搞维护，他懂救护。当时在废墟那里，他跟武警的一个政委吵架，因为政委他没有多少实际经验啊，他按他的来，按他的速度相当慢。这个老师我喊他易老师。他说必须要按我的，最后这个政委没办法，说我按你说的吧。他就按他说的，先在废墟上剪一个洞，这么大一个洞爬进去。当时就救出来一个5岁的孩子，这个孩子出来的时候想喝水。当时可能他们没有经验，这个时候小孩出来是不能喝水的。在这之前只要我见到说要喝水的，我就跟老师说不能让他喝水，只能用水湿他一下，或者是纸巾给他抹一抹嘴唇就可以了，不能给他喝水。但是当时没注意，就给他喝，他人是相当清醒的，我是谁、我是多大、我的母亲是谁、我的爸爸是谁，但是把他救出来以后送到鋈华就死掉了。当时我就怀疑这可能是跟喝水有关系。这个是5月13号救出来的，是活的，但是还是死掉了。

我是12号、13号在那儿守着，14号下午就开始埋学生了，把所有遇难的学生埋掉，我们是5点钟开始埋的，先埋中学的，中学埋了以后就到小学，找三轮车运过去，就在这个山上。当时就有尸袋，装在尸袋里，挖个坑，撒上石灰消毒，然后就埋了。这么多的学生、这么多的遇难者都是撒上石灰，然后放进去，上面又撒上石灰，石灰撒上以后就开始埋，全部是在那儿埋的。

● 家里当时什么情况?

我家里面的房子全部倒了。最庆幸的是,我的老母84岁了,当时她中午吃了饭以后,老年人嘛她没有睡午觉的习惯,那个菜不是要拔根嘛,她要拔根去了地里,一蹲下怎么站不稳了,摇起来了,她马上就去抓,一把抓不住就把她摇倒了。等她爬起来的时候,房子全部倒了。现在我已经把她接到我们学校这里,我好照顾她,现在87岁了嘛,跟汤校长一样大。

地震后给我一个称号是"2008抗震救灾感动中国师德标兵",第二个是"四川省五一劳动奖章获得者",什邡市一个"抗争救灾优秀党员",就是这三个。

● 听说地震中牺牲的汤鸿老师是教师世家?

汤鸿她们一家是教书世家,她的外公是教书的,从教小学到我们红白镇办初中教初中,然后又当校长。在他退休以后,就是他的女儿,汤鸿的母亲谭瑛老师又接着在我们这个学校教书,她也是继承了他父亲的精神,把他的接力棒接过来,在我们学校,她的教学、她的意境也是相当可以的。汤鸿老师的外公就是我的老师。他是校长,教我们政治课。当时我还记得,这个老汤老师,汤校长他对学生特别心疼。我当时还是比较调皮的,他经常拍着你的肩膀说同学你怎么回事。我们觉得这个老师可以的,不是那种很凶狠的,如果有什么问题就要批评你的,他从不同的角度来说。我们觉得这个汤老师是很亲切、很可爱的。

汤鸿老师的母亲大概是1980年来的,我是1978年。1978年我是读高中,当时征老师嘛,我就开始当民办老师了。她1980年来的,跟我是同事了。1978年我在村小,1979年我就回到这个学校了。汤鸿的母亲也是一位不多言不多语的老师,对于工作也是兢兢业业的。特别是哪个老师有什么事,只要找到她,她能够帮你,能解决的解决,能处理的处理,能帮忙的帮,她就是这样的一个人。

谭老师一直教语文的。2000年的时候,她的孩子,就是汤鸿嘛,从师范学校毕业分配,分下来,当时她母亲有一个愿望,就是希望把女儿留在自己的身边,就分到这个学校来了。

汤鸿这个老师呢,她也是继承了她外公、她母亲的一些好的品质,她在朋友之间、在我们老师之间,都是很平易近人的,有什么事也是一起帮忙。比如说地震那天,其实那天她第一堂课是没课的,当时是一个老师外出学习,她就去顶这个老师的课。

汤鸿这个老师比较全面,她的音乐、文艺细胞比较好,跳舞、唱歌、弹琴之类,她都比较好。每年的"六一",她都要帮忙,其他班要请她作为艺术指导。所以,每年的"六一"前,就是5月份,她是比较忙的。一般中午吃了饭就赶到学校。在"5.12"那天也是,吃了饭以后休息一下,大概是1点20就到了学校。她来的时候我还在三楼这个远程教育室,因为当时我们的教育设备只有三楼有一个影碟机能够放，其他都没有。所以，我们六一节练舞的时候都是在那个地方，分班，如果五年级来了排队，你练一场，然后就是六年级，六年级后四年级，就是这样轮流排节目。她作为一个学校总的艺术指导，也是其他班请她指导，她是不推辞这个事情的。当时地震的时候，楼上有五年级的、有四年级的、六年级3个班的学生，还有二年级的几个学生都在里面，大概有20多个学生。各个年级都有。当时要上课了，有的班的学生已经撤了，只有3个班的学生，汤鸿老师救了冯雅，还有黎瑶，当时是二年级的。

● 汤鸿老师救出来时怎么样？

汤鸿老师救出来的时候已经没气了，但她心口这个地方还是热的。当时抬过来的时候，我们还给她找了一种披盖把她盖住，盖住以后我们一起把她抬到医院，当时确实是没办法。当时救汤鸿的时候，我是在其他地方，是我的一个学生救的，他是一个矿山的，专门学过救护，在他的指导下，他们一起和他的父亲，还有其他人把她救出来。当时她的身上压了一个预制板，那个挺重的。

我那天是2点14分下楼的，我还见她，抬出来的时候是一起把她抬过去的。埋葬的时候是我和另外一个校长，我们两个一起的，是14号上午大概是10点钟埋的，就埋在现在那个房子背后。当时我们一起去埋的，因为其他老师都走了，只有我们两个老师在上面。

后来这里灾后重建嘛，又重新把墓地移位了。

● 听说汤鸿老师是个很优秀的老师。

现在想到最多的时候，就是看到我们现在的孩子，现在我们的学生，都能想到她。她既是老师和同事，在我的眼里好像也是一个学生，她很天真活泼的一个人。平时说话语速不快不慢，也不起气，不论做什么都是这样。汤鸿老师是一个特别优秀的老师，教音乐，她的特长就是文艺这方面。在我们学校老师比较紧缺的情况下，也不考虑专门的音乐教师，其实她是语文科主科，代班主任，主要教音乐。学校凡是涉及到文艺方面的，全是她一手操办。学生都喜欢她。特别是小女孩，最喜欢她了，都说汤老师跳个舞，教教我们吧。特别是涉及到语文教学方面，她就要展示给学生们。

我听过她的课，是讲一个寓言故事，她就编了一个课本剧，很形象就把那个故事给展示出来了。她上课是挺有研究的，如果她在的话，肯定是我们学校以后的一个教学骨干，无论是在语文教学还是音乐教学方面，她都是很优秀的。特别是对学生，她相当有童心。像我，有的时候学生有点问题，我就不站到他的角度上去考虑一些问题。她就不同，她就要站到学生角度考虑一些问题。我们学校的老师比较紧缺，她教语文课，代班主任，我教数学。遇到一个学生不完成作业，我这个人脾气比较暴躁，就要说，就要批评，就要骂人。这个学生就是你骂我听，我就不理你，让他改，不改。但是她就不同，她站在学生的角度，从学生心理各个方面理解学生，通过他的特点、通过他的心情，把他的心情解开,然后慢慢去引导他,学生很听她的话,不听我的。

学生都听汤老师的,这就是方法。她挺有童心的,对学生相当爱的,学生有什么困难都愿意找她。比如说当时还有住校的学生,这边是女生宿舍,这边是男生宿舍。住校时有的学生想家,在生活上有困难,或者是生病,这些都找她。只要一找到她,一打电话她马上就到。比如说生病,她就马上自己掏钱给你看病,药拿回来以后,劝你把药吃了,跟你说这个药什么时候才吃。这些学生是很服她的,我们许多老师都受她的影响,在这方面都仿效她,向她学习。我们小学老师对学生那种亲情都是比较浓厚的,不是说我就教书,教书完了下课完事,你走你的,我走我的。我们老师和学生之间的亲情还是相当浓厚的。

我刚才说只要班上有什么重大的活动需要她帮忙的,在文艺方面需要她帮忙的,她是全力以赴。所以,汤鸿老师在学校是很受欢迎的老师,穿得非常整洁、很漂亮的,平常就住在学校,我们其他老师也住在那里。一般来说,她上班就来了,下班她不是带孩子嘛,晚上回家给孩子喂奶,吃完饭就来了。晚上我们不是有住校学生嘛,她把当天的作业批改完,如果学生有问题的,她还要当面辅导学生,辅导完了以后,她等到学生入睡以后她才走。汤鸿老师的妈妈谭瑛老师也是一个兢兢业业的人,她就是用时间来解决一些问题,一点一点抠,一点一点落实。而汤鸿老师呢,她就是用现在的教学思维模式,然后结合学生心理来教学生。所以,学生是比较接受汤鸿老师的教学方法的。

张老师的讲述断断续续,地震时的惨状仿佛还在他的眼前。他的性格看起来平静温和,但讲到地震时的情景时常哽咽。

张老师几次停下来指着广场上那棵郁郁葱葱的树说:"那还是我很久以前栽的树。"而他在讲述中,目光也多次凝视着广场中那棵孤零零的树,不知在想着什么。我们也看着那棵树,看着空旷的广场,揣摩着这棵树对于张老师的意义,对于红白镇学校的意义,对于那些永远离去的老师和孩子们的意义,对于还活着的人们的意义。

山谷中时时浮现的云雾,还有经常在山谷盆地中看到的凄凄惨惨的阴霾,使那棵树时而隐藏、时而显现。空荡荡的广场无人驻留,那棵树也沉默不语,继续守护着昔日的快乐时光,也成为见证那个悲惨时刻的生灵,它以自己的顽强生命目睹了一个学校的永远离去,又让记忆以一种绿色生命的方式留在了人们的脑海中。

我想,在那个山崩地裂的时刻以前,有谁知道中国四川什邡的红白镇呢?有谁知道红白镇学校的师生?有谁知道汤鸿老师、王周明老师、张辉兵老师……当然,在今天,红白镇在绝大多数人的记忆中也并不存在了。

失去亲人的悲痛,难道随着时间的久远而渐渐淡忘了吗?难道永远记住是亲人的必须选择吗?记住还是忘记?如果忘记意味着什么?如果记住又意味着什么?或者到底应该记住什么?

# 2011-6-3
# 李清老师
How could she leave her nine-month-old daughter behind
她怎么舍得才9个月大的女儿啊

四川省什邡市七一城西学校

我们早就听说牺牲的汤鸿老师有个非常要好的闺蜜,名叫李清。她们两个从小长到大都在一起。李清也是一名老师,这天见到她,我们不知道这个谈话是否顺利,与牺牲老师多年好友的交流是否困难?

与我们预想得差不多,交流中李清老师始终垂着头,眼角时常噙着泪花。她的回答很简短,也很少主动向我们谈起什么,我们之间只是一问一答,有的时候我们不得不硬起心肠,让她回忆过去与汤鸿在一起的时光。她在向我们讲述小时候与汤鸿一起的快乐生活时,常常勾起她已经失去密友三年多来的悲伤。

● 听说你和汤鸿老师从小就在一起?

我和汤鸿老师曾经一起去培训,她是音乐班,我是普师班。我是先考进去的,她迟了我一年。从小我们家是在红白小学,都住在学校里,我爸我妈都是那儿的老师。学校的那个操场就像我们一个院子一样,就在一起。我和她我们两个女孩子是最好的,经常一块儿出去。我们学校前面就是一座桥,桥下面是铁路,铁路旁边河、蝴蝶那些挺好玩的,我觉得我们两个都有一个快乐的童年。修建过后我都没有怎么去,因为学校的地方也变了,她们家也变了,地方也变了,所以没去过。我们的中学都是在

Teachers　　李清老师:她怎么舍得才9个月大的女儿啊

年幼的汤鸿、李清与汤鸿的妈妈谭瑛老师在一起。

雍城中学,一块儿转过来的,先是在红白镇,后来因为我爸爸工作调动了,我们转过去了。她是住校,我就在家,总去看她。

我们小时候就在一起,童年非常快乐,她生活在一个非常健全、非常温馨的家庭里面,爸爸妈妈、外公、奶奶对她都非常好。15岁我妈妈去世以后,因为爸爸的工作原因,我经常在她家里面吃饭,她的爸爸妈妈把我当自己的子女一样,我觉得在她家里面非常的快乐。

● 听汤鸿老师的妈妈说,汤鸿有些话不跟她说却跟你说。

有些事情可能和家长不好沟通。我很庆幸有这样一个好姐妹,她对我就像对自己的亲人一样无话不说,我觉得她很可爱。她最爱唱歌、跳舞,有时候在洗手间里面边洗手边唱歌,我觉得她非常快乐,这种快乐也非常感染人,而且对人特别的好。她是我的妹妹,我觉得她像我亲姐姐一样地照顾我。

她平时是个大大咧咧的一个人,在其他方面,比如我们坐车的时候,经常都是我提醒她包带了没有、什么东西带齐没有,她才想到。去逛街也是,逛了四五个街以后,手里面只拎了一样东西,买的都落到其他商店去了,就是这样一个人,拿一样丢一样。她很快乐,很爱逛街、玩耍,我觉得她也有很多梦想。以前常

常计划到我们以后退休了,说我们退休的时候一定要去把我们祖国的大好河山到处走一遍,结果她连四川都没有出去过。

● 你们一起出去玩过吗?

她结婚的时候度蜜月,因为她在上课,时间特别不好把握,所以说没有时间去,就到了附近的绵竹这些地方,离我们挺近的地方走了一圈。我说你怎么回事,不出去走一趟?她说因为现在的家庭或者怎么样,不好走开,等以后退休了。什么事情都计划到以后退休了再去做。我们最想去的地方是有大海的地方,我们这儿挺难看到的,因为我去了一趟海南,她就特别地向往。她没有去过,因为那是我和我老公度蜜月的时候,回来就跟她这么讲,她觉得非常开心。她的先生是在工厂做工,也是她在红白镇的初中同学,我先生是雍城中学的,我们几个经常都在一起,什么小事、大事都得跟她聊聊,说一说、摆一摆。每到周末就和她妈妈一起,我在那儿,我们三个一起用洗涤剂从头到尾地毯式地抹地,就是她妈妈、我,我们三个人,她特别爱干净。周末我一般都在她们家,都没回家,我们就像亲姐妹一样,其实我们没有在一起共事过。她挺照顾我的,每次下了班就来接我到她家里边去吃饭。

● 她很喜欢文艺啊。

她本来是教语文的,也非常喜欢音乐、跳舞这些。以前在学校里边就是文艺骨干分子,毕业以后到红白镇教书,文艺这一块也是她来承担的,我们经常在一起,两个人一起编排,到镇上去表演、去主持,都有她,非常的快乐。她去了广汉师范以后,学得可多呢,信心满满地去学,学钢琴,学小提琴,还有吉他、声乐等等,非常多,后来又到彭州去进修过一段时间。她最喜欢钢琴,但是因为地震,钢琴现在都还坏在那儿,所以她妈妈最大的心愿就是把那台钢琴弄好。我们这个小城市,没有什么地方来维修,我尽量在想办法。那个钢琴键全松了,山上非常潮湿,后面的那些零件什么的坏掉了,需要一个调琴师。

● 她的宝宝长得很像她。

她的宝宝长得像妈妈,眼睛特别像,眼睛圆圆的、大大的,眼珠儿特别黑,非常可爱,说话也非常有逻辑。我觉得她的宝宝能够像现在这么快乐,要感谢她的外婆、外公非常细心,而且教导得也非常得当,还有非常多的好心人来看她。上海有一个阿姨这三年来一直给她寄东西过来,面都没有见过。因为上海的一个记者报道过这件事情,一个姓田的阿姨,每到六一儿童节的时候,或者是过年的时候都会寄来东西。特别感谢这些好心人,经常在关心他们,虽然处在不同的城市里面。

● 你的孩子与她的女儿一起玩吗?

我的也是女儿,会带过去跟她一块儿玩。小时候两个人经常玩不到一块,打架,哭着就走,经常是哭着收场。大了以后两个孩子都懂得互相忍让了,懂得谦让了,两个人在一块儿玩得挺好的,每次走都舍不得。我们两个在一起从来没有打过架,吵嘴的时候都很少,在一起的时光是非常快乐的,无话不说。

她父母把她送到镇上来,一个人在这边生活觉得挺委屈的,她也跟我讲过。在师范学校经过那么多的努力,刻苦学习,分到这个小镇里边,一个人很孤单,我又到什邡了,她心情很不好。结婚以后,都处在一个家庭又好了。我觉得这个女孩子心地非常善良,在家里面有她的外公,有她的爸爸妈妈,还有她的老公,这么多人在一起组成一个家庭,她在里边也非常地不容易。她也说过一些事情,父母经常会对她的事情有一些不理解。比如说她的工作在红白镇这个地方,她觉得自己想到更宽的地方去发展,父母就想只有这一个独生女,想把她留到身边,她觉得很委屈。

我们的梦想非常多,我们还想到以后能够到什邡办一个舞蹈班,看着自己教出来的孩子漂漂亮亮的,穿上自己设计的衣服表演,觉得非常开心,但是这个梦想一直就没有实现过。在镇上开的一些晚会、一些文艺会演,就会邀请学校里面的老师一起,就请汤鸿来担当主持。她对自己要求非常严格,一丝不苟的。在学校里面老是把别人放在第一位,把自己放在第二位,我觉得她总是为别人着想的。我和她在一起这么多年,我们之间发生的小摩擦,她总是先想自己不对的地方,然后再互相地沟通,总是自己先承认错误,先说自己不对的地方,当然别人也会觉得不好意思。

● 你们两个在教学上交流吗?

我们每次都会上公开课。上公开课的时候,我们两个就会私下里面切磋,字斟句酌,每一句、每一字该怎么说。在这些地方,我们各自有不同的见解，都会想办法，她会想办法来说服我。

那年的5月4号她还来过什邡，那一天就是和我在一起，我们去准备六一节的节目，给学生买衣服，跑到成都去给学生买衣服。那天天气非常的热，我们两个满头大汗的，两个人扛着一个大包，还互相照了一张照片，在手机里面，还互相笑笑说，我们现在就像灾民一样站在那儿拎一个大包，蓬头垢面地站在那儿，那就是最后一次见面。

她带的学生好像获奖了，音乐上、语文上也有，在语文作文大赛的时候也获过奖，她经常编排一些舞蹈，几个乡镇一起参加比赛，她得了一等奖，当时把我们全校的老师都动员起来了，全校的女老师、男老师放学以后都在跳舞，就到那个大操场里边。那是多个民族的舞蹈，一个一个拉来指导，把那些老师们一个一个指导，你这儿不对、那儿不对，老师们听了跟着做。我们全镇的节目都要出来，她把我叫过去的，她来总编导这个事情。

她毕业以后就回到镇上，一直在镇上。我2003年从镇上到了什邡。2003年，那个时候她在红白镇，我就经常给她讲在什邡的发展空间，以她的才华到什邡来一定会有自己的一片天空，也能实现自己的梦想。当时她在上边，她的孩子也在上边，她的家人也在上边，她考虑到自己的父母，这个方面她难过、纠结过很长一段时间。其实那一段时间在什邡有很多招考的，可以考的，她没有报，因为为了家里面的爸爸妈妈，想到她的外公，一个大家庭，就

没有下来。她的公公婆婆在红白镇，她的公公婆婆也是农民，在那边还要种地什么的。

● 你比她大，好像她在照顾你。

有些地方是她在照顾我。她是一个特别有主见的人，对一样事物、对一个人认定了，她非常地执着，别人对她好一点，她可能会十倍地对你好，她是这样的一个人、非常善良的一个人，也非常实在，从不会说什么假话，说什么趋炎附势的话。所以说，我觉得同事跟她在一起特别自在，她那些同事跟她在一起非常开心。我的个性有点腼腆，有点互补。我最喜欢她的性格，最喜欢她的善良，她对人非常好。

我母亲也是老师，我15岁的时候她去世了。那个时候因为我爸爸忙着工作，所以只有她陪在我身边，给了我最大的帮助，让我度过了那一段最悲伤时刻，重新振作起来，让我重新开心起来。我今天能够在学校里边做音乐，当一个音乐教师，我觉得和她是分不开的，是她影响了我。和她在一起，经常听她唱歌，她就会把我拉在一起教我唱歌、发声方式，跟着她一起跳舞，慢慢地就受到了感染，觉得做这一行非常快乐。

● 听说她出去会给家里每个人买礼物。

有一段时间她是跟外公在一起生活，那是比较小的时候，她妈妈工作很忙，她跟着她外公。外公是老校长，对她特别地关心，无论是工作上、学习上，都会给她讲一些方法告诉她，她外公很喜欢她，她出去的时候会给所有的人带礼物。走到哪儿，她首先想到的就是自己的家人，这

个好给我的奶奶、这个好给我的外公,无论走到一个多小的地方都会买一大堆东西回家。她是家里的开心果,对自己的买得少,因为教师的工资毕竟就那么一点,不高。走到外边去的时候,她觉得自己难得到外边去,就经常给家里面表示一下自己的心意,她是一个特别孝顺的女孩子。

结婚以后由于家庭环境的影响,她是跟着爸爸妈妈。记忆当中小时候经常扮过家家,她当学生,我当老师;或者她当老师,我当学生,一直就处在教师这个环境,受爸爸妈妈的感染,就有这么一个梦想。我觉得当老师特别忙,对自己的孩子反而少了照顾,小时候我们经常在一起写作业。在印象当中,爸爸妈妈对我们管得很少,经常都是其他学生在办公室里面,

她们忙着辅导其他学生,觉得他们特别累。她的性格像妈妈,性格非常外向,有什么她从不藏着掖着,说出来才痛快、才舒服,也有得罪别人,但是后来都知道她的个性,慢慢地也就没什么了。

● 你们关系这么好,你怎么面对她的离去呢?

听到汤鸿牺牲非常震惊,常常以为英雄都非常遥远,没想到英雄就在我的身边。我一点

都不相信，因为距离又非常远，当时路途又中断了，所以说没能够上去看。到后来第二天、第三天，那个通讯设备才开始通畅，打电话过去她爸爸妈妈下来找我，我才知道这是真实的事情，她怎么舍得她才9个月大的女儿啊。我觉得当时她心里面只有学生，根本就没有想过自己的家里人，平时这么快乐的一个女孩子，就这么消失了，从小到大我们20多年形影不离，突然就这么没有了，心里面特别难受。

现在常常不由自主地想，看到嫚璘、看到自己的孩子都会想。以前一天都要通几通电话，现在就什么都没有了，无时无刻地想，听到熟悉的歌曲，看到她家里人，看到其他小孩子，看到学生都会想，她给别人永远带来的都是快乐。

我们对李清老师说，清明节去红白镇，看见她救的两个学生去她的墓地，我们也去八一学校看了被她救的那个冯雅，你认识那个孩子吗？李清说：是不是那个灿烂微笑的女孩子？那个照片里面地震过后刚刚把她救起来的时候，那个砖瓦一掀开，她就笑起来了，好像被评为最美的微笑。我们说，汤鸿老师救的孩子，一个叫冯雅、一个叫黎瑶。冯雅在清明节的时候去墓地看望汤鸿老师，"5.12"的时候又去了一次，她说现在都不会发自内心地笑了。李清老师低声回答：对！每个人在内心深处都会给她留一块空间。我们说，这孩子在墓地对汤鸿老师说了很长一段话，我们当时做了录音，后来把这个录音整理出来了，她一直在跟汤鸿老师聊天，说她对老师的怀念，她说我要学会快乐、学会笑。后来去见她时我们特别难受，她反过来安慰我们，说老师让我坚强。那个小女孩真是坚强，汤鸿可能对她的影响是一生的。

汤鸿给了她第二次生命，她也像是汤鸿生命的延续吧。我不敢去太多地谈到这些问题，我觉得心里面有一个地方，我不敢去触碰这根弦。我们想了太多太多，二十几岁把未来都设计到退休以后了，这么快乐的一个女孩子就这么没有了，我到现在还不敢接受。后来我们同学有一个对她怀念的聚会，当时每个人放了一盏许愿灯，放在桌子上，每个人走过去都说几句话、祝福的话，或者是自己想说的话。我对她说不要太挂念家人，我会好好照顾他们的，我会努力让你没有做到的事情让我来做。嫚璘这个孩子蛮懂事的。

我们两个计划培养自己的两个女儿，先从声乐做起，到了几岁再弹钢琴，几岁到几岁每一个阶段都规划好了，她对孩子这方面特别细心。首先要快快乐乐的、健健康康的，又有自己的一技之长。她没有看到过大海，她看我的照片，她说结婚一定去，结果因为一些事情没有去成，很遗憾。

看得出来，这两个从小一起长大的女孩子，感情非常深，我们真切地感受到她心中深深的痛。尤其是她哭着说道"她怎么舍得才9个月大的女儿"，更是一阵泣血的哀恸，其中甚至有对好友汤鸿的轻轻责怪。同是宝贝女儿的妈

妈，李清老师只得独自承受好友离去让女儿孤零零没有母爱的强烈失落感。

给我们印象最深的是李清老师口中讲述的汤鸿老师的善良，这是比容貌更美丽，比英勇行为更震撼的最可贵的品质。善良是大海，善良是大海一样的胸怀，假如我们今天还将善良作为社会的普世价值，将善良还作为人最应该具有的品德，将善良作为人际交往的出发点，这个世界会是什么样子？会是现在这个样子吗？

我们向李清约来一篇稿，让她回忆与汤鸿在一起时的情景。不久，李清将她的一篇日记传给了我们。（本书写作时，为忠实原样，只字未改。）

很久没觉得心这么空了，等时间的滋味好难受。拿起电话想拨给谁聊聊或者一起去走走，却发现无所适从。日子就这么一天天地走着，有些事情已很难去回忆了。

前些天北京记者来采访，叫我详谈妹这个人，让她的形象丰满起来。而我却哑然！！！真的忘了吗？晚上甚至之后的一段时间那些点点滴滴都自然的涌向脑海，应该说我们的经历都可以写一本书，或者是几个小时的浓缩电影，甚至几十集的连续剧呀！大脑刻意去空白的那些片段，在脑海里放着片子的播，这刻骨的生命中最最重要的女孩叫我怎么能割舍呢？我是完全地放不下呀！

记不得我俩是从几岁认识的，自从有记忆就有了她的存在。玩沙子，压铁门，烤玉米，在后操场给蜜蜂尸体竖碑"蜂王之墓"，害得姓王的老师到处追查，以为是哪个学生咒她；跑到对面厂里乱打公用电话，被追得落荒而逃；在台球室用台球杆拿手上的那端去顶球；在"友谊桥"上穿着拖鞋，给火车卡尿骚，结果鞋子落进火车箱；一群孩子骑着小三轮车出去玩半天，闹集体失踪；给一群小老鼠喂牛奶、挨着睡结果被大人拿去把老鼠烫得吱吱叫；捡大人瓶子里的剩酒喝，结果醉倒在门背后，让大人瞎找了半天；在洪通大桥的河里游泳捡鱼；把铁钉放在铁路的轨道上，等火车来把它压扁成箭；拿着铁丝做成圈粘上蜘蛛网去捕蝉……最高兴的是妹的生日送去几个作业本什么的，到她家又是蛋糕又是草莓，那是我小时候觉得最美味的食物了。还可以"打游戏魂斗罗、街霸、采蘑菇……"，打到半夜，那一天简直比过六一节还爽……真的，光是这小时候在一起的事都得费上个几天才说得完……童年很少有爸妈的具体回忆，因为有了彼此，我们的童年是快乐的、幸福的……

　　后来转学了彼此分开了，周末回到家，那是必须得睡到一块嘀咕个没完。还记得妈住院的那天晚上，你还是和我一起。头天晚上妈的病就发作了，在沙发上疼得忍不住地叫，第二天到红白医院住了半天也不见好，爸就给舅舅打电话，下午车子来接妈，妈一直说口渴想喝水，我就急忙跑回家，倒了开水，水很烫，我用水瓢盛着水踉踉跄跄走到医院时，妈都上车了，我倒的水也没来得及喝一口，就对我说"好好听谭姨的话"，车就开了。我因为第二天还要上课，就没要我陪。晚上，妹陪着我在我家睡。半夜我被一阵说话声弄醒，正想问是不是妈回来了，却让我听到了这辈子最难过的事。我睁着眼睛到天亮，我不知道该怎么面对以后的生活，不相信好好的一个人就这样永远都见不了！真的，妈这辈子受的苦太多了。

　　幸亏有妹，打那以后我基本就在妹家吃住了，妹待我像亲姐姐一样，让我有家的温暖，你就像上帝派来的天使，让我的生活还是那么充满阳光感到幸福。当我们都进入广师校时，还是挤在宿舍的那张小床上，哪怕是大热天，天天在一起还是嘀咕个没完。你丢三落四的，常常逛了几条街后还要倒过去，因为像狗熊掰玉米一样，总是买了东西付了钱却忘了拿东西，又落在哪家试衣店了。生活总是那么无忧无虑，上个厕所或是洗澡，嘴里都停不了唱歌，家里面的外公、奶奶、爸爸、妈妈，你是他们的掌上明珠，也是他们的小棉袄，没事撒撒娇，一买东西还必须给家里人人都要买才知足。

　　让我感动的在我20岁生日那天，我爸都记不住了，你却叫汤叔叔专门开车过来，送给我一条亲手织的围巾，那可是你刚学会织出的第一件成品哦，还给我封了个红包，笑着说20岁了大女子了哈，要越来越幸福哈……

　　李清老师说到好友汤鸿时总觉得有很多遗憾："我觉得她有很多梦想。以前常常都计划到我们以后退休了，说我们退休的时候一定要去把我们祖国的大好河山到处走一遍，结果她连四川都没有出去过。"一个在镇上小学当老师的普普通通的女孩子，中国百万乡村小学教师中的一员，刚刚开始人生最绚丽美好的时光，竟然会与好友梦想到退休后的生活。可是直至她的离去，她向往的大海边没有去过，她没有见过大海，她连四川都没有出去过，她永远不会离开四川了。

　　李清老师日记中有一句话：这刻骨的生命中最最重要的女孩叫我怎么能割舍呢？我是完全地放不下呀！让我们真切感受到李清老师心中的巨大悲哀。

　　如今，除了汤老师的亲人，除了她的生前挚友，谁还会注意到她呢。

　　"5.12大地震"已经过去了三年多，人们还记得汤鸿老师她们吗？再过10年、20年呢？

# 2011-6-2
# 谭瑛老师
## Only mom loves me most
## 世上只有妈妈好

四川省什邡市红白镇学校

　　四川什邡市在经历了2008年5月12日的大地震后，已恢复了昔日的热闹景象，街道上来往的车流，路边小店里进进出出的人们，已很难看出三年前巨大灾难的痕迹。

　　在张德强老师的陪伴下，我们来到汤鸿老师的母亲谭瑛老师的家。现在，谭瑛老师和丈夫汤少军一起照看汤鸿老师的女儿李嫚璘。几年来，失去独生女的这个家庭是如何承受悲痛的？旁人很难体会。

● 您什么时候搬过来的？

　　前年7月份我们就搬过来了。这儿是我们自己买的房子，当时买的是别人住过的，是二手房。地震以后嫚璘才9个月，太小了，我们就在政府家属区里面租了一套房子，住了将近一年，觉得长期那样住也不是办法，而且在二楼。我的老父亲已经80多岁了，上楼很困难，他又想下楼来，觉得不方便。又加上我们身心都很疲惫，精神上很差。考虑到这个问题，觉得二楼太困难，后来我们就想了个办法，在这儿买了一个一楼。结果一楼呢光线不好，尤其是阴天，光线特别差，我心里不是滋味，我觉得要是我女儿在的话，不知道会做些什么。因为她特别宠爱她这个孩子，也特别重视怎样教育孩子，尤其是生活、教育、知识方面，她都非常重视。

Teachers　　　　　谭瑛老师：世上只有妈妈好

她不听我们的，因为她觉得我们都跟不上时代了，我们年龄太大了，好多地方都和她要求的不一样，她对孩子要求挺细的。

汤鸿就像一个大孩子，她喜欢孩子，我们都感到既奇怪又欣慰。因为她毕竟年龄不大，但孩子们还是那么爱她、那么喜欢她。最简单一个例子，她坐月子带着嫚璘，她的学生们，男学生、女学生都到我们家里边。我当时就说，我说你们快到学校去学习了，不要在这儿。都是小孩子，因为几年级的嘛。我说你们不到学校里边，跑到我们家里面干什么，汤老师在休息。因为他们太小，又不好怎么解释，他们说我们想看看汤老师。我说等她病好了以后再和你们一起玩、一起上课。他们好像特别舍不得我的女儿。后来她上班了，我就每天推着嫚璘到学校去玩，在课间操的时候，孩子们都出来了，那个时候有半小时活动时间，那学生们简直是把她的小车子围得水泄不通，来回看，觉得挺好玩的、挺逗人的。

我们与谭瑛老师交谈的时候，汤鸿老师的女儿，已经四岁的小嫚璘在房间里来回走着，一会儿摆弄自己的玩具，一会儿又大声叫着婆婆，看着这个漂亮活泼的小姑娘，我们心中开始有了隐隐的痛。

● 小嫚璘有点认生吧。

你看嫚璘总叫我，她就是有点不满我跟别人说话啊，好像不理她了，把她冷落了。平时是我和他外公带她，她外公退休了，再加上他有病，身体不太好。地震以后头一年还不怎么发现，因为男同志嘛，承受这么大的打击，好像就把它憋到心里边。退下来以后，就没有其他事干，这个时候他什么病都爆发出来了。现在前列腺这个比较严重，又有冠心病，再加上他的血压挺高的，是重度高血压，高的时候有 200。医生都说你不能动，一般的时候就是一百七八，挺吓人的。他是特别坚强的那种人。因为他是前列腺炎，必须要把高血压降下去，才能动手术。现在天气越来越热，准备 10 月份之后还是要去做手术。他现在离不开药，国内的广告里面的那些药都不起作用，国外的药，挺贵的。而且你又没有住院，就是在门诊上买，也报不了账，我们的负担就挺重的。你想想看，工薪阶层嘛。这孩子你看现在能够吃饭了，一个月也要吃两瓶奶粉，一瓶就是两百零点，400块钱，两瓶奶粉都买不够。别说其他的了。再加上可能我们又有点宠她，就是觉得她缺少爱，很多地方都有点溺爱，她要什么，我们尽量满足，你看我们家里的玩具有不少。

嫚璘她爸爸在诺水上班。在厂里面有一套房子，因为他那个班是三班倒，上了夜班，接着就睡觉，年轻人嘛，必须要休息好，因为毕竟年龄不一样。他常过来陪她玩玩啊。前天来过，昨天来过。我觉得应该常常陪她玩，也动员孩子到他家里边去，我就告诉她，我们说到你爸爸家里边去，因为那儿是新房子，一切都是新的，环境也挺好，又是刚修的厂区，挺好的，我们这儿到处都是旧的、黑漆漆的。她说，不，我就在这儿，我就要跟着你们。我说你还是要跟着年轻的爸爸妈妈才对，你那儿有一位干妈，让她带你挺好的。她说，不去，我就要你们，我不喜欢年轻人，我就喜欢老年人，这是她告诉我们的。

● 小嫚璘在幼儿园和家里问起过妈妈吗？

她们老师说在学校里面，嫚璘就是好动，爱动手，也爱动脑，就是坐不住。她一般不说，她喜欢把这种感情藏着。为什么我觉得她是藏着这种感情？有一天晚上她睡觉，我从9点钟开始把所有的电灯全关了，给她创造睡觉的条件。然后孩子在床上翻来覆去地睡不着，已经快要12点了，我说明天还要上学，你睡不好觉，明天就起不来床，这样不行。她说我不想睡，我说不行，必须睡觉，这个时候所有的小孩子都睡觉了。然后她还是不睡，我生气了，就把她抱到床下边来，我说你再不听话，我就把你送到讨口佬儿那边去，你去当小讨口，我们不要你了。她那个时候一下子就哭了，她说婆婆不了、不了、不了，我再也不这样做了，我再也不这样做了，你不要把我抱出去、不要把我抱出去，她就不停地说，又说又哭。然后上床以后，我就没有说话，她就开始唱《世上只有妈妈好》。我当时就忍不住地掉眼泪，我不知道为什么那么多首歌，她什么歌都会唱，因为她的记忆力还是可以，她就唱这一首《世上只有妈妈好》，而且反反复复地唱。我也没说什么，我只是用手拍拍她，我的眼泪是止不住的。

我就想啊，她心里面装着的，因为当她刚刚知道的时候，我们就告诉她妈妈去学习去了，到很远很远的地方学习去了。有一天我们在这儿议论，她不愿意在这儿读书。我说你还是要在这儿读书，这儿离我们家很近，在什邡读书呢，学钢琴、学跳舞，条件比较好、比较方便，我就这样说的。然后她就这样问我，她说：婆婆，我的妈妈也去学习去了？我说是的。她说，她走很远吗？我说是。她说：我们去买一辆大客车，我们去追她。我说妈妈走了太久了，我们追不回来。她说我们不停地跑，我们跑快一点，就把妈妈追回来了。她是这么想的，你说她平常不提，但是一到关键的时候，她就把她妈妈抬出来了，我觉得她心里面真正装的是妈妈，真的很想。

● 汤鸿老师牺牲时，小嫚璘多大啊？

嫚璘那个时候刚刚9个月，头天9个月，第二天女儿就走了。因为当时她还不会叫妈妈，她只叫了我，叫了她的爸爸，其他的都不会叫。当时我的女儿还说，她就逗她的嫚璘，她说你这个小嫚璘，我对你这么好、我天天晚上陪你、带你，他们你都叫了，你就是不叫我，我有点生气了，还有点嫉妒我们，她不喊。结果地震的那天下午，真的是母子连心。因为当时我们出来的时候就抱着她，什么也没有，只能抱在手里边，她就向着学校那个方向不停地叫妈妈。真的，叫得心都好酸好酸啊。因为平常从来没叫，就是我带着的，刚刚从产房那边抱出来，医生抱就是抱给我的，没有离开过我，就是晚上她妈妈给带。我说晚上带，她白天还上班，但是我女儿说不行，你们年龄大了，晚上需要休息，她说还是她自己来带。我又觉得她挺辛苦的，因为白天要上班，晚上要带小孩，这样子确实太累了。她说没关系的，我挺年轻，再说我现在长胖了，我也借此减减肥。她还跟我开这样的玩笑。我说你再过一两年，你不可能还有这么肥，你不可能还这么有肉。因为一个是教书要操心，还有带孩子要操心，那是肯定的。

小嫚璘她整个轮廓，整个脸形都像她爸爸，但是细看，一笑起来，像她妈妈，嘴巴、眼睛笑起来像她妈妈，特别像，就是说非常中和他们两个人的特点。我女儿在广师校毕业，她学的是艺体嘛，也是音乐这方面的，就给她买了一部钢琴，回来以后好用嘛，因为她在学校里面，在广师校就学过，学了钢琴、小提琴，还有舞蹈啊什么的，她都学过。在这方面，我们是挺支持她的，只要她愿意学习。她在广师校学了大专，在学习当中，她和别的女孩子不一样，她一般不那么贪耍、不那么贪玩。她最大的缺点就是身体不好，从小就身体不好。因为当时我在怀她的时候，我的身体就很差，所以说她的身体也不好。有一句俗话叫做"先天不足，后天难补"。所以说，她的身体一直欠佳，后来她在怀孩子的时候，突然就发胖了，因为她很小巧的一个孩子，他们说得比较时髦的话，是小鸟依人那种，个儿比较小巧。带了孩子以后长胖了，她对自己长胖非常不满意，女孩子嘛，都有这种爱美的心理。我们说没关系，你这个长胖那是暂时的，因为教书的老师很少有很胖的老师，一般都是挺瘦的，尤其是女同志。这个就是一种什么呢？应该说是常规吧，因为我以前在做女儿的时候，我也挺胖的，可是我一上班工作以后，瘦下去就再没长起来肉过，到现在我一直这样。

● 听说您一家人都是教师。

我也在红白镇，教语文的，语文班主任，也当了那么几十年的娃娃头吧。当时我的爸爸是在红白中学，那个时候学校刚办的中学，我爸爸当时在红白还算是开国元勋吧，第一任校长，因为那个时候刚办红白中学，条件就不说了吧，挺差挺差的。他是1980年退休的。哦，1979年，那个时候我就工作了，我算是接班吧，那个时候有这个政策，因为我是农村的人嘛，我的母亲就是农村的，我就去接班。那个时候我也结婚了，汤鸿是1982年的，就是工作以后带的她。那个时候工作挺辛苦的。你像我们这些接班的嘛，毕竟从文凭方面都是不过硬的，在工作当中你必须还要继续学习。那个时候的工作压力挺大，还要学习，后来带着我们汤鸿以后，那简直不知道一天忙成个什么样，真的不知道。我说从来没有像现在的年轻人怎么打扮啊，照照镜子啊，看看自己是个什么模样啊，没时间。

汤鸿刚刚一岁，我就送到我的爸爸妈妈那儿去了，就是我的爸爸妈妈带着，因为我的工作太忙了，我丈夫也很忙，他也在工作。又没人带孩子，三岁以后上幼儿园了，红白幼儿园嘛，不管条件怎么样，毕竟有人带孩子。我前几天还在给我们老头说，我说你看我们的女儿，汤鸿吧，在她小的时候，我们没有花多少精力，只管了她能吃饱、能穿暖，至于怎么样科学地带法、怎么样教育、怎么样的知识，我们没时间去管这些，因为我们忙工作啊，没时间顾及她，都是由我们自己的父母带着。但是现在她的孩子，我们却倾注了很多很多。但是我们尽管倾注很多，觉得很多方法还是不对。她现在有一点要要挟我们。我就在想，因为毕竟还是教了这么多年的书嘛，跟孩子打了这么多年的交道，我在想怎么样才能使她各方面养成一个好习惯：要吃饭啊，一天不调皮、不要赖、听话啊。

此时，从另外一个房间传来一个孩子稚嫩的歌声，是小嫚璘在轻轻地唱："世上只有妈妈好，有妈的孩子像个宝，投身妈妈的怀抱，幸福享不了。"

我们停止交谈，静静地听着小嫚璘的歌声，本来十分沉抑的现场，更增添了几分心酸，与谭瑛老师一样，我们所有人的眼睛都红了。

一个刚刚9个月的孩子，刚刚朦朦胧胧地记事，妈妈便没有了。而守护在她身边的亲人们，

不愿意或不忍心将事实真相告诉她，可即使告诉她，一个几岁的孩子可能也无法理解死亡是什么，只有亲人们知道，可爱的小嫚璘永远没有了妈妈。

谭瑛老师擦擦眼泪继续讲述。

这就使她时不时地想起，真的很心酸。平常人多的时候，大家都在一起高高兴兴地这样，日子好打发、好过，但是在人少的时候，再加上有人生病的时候，家里面我们三个人里有任何一个人生病的时候，就觉得需要人照顾。所以，有时候想来想去，看着别人的儿女，不说有好多好多嘛，有一个真的是挺好的。虽然有女婿，但是别人有工作，别人要安家，不可能长期陪着你。

失去女儿以后，我们还是没有走出来，再加上孩子有时候淘气的时候，心情就特不好。还有我的老公生病，这个精神上压力挺大的。毕竟我们是老夫老妻了，这么几十年了，我们1979年结的婚，现在都30年了，加上孩子又走了。

● 外公多大年纪了？

外公今年应该是87了吧，一辈子当老师。我说我们爸爸当老师，我当老师，我的女儿又当老师。可是走的呢是最小的一个。因为当时想到嘛，女孩子当老师这个职业确实不错，因为安全、干净，人们都说她是人类灵魂的工程师，太阳底下最最受尊重的人。帮她选择这个职业，她喜欢的是幼师，她还是喜欢当老师，她喜欢蹦蹦跳跳的那一种，当幼师，可是没有如愿，当了小学老师。年轻人嘛，接受还是很快的……可是就没命了啊。

● 汤鸿平时向您请教吗？

虽然说我们这一代人教学跟不上时代，但是经验还是有的，下来以后要跟她说一说啊。比如说一些差生、调皮生，怎么样让这些孩子们爱你、喜欢上你这一课，然后乐意地去学，这些经验他们就要差一点，毕竟工作时间不长嘛。当时我教的是三年级，她去接的时候就是四年级。那个班的学生挺调皮的，好像就不买她的账那种感觉，有点轻视她，你还是个大孩子，你凭什么来管我们。她回来告诉我，她说妈妈这个班的学生，我觉得太难了，不好管，有点头痛。我就告诉她什么样的学生什么样的性格，你采取哪些方法，你以一个大姐姐的身份出现在他们面前，关心他们、关爱他们，慢慢地培养他和你的感情，他们和你的感情就融在一起了，这样他就会听你的。有个很调皮的男生叫唐成建，有一次他摔着了，把脚崴了以后走不动，学生也没办法，都去叫汤老师，要把他送到卫生院去。我的女儿马上把这孩子背着，因为这孩子的个儿还是可以，我的女儿个子又小巧，还是咬着牙把他背到卫生院，这孩子通过这件事以后很感动的。后来我女儿就跟我说，她说学生虽然调皮，很聪明，一旦有事情被感化的话，他对你感情是非常深的,后来这孩子很听话,学习还可以。所以你不能说老是用那种我是老师,你就得听我的,不管对不对都得听我的,这样是行不通的。

可惜啊,我女儿和我们的生活太短了。小时候呢就是读书嘛,幼儿园读了就是小学,小学读了以后初中,然后她就想当老师。这就考了广汉的师范学校,毕业出来以后就到了自己的母校,结果工作没有几年,就这样走了。

很难想象,谭瑛老师在讲述自己与女儿26年在一起的生活时是一种什么心情,真是一种心碎的感觉。而每天看着孙女小嫚璘在身边,又会让她时不时想起自己的女儿。

在我们采访的过程中,汤鸿的爸爸汤少军一直陪在旁边,但他没有说话,面色平静。后来,小嫚璘在隔壁房间开始唱《世上只有妈妈好》时,他抽身离去。在汤鸿爸爸的不动声色中,我们还是深深感受到他藏在内心深处的巨大哀痛。

当汤鸿的爸爸亲手将心爱的女儿从学校废墟中挖出来时,当他眼睁睁地看着女儿离去却无力抢救时,当他亲手将女儿埋葬在红白镇旁的山坡上时,当每年的祭日来到女儿的墓前时,当他看着自己女儿的女儿一天一天长大时,当他三年多来面对这一切只能以一个男人的臂膀默默无言地挺在那里时,他的心情不是我们这些人所能体会的。面对一个经历了巨大悲痛的父亲的沉默,我们怎样表达此刻的心情呢?任何同情、安慰的话语都显得苍白无力。

谭瑛老师说,她想把有关女儿汤鸿的一切都保留下来,都留给孙女嫚璘,让她长大以后知道妈妈是一个什么样的人,让她知道自己的妈妈曾经做过的一切。

我想,我们在2011年这个夏天所做的,既是为了嫚璘,也是为了与嫚璘一样大的孩子们,让她们都知道,2008年5月12日这一天,她们的母亲们曾经做过的一切。

我们在心里为汤鸿老师的亲人们,为汤爸爸、谭妈妈,还有汤鸿老师的外公默默祝福,希望他们多多保重。

# 2011-4-4
# 学生冯雅

I'll always wait for your return

## 我会永远等着你回来

四川省什邡市鎣华镇八一中学

与新建的什邡红白镇学校一路之隔有一座小山坡，这里原是梯田，汶川大地震时被临时征用为墓地。山上的墓地依坡而建，规模很大，一排排的坟，大部分都有墓碑。

在2008年"5.12大地震"中遇难的老师和孩子们基本都被掩埋在这里，这个墓地也被叫做红白中心校的"天堂分校"。

2011年4月4日这一天，我们《老师》摄制组来到"天堂分校"，寻找那些逝去的老师和孩子们。

走进墓地仔细看，墓碑上的照片多是孩子，一张张稚气的笑脸，顽皮的神情，看起来神气活现，可他们永远都没有了，这些还未长大成人的孩子都被葬在了一个个冰冷的水泥棺里，在他们的墓前，摆放了许多他们生前喜欢的玩具。

站在"天堂分校"的山坡上向下望去，不远处，新的红白镇学校清晰可见，那边是地震后新修建的整齐的校园，是一群群欢蹦乱跳的孩子们，而这边呢，静静的，悄无声息，只有时常升起的缕缕青烟，曾经一个班的同学已经阴阳两隔。

"天堂分校"这个名字蕴含的情绪十分复

**Teachers** 牺牲老师汤鸿学生冯雅：我会永远等着你回来

杂：心酸？怀念？残忍？希冀？

从墓地旁的石阶向上走着，周围不时有前来祭奠的人，大家默不做声，静静地点上一炷香，然后蹲下烧纸，最后都会站在那里，呆呆地看着逝去亲人的墓碑……一个母亲独自站在一个墓前，喃喃低语：儿子，我还会来看你的，你想吃什么，妈妈都会给你买……

汤鸿，女，26岁，原什邡红白镇中心校语文教师。在"5.12大地震"时，她用自己的身体保护三个孩子，献出了年轻的生命。

我曾经见过她的照片，一个年轻漂亮的女孩子，穿一件红衣服，笑吟吟地望着你，眼睛里流露出温和善良。

如今，在汤鸿老师的墓地前，我又一次看着墓碑上她的照片，就是我曾经见过的那张照片，还是那件红衣服，还是微笑地看着你。很难想象，曾经一个鲜活的生命，一个阳光灿烂的女孩子竟然葬在眼前这个冰冷的水泥棺里，简直不可想象！

从山坡上远远向下望去，张德强校长和六七个孩子走上山来，走在最前面的是一个短头发身穿粉外套的女孩子。她们走到了汤鸿老师的墓前，我走上前去，轻轻揽住粉衣女孩的肩膀，低声问她：同学，你叫什么名字？她没有抬头，低声说：冯雅。说罢她又低下头去。我默默地站到一边。

冯雅为汤鸿老师献上鲜花，在墓碑前蹲下来，悲痛地哭泣起来，似在喃喃自语……

我不敢想,但是我必须想。

我要坚强,我要坚强。我对自己说过很多次。

我为什么要哭?我一点也不坚强。

你现在骂我吧,你以前也骂我嘛,骂我丢三落四,骂我不认真。你骂我爱走神,你为什么不骂我呢?

汤老师,你不是很爱唱歌吗?你为什么不唱给我听呦?

你不是喜欢热闹吗?为什么这周围冷清清的?

你看看,赵莉在前面,冯丹在后面,她们都是你的学生。

你为什么不教她们?你为什么不教我?

汤老师,我七年级的时候为你写了首诗,你知道么?太难了,真的太难了。

好多人问我是不是我写的。我很骄傲地对他们说,那是我写的。我说得很大声、很骄傲。

你在天上吗?你听到我说的话了么?

我们都很想你,真的很想你。

记得这学期刚开学,我对自己说,读书的时候,我不能哭,我一定不能哭。

可是我还是哭了出来。

看来我人缘关系还比较好,全班人都围着问我:班长,你怎么了?班长,你怎么了?

我没有回答他们。但是瞿希曼知道,黄怡知道,她们都知道为什么。

你看见嫚璃了吗?她长得很可爱对吧?长得像你一点吧?她一定会像你一样温柔的。

我好笨呦,为什么上一次来我都没有哭出来?

这一次哭出来了吗?是我越来越不坚强了吗?

你看看你身边的花草,她们都像你一样美丽。

她们会守护着你的,她们不会离你而去。

因为在我们心中,你是最美的,一定是我们最好的老师。

其实,汤老师,我最喜欢你了。

最喜欢你在全校为我们领唱的时候,校长让你指挥,你跑到前面去。

每次你指挥的时候,你都会很自豪地,你都会很自豪地,挺起胸膛,手挥舞着,头一偏一偏地,头发在你的头上甩动起来,真的很漂亮,很漂亮…

好怀念以前啊。

虽然再也回不去,但还是很怀念以前。

我现在成长了许多,我理解了很多事情,理解了很多以前不懂的事情。

或许是自己失去太多,现在黄怡说我缺乏安全感。

可是我真的很怕,嗯,怕别人离开我。

今天看对我最好的两位朋友离我而去,冯丹躺在地下,赵莉……我真的好怕。

以前每天回家,以前每天回家,特别是我在外面读书后,放学回来很晚的时候,每次回去,屋里的灯都是亮着的,爸爸妈妈在屋里看电视等着我。

虽然姐姐没在家里,但她也是为自己的理想而奋斗,她在外面拼搏。

这个家让我感觉很温暖。

可是现在,我经常回去只有一个人。

我很害怕,那种无力感,我真的很害怕。

原来那句话是真的:只有人,只有人的东西在失去后,她才知道怎么去珍惜它、去爱护它。

我懂了这个道理,可是它也让我变得懦弱。

变得,我变得胆怯,很多事情,我不敢去面对,我只逃避。

可是我昨天看了一句话,它的大概意思是说:逃避回来后的平静,那只是假象。

真正面对,或许你会觉得自己成长。

可是我还是不敢去面对,我不敢。

六年级的时候,还在我们学校,我给自己定下一个理想:"我要学会笑。"我对自己心里暗暗地说。

有一天,温老师问到我的时候,我在全班人的面前很大声地说:我要学会笑!

同学们他们都笑我,他们不懂得是什么意思。

他们都笑我,他们说,难道不会笑吗?

可是他们不知道,我说的笑,是发自内心真正的笑。

那是我成功的笑。

我要发自内心的笑。

我要获得成功之后的笑。

我要获得努力之后的笑。

我要获得真正的笑!

我要学会笑,我要学会努力地去面对一切,我要坚强。

我觉得我现在越来越喜欢红白这个地方了。

虽然有时候,它会让我觉得冷漠。

但是这里曾经有过很多温暖不是吗?

我会永远等着你回来,住在我心里面。

永远,我都会听到你的歌声。

永远,我都会看到你对我笑的样子。

虽然我会害怕,虽然我不敢面对。

但是,我知道,真正的自己在内心里面。

你就住在我内心,你一定懂得我在说什么,对吧?

汤老师

……

墓碑前,瘦小的冯雅蜷缩在那里,仿佛四周空无一人。她一直在与汤鸿老师低声说话,不时抽泣。夹着哭声的诉说,如吟诗般的独白,在墓地里低回,四周静悄悄的,仿佛鲜花和绿草都在暗暗垂泪,而正在微笑的汤鸿老师一直在默默地注视着心爱的学生,汤鸿老师你听见了吗?

我们都听见了,冯雅悲切的哭泣和喃喃细

语；还有，今天，此时此刻，汤鸿老师欢快的笑声，她的歌声，甚至她批评冯雅时的不高兴，她在哄自己9个月的女儿嫚璘的欢乐，都在我们耳畔……

那一刻，时间停止了，四周一片寂静，我们多希望时间能够倒流，让蹦蹦跳跳的快乐冯雅，投入到汤鸿老师的怀抱，让我们还能看见两个美如鲜花的女孩子的快乐，看到一个学生能和自己喜欢的老师幸福地依偎在一起，哪怕只有一秒钟！

看着小冯雅在她最喜欢的汤鸿老师墓碑前泪如雨下，我们所有人为之动容。

只有亲身经受过巨大的悲痛，才能让一个14岁的女孩子如此沉痛，让她在时隔三年后，依然从内心发出悲怆的哀哭。又是一种什么样的心情让一个花季少女不会笑了？为了能笑，她居然要暗下决心？！

小冯雅今天的爱，到底是来自自己的家庭还是来自汤鸿老师？可以肯定的是，在那一刻，汤鸿老师在生死瞬间，将教师的大爱，用自己26年的生命告诉了怀抱中的冯雅和黎瑶，告诉了红白学校的孩子们，告诉了我们，告诉了每一个人，告诉了这个已经不知"爱"为何物的社会。

我想起了一句话，一个人仅仅有爱就够了吗？难道一个人仅仅有爱还不够吗？

小冯雅的生命来自她的老师，她在汤鸿老师墓前的真情流露，对于她，是自己生命得以继续之后的报恩，是对心爱老师的爱戴，是不是也是中国一个偏远山沟里的普通学生对所有配得上一个教师称号的人们的崇高致敬呢？！

我慢慢地走上前，轻轻揽住小冯雅的双肩，我不知道用什么话语来安慰还沉浸在哀伤中的这个女孩子，我甚至觉得我没有资格安慰她。

我也不想再问她与汤鸿老师有关的一切，不想再让她回忆地震时的情景，不想在她的伤口撒盐，这个瘦弱的小姑娘竟然承载了这样巨大的悲痛，让我们唏嘘不止。

在墓地一侧的台阶上，我问她：你现在哪里上学？她抬头看看我，我发现她的眼睛通红，还在抽泣。她哽咽地回答说：在下面上中学，现在上初二。我又问：家里还有什么人？冯雅回答：妈妈身体不好，在家里。爸爸给人看矿。

我想，这时候我应该说什么？难道我要说那些"一定要学习好，继承老师的遗志，不辜负汤鸿老师的期望"等等一些套话吗？难道孩子们自由的选择，她对生活的认识一定要遵从我们的文化中"被规定"的路径吗？难道我们也可以想象汤鸿老师一定让自己的学生各科学习成绩好，才是一个老师对自己学生的全部希望吗？

谁能够代替死者发言？谁能够按照现在的教育方向去替一个死去的老师劝告活过来的学生？

我站在墓地里，面对一座座墓碑，面对冯雅，除了悲痛，还有惭愧、自责。我们创造了这个民族几千年来从未有过的生存环境，我们也在疯狂地享受自己的劳动成果，可我们为自己的文化主体做了什么。我们几乎对所有的灾难都是更长时间的围观，我们在当时也捐钱捐物，也掬一把眼泪，用不了几年，不，几个月，我们被新的目标吸引。我们每天匆匆忙忙地奔向那个给我们带来物质利益的地方，却永远忘记了我们曾经有过的感动，忘记了曾经有过的真情……

重新观望历史，重新看到曾经发生过的惨烈故事，我们仅仅是一群围观的人，而已！

冯雅独自走了。我们从山上向下望去，一个小小的身影，依然在墓地里四处转着，看来是在寻找遇难同学的墓地。

远远望去，冯雅每当找到一个逝去同学的墓碑，便垂首肃立，嘴里不知在说些什么。

后来，后来，冯雅竟然又独自一人回到汤鸿老师墓前，为心爱的老师大声唱起歌来……

我们站在"天堂分校"里，远远地注视着小冯雅，我们听不清她在唱什么，但墓地中这个女孩子的歌声，在这个嘈杂纷乱的世界中犹显珍贵，虽然她的声音在这个肆无忌惮地狂奔、却不知终点为何处的社会中，显得细小而孤独。

汤鸿老师，

你的学生来看你了。

你在天上吗？

你听见了吗？

你的学生在给你唱歌，

你的学生在与你说话。

那一天，

那一刻，

汤鸿不仅是红白镇中心校的老师，

不仅是冯雅的老师，

汤鸿老师是冯雅的天空，

是所有学生的天空

……

26岁的汤鸿老师在天上一定会感到幸福的，一定会感到快乐的，你有这么爱你的学生，她们将对你的爱化作人世间最美好的感情，化作了永远的美丽的歌声，你一定会听到她们的歌声。

汤鸿老师，在冯雅的歌声中，你身上的伤痛会减轻吗？你思念自己女儿嫚璘的年轻而阴阳两隔的痛苦母爱会缓解吗？

中国所有的老师应该为此自豪，所有中国人都应该自豪，中国一个美丽的乡村老师为所有的老师赢得了崇高的尊重，赢得了她的学生发自内心的爱，虽然这爱让一个仅仅14岁的女孩痛哭失声，让一个还没有成年的孩子痛彻心扉。

尊敬的汤鸿老师，此刻，我们与冯雅一样的心情。

我们从北京去的纪录片《老师》摄制组的所有人排成一排，恭恭敬敬地站在汤鸿老师的墓前，向汤鸿老师三鞠躬，向中国一位普通却伟大的小学教师致敬。

我们素不相识，

我们同宗同文，

今天，汤鸿老师是最值得我们尊敬的人，

你理应赢得所有内心还心存善意的人们的崇高致敬。

你是我们所有人的姐妹，

你是世间最善良的女孩，

你是亲人心中最美丽的公主，

你是可爱女儿的慈母，

你是中国上百万小学老师中的一个普通人，

你依然是红白镇学校的老师，

你是鲜花绿草中的快乐精灵，

你是"天堂分校"的忠诚守护神，

你是沉睡在你身边的孩子们的开心姐姐。

你永远不寂寞，

你的周围依然充满学生们欢乐的笑声。

站在汤鸿老师的墓前，看着墓碑照片上汤鸿老师笑靥如花，此时，我们能不能够体会老师——这个职业的全部涵义呢？！

教师汤鸿，没有辜负中国的教育工作者这个称号！没有辜负"老师"这个称号！

想想，什么是师魂？什么是中国教师的师魂？什么是中国文化的师魂？现在，师魂她就在我们面前啊，在墓碑上汤鸿老师的微笑中，在小冯雅的婆婆泪眼中，在这个"天堂分校"的鲜花绿草中，在我们现场所有人无法抑制的哽咽中……

冯雅默默地走了，我还站在墓地里，百感交集。眼前发生的这一幕太富于戏剧性了，真实吗？真实得甚至显得虚假，真实得像表演，可她确确实实就发生在我们面前，我们什么都没有对冯雅说，也没有任何干扰她的行为，仅仅默默地注视她，不忍心打断她的倾诉，可又不忍心让她继续痛哭。

可是，可是我为什么觉得真实得甚至有些虚假呢？为什么？我们从一个所谓更文明的世界走来，在一个大劫难后死者的安息地，面对一个孩子对自己老师的爱，面对学生对老师逝去的切肤之痛，我们应该怎样判断呢？

此刻，汤鸿老师的家人也来了，还有曾经朝夕相处的好友。汤鸿的父母搀着她的外公走在"天堂分校"的石阶上。汤鸿的母亲谭瑛也是红白学校的老师，已经行走困难的87岁的外公谭金孝，也曾经是老师，是原红白中心校的第一任校长。

一家三代人，跨越中国近半个世纪的三代中国乡村基层教师在这里——天堂分校——相聚了，母亲和外公在家里最小的教师墓前默默肃立，一起祭奠自己的亲人，思念她——给这个大家庭带来无数欢乐的美丽天使，痛惜她——爸爸妈妈唯一的宝贝女儿，最受外公宠爱的外孙女，为她焚香，为她流泪。

谭金孝老人被家人搀扶着来到墓前，他颤颤巍巍地拿起一叠纸投向火焰中，然后默默地看着大家为自己心爱的外孙女献上鲜花，看着一个年轻的老师永远地离去。

这是亲人之间的祭奠，也是一个中国老教师向一个中国年轻教师的崇高致敬。

汤鸿已经三岁多的孩子李嫚璘并不知道真情，这个可爱的小女孩在墓地间的草丛中向妈妈的墓碑三鞠躬，而汤鸿老师生前还没有听到过女儿叫"妈妈"的声音。

那一刻，

在永恒光明与无尽黑暗交锋的瞬间，

来自中国一个教师世家，

年轻美丽的汤鸿老师，

一个普通女孩子，

选择——扑向自己的学生，

选择——扑向自己的孩子们，

选择——扑向自己职业应该遵循的守则，

选择——扑向让师魂永远留存人间的永恒……

那一刻，

一个乖巧的女儿，

一个慈爱的母亲，

一个孝顺的外孙女，

一个贤惠的妻子，

也选择——扑向了让亲人们永远悲恸的时间长河……

（据亲人回忆：当汤鸿的爸爸亲手将女儿从教室废墟中挖出来的时候，女儿面色平静，胸口还是热的，生前最爱干净的女孩子汤鸿，只是被接来的雨水简单擦洗后被葬在山坡上的

一片玉米地里。）

　　在中国四川的群山中，在一所普通的乡镇小学，一位普通的老师热爱自己的工作，热爱自己的学生，在生死瞬间平静地恪守自己的职责，用自己的生命做了最后的"传道"。作为曾经的老师，汤鸿的妈妈和爸爸的心都碎了，而同样作为老师的老外公该是怎样的悲哀？！他一手创建了红白镇的学校，从小带大了外孙女汤鸿，做了一辈子老师，却在几十年后，在自己87岁高龄时，缅怀红白镇"天堂分校"的一个老师，而这个老师竟然是自己最喜欢的外孙女，他应该为此而自豪吗？还是为失去宝贝外孙女而陷入永远的伤痛呢？

　　让一个87岁的老人承受什么？是白发人送黑发人的哀恸吗？还是心里对这个外孙女的恋恋不舍呢？抑或我们想象的都没有。悲痛的老人宁可外孙女鸿鸿不是一个教师，宁可鸿鸿没有牺牲，宁可她仅仅远远地不在身边，也不愿面对这个巨大的悲惨事实。

　　我无法判断。

　　从汤鸿老师的墓前离开，我们又来到张辉兵老师和王周明老师的墓前，向他们献上了花篮。两个老师在地动山摇的那一刻，没有自己先跑，而是将学生一个一个拉出教室，自己却被崩塌的教室掩埋。

　　我们不是一直在寻找师魂吗，今天看到的一切，会给我们答案吗？

　　想想，那个"范跑跑"不顾一切自己先跑了，他的行为是人性自然的选择；有的老师甚至推开面前的学生自己先跑了，这也是人性的选择。

　　而汤鸿老师、张辉兵老师、王周明老师、刘继军老师、向倩老师、袁文婷老师，还有更多的老师，他们将身边的学生，将别人的孩子，不，将自己的孩子们，护卫在身体下面，以血肉之躯抵抗钢筋水泥，献出了自己年轻的生命，这也是人性最高尚、最伟大、最自然的选择！

　　离开红白镇小学时，我们向张德强校长告别，握手后我与张校长拥抱，不禁鼻子发酸，感谢他陪着我们又一次走过他曾经的痛苦经历，在墓地前看着自己的学生向老师动情地倾诉，也又一次陪着不知道靠不靠谱的我们这群过客。

　　在离开四川的车上，我给小冯雅发了一个短信：冯雅你好，我姓王，昨天我们在汤鸿老师的墓前见过面，你的爱和对汤鸿老师的感情让我们感动，今天我们就离开什邡了，我们以后还会见面的，再见。

　　冯雅的回信很简洁：恩，再见。

　　我想，下一次来，我们能不能在校园里、在操场上、在教室里，看到小冯雅脸上的笑容，听到她发自内心的笑声呢？

　　汤鸿老师，小冯雅那句话也是我们的共同心声：我会永远等着你回来，住在我心里面。

　　我无法预计，当小冯雅也26岁时，当她出落得漂亮、活泼，与汤鸿老师一样时，她会是什么样子？

2011年4月11日下午，我收到了小冯雅那天在汤鸿老师墓前哭诉的正式文本。摄制组的同事跟我讲，在机房里，誊写冯雅四川话的那个北大志愿者女生看着、听着镜头中小冯雅在自己老师墓前的哭诉，她甚至无法记录下去，抑制不住自己的情绪，时常走到楼道里躲在一旁低声啜泣。我想，任何人看见和听见冯雅的哭诉，都会有同感，都会伤心落泪。

说实话，看过冯雅这段文字，再写什么对我都是困难的，20多年的文字生涯似轻飘的浮云，过去文字所承载的东西都变得矫情和轻浮。而让我更痛心和纠结的是，地理距离很可能造成感情隔膜，而时间距离可能将我们与看到的一切、与过去的一切彻底隔断，即使我们已经同宗同文几千年。

看不清自己历史的人，也无法看清未来；或者说，忘记自己历史的人，根本就没有未来。

曾经被历史感动的我们，对历史从不承诺，我们甚至对当下也无承诺，当然，我们对未来更无承诺。因为，物质已经将我们彻底侵蚀，我们是自己身体的奴隶，自愿带上物质的枷锁。

灾难是教导人成长的圣经，它吞噬了亲人，摧毁了我们身边的美好，它教会了我们爱，还是唤醒了我们内心深处残存的爱？苟且活在世上的我们迎接每天早晨太阳的时候，会忘记中国四川什邡红白镇中心校"天堂分校"吗？会忘记汤鸿老师和冯雅同学吗？会忘记汤鸿老师墓前发生的这一幕吗？

未来，我们应该永远诘问自己！

北京桂馨慈善基金会樊英秘书长在2011年9月份给我发来一首诗，名字叫《老师的抉择》

这是一个不太复杂的问题

为什么老师的遇难地点

总是在门的下面

我们挖出了门的时候

就挖出了老师

是啊是啊

文质彬彬的老师

在最后的时刻

总是扛不动一座山

平常总是说老师是知识的大门

现在，老师表达了

要做一扇真实的门的意思

肱骨、椎骨、腿骨

突然连成笔直的一线

这就是门柱！这就是门轴！

这就叫扛动江山！

面对天下兴亡

这就是知识分子作出的最后抉择

中国有幸

这种传统，已逾千年

学生回忆：老师踢我

老师吼：快！快！快

老师没有手，老师的手死死撑在上面

老师以自己的血，证明了
师道尊严
我们挖出了门的时候
就挖出了老师
老师的表情已经模糊
但是他的笔直的僵硬的手臂——
全世界都看懂了
这是一杆教鞭

  这首诗对所有在汶川大地震中牺牲的老师们的行为做了最真挚的描述。

  "我会永远等着你回来，住在我心里面"，小冯雅的这句话是一声哀哭，也是一腔真切的希望吗？

  一群普通的乡村老师，一个在今天从来不会进入主流视野的社会阶层，他们存在了几千年，在那个惊魂时刻，他们惊动了世界，也离开了世界。继而，一切归于平静。我们围观的人在2008年5月的情感外露，在几年后的今天，还存在吗？今天，冯雅和那些亲身遭受巨大悲痛的人们依然默默忍受着痛楚，而我们，是不是还有与冯雅一样的心情呢？

  我们还将用多长时间去等待或寻找我们业已失去的东西呢？！

  我们的等待和寻找有结果吗？

# 第三部
## 向人们心底的良知致敬
## In honor of the conscience in people's heart

那种久违了的崇高感、圣洁感以及人与人之间的信任和温暖在观影的人群中如细雨润物般悄无声息地延展。我们在人们的泪光里看到善良；在掌声中，感受到健康的力量。

# The word "teacher" means lots of responsibility

# 叫一声"老师"太沉重

杨东平　**Yang Dongping**

中国作为一个教育大国，千百年来，教师在这个文明系统中具有举足轻重的地位。这不仅体现为儒家师道尊严的伦理，也在"天地君亲师"的排位之中化为一种习俗和生活方式。在经历了太多的磨难与坎坷之后，近年来中国在经济上的崛起，在很大程度上借助的是这一生生不息的教育传统。这也是上个世纪70年代之后亚洲经济腾飞的一个背景，被称之为"儒家文化圈"的这些亚洲国家所具的重教兴学的传统，成为民族振兴的重要的文化基因。

纪录片《老师》深情地展示了作为文明传统的师道，至今仍在深山郊野熠熠闪烁，接续着民族文化的香火。乡村教师所承载的沉甸甸的社会责任，是在灾难时刻感天动地的献身，也是在贫困煎熬之中的坚守，不忍放弃孩子成为一个最强大和最终的支点，构筑着师德的脊梁，点燃了师道的灵魂。这种责任，首先是一种热爱，对学生、对孩子、对家乡的爱；其中，也包含着喜爱，一种对教师职业的爱好。有没有这种喜爱，是一个重要的分野，区别了谋生混事还是忠于事业。为此，他们甘受清贫，义无反顾地在大山深处传薪播火。

事情还有另外一面，叫一声"老师"太沉重，不仅是对师道师德的崇仰和敬重。日渐荒芜的故乡田园，乡村教师难以为继的困境和农村教育的危机，凸显了师道的陨落和坚守这样紧迫而重大的主题。这是千百年来从未出现过的现实：教师正沦为农村社会中地位最为低下的一群，缺乏生存的尊严和保障，成为家人邻里最无奈的榜样。片中展示的农村教师，许多是在山区偏远的办学点从教的代课教师。与外来的"公家人"不同，他们是生长在农村社区的村里人，看守养育的是自己的娃。今天，我们特别需要重新认识这种"乡土教师"的价值，在这些最偏远、贫困的乡村，只有这样的教师才可能扎根生存，成为"用得上、留得住"的农村教师。然而，这些无可替代的乡村文明播火者，或许正在成为无可传承的最后一个群体。

中国教育的重点和难点是在农村,而农村教育的根本问题是教师。这是一个需要不断拨乱反正加以恢复的常识。学校简陋一些,场地、实验室不达标都不要紧,有教师就有学校,有好教师就是好学校。近些年来,随着农村义务教育经费、校舍、办学条件等逐渐改善,农村教师已经成为当前最突出的瓶颈。由于师资短缺和地方财力不足,不少贫困边远地区仍大量聘用非正式、廉价的"代课教师"。2006年教育部曾提出"清退"代课教师的政策,然而,在西部农村地区要完全"清退"代课教师是不符合实际的。对这些在最艰苦条件下默默担当义务教育重责的乡村教师,必须予以善待、予以职业尊严和妥善的安置。

一些地方已经采取有效措施解决这一问题。2007年,重庆市通过统一考试使8000名代课教师转为公办教师,部分不合格的教师被解聘时,按照国家政策和《劳动法》有关规定给予一次性补偿,一举解决了遗留已久的万名代课教师问题。2012年新疆全面启动农村代课教师定向招聘工作,出台了《自治区为边远农村中小学定向招聘教师的实施意见》《自治区关于解决已离岗农村代课教师问题的实施意见》两个重要文件,下决心突破现有政策,提供财政支持,统筹协调,整体谋划,从根本上解决这一问题。

问题不止于此。《老师》尖锐地接触了教师问题背后当前农村教育出现的新情况、新问题。伴随城市化进程和大规模的人口流动,越来越多的青壮年离开了农村,越来越多的学校撤离了农村。近几年发生的那些教育事件,在校车事故、免费午餐、大班额、寄宿制学校、流失辍学等问题背后,是实行了十年的农村"撤点并校"政策。乡村文明的"水土"急剧流失,农村教育正在丧失自己的根基。而且,我们看到了这样的悖论:那些在坚守之中的乡村教师,他们对孩子的期望,如同家长和孩子们一样,只有一个选择,就是离开农村!

难道这就是农村教育的目标吗?"农村教育向何处去"的问题,从没有像今天这么严重。这就是我们所说的农村教育正遭遇前所未有的整体性危机的沉痛含义。我们需要正视和回答这样的问题:农村还需要学校和教育吗?农村教育的现代化就是取消农村教育、离农弃农的教育吗?农村教育真正的功能、价值究竟是什么?任重而道远。我们需要汲取前辈教育家和"五四教育文化"的资源,需要借鉴亚洲国家社会现代化和乡村建设的有效经验,探索真正符合农民和农村需要的"民族的、科学的、大众的"现代教育,重新点燃一个教育大国的文明之光。

【作者系北京理工大学教授、21世纪教育研究院院长】

# The prospect of students all over the places and in all walks of life

## 展望桃李满园

于清源  Yu Qingyuan

纪录片《老师》展现了乡村教师鲜为人知的现状，使我们感受到这一群体生活的清贫甚至窘迫，但是对事业的执着坚守和默默奉献却又呈现出他们思想的朴实与操守的高尚，这使我们的心灵受到震撼，也让我们在喧嚣浮躁的氛围中感受到一缕自然清馨，心中油然而起的是对他们的崇敬之情。

纪录片中记录的是乡村教师的缩影，是他们日复一日、年复一年，为留在农村的孩子们传授知识、释疑解惑的真实生活之再现。他们一直在执着坚守：条件艰苦，他们并不在意；收入微薄，他们不言放弃；亲人不解，他们埋在心底；唯有对事业的追求和对孩子的关爱他们时刻铭记。他们一直在默默奉献：他们是兢兢业业、默默耕耘的园丁，把希望的种子播种在孩子们的心中；他们是熠熠闪光的航标灯，为孩子们引领生命的航船；他们理应受到全社会的关注、尊重、支持与称颂。

教育关乎全民素质和国家竞争力的提升，政府、市场、社会，作为现代社会的三大板块，都有责任推进教育发展，特别是改善边远地区办学条件，提高乡村教育水平。多年来，国家已经出台了一系列规范教育发展的法律法规，制定了中长期发展规划；政府实施了免费义务教育的政策，财政预算中教育经费投入逐年增加；政府还提出了坚持可持续发展战略，实行城乡、区域、经济社会统筹协调发展。越来越多有战略发展规划的企业重视履行社会责任，把社会效益与经济效益同步考虑、统筹谋划，积极投身慈善公益事业，参与助学助教活动，推动两个效益的共同提高。蓬勃发展的社会组织充分发挥了社会建设的生力军作用，活跃在经济社会的各个领域，搭建桥梁和纽带，承接政府购买服务，利用人才、资金等社会资源广泛开展支教助学等慈善公益项目。北京桂馨慈善基金会就是其中的代表之一，他们的作为得到了社会的认同和政府的认可。

相信看了《老师》后的每一个人都会有收获，被触动，每一位有良知有爱心的人都不会对乡村老师们的艰难境况无动于衷，因为我们都生活在五星红旗高高飘扬的同一片大地上，因为乡村教师同我们一样拥有追求幸福生活的权利。

我们应该行动起来，为改善乡村教育环境做些力所能及的事情。

【作者系北京市民政局社团办原副主任】

# Let the story pass on

# 让这份感动传承下去

石平　Shi Ping

2011年，令人尊敬的北京桂馨慈善基金会和一帮可爱的影视制作专业人员，历时几个月的时间，足迹遍布甘肃、山西、四川、湖南、贵州，行程超过5000千米，以访谈的方式，记录了一个个乡村老师的真实故事，最终剪辑成片，取名《老师》。

确实，《老师》讲述的每一个故事都很感人，反映了中国乡村老师的现状，记录了他们在困苦的物质条件面前的真实感受；特别是其中涉及四川地震牺牲老师的那些片段，更是催人泪下。可能因为我曾经以"业余"的身份旁观了部分拍摄工作，从而直接接触了其中某些老师的缘故，也可能因为我的"铁石心肠"和"乐观精神"，和那些拿着纸巾进入放映厅、80分钟里时常啜泣的人不同，对于《老师》和其中反映的一个个鲜活的乡村老师，我有着不同的体会。我看到的是乐观，是满足，是淡定。

《老师》一片给我们展现的首先是一个个普普通通的人，具有任何人类的朴质情感。

湖南保靖县的何美基老师，在讲到他儿子不愿意在家里久呆，因为已经不能适应农村落后的物质生活条件，他是多么地失落；在讲到儿子已经25岁、还没有找到女朋友的时候，又是多么地操心。这难道不是每一个父母都有的舐犊之情吗？

同县的舒老师，讲到安排年轻老师一起工作，就是为了创造机会，让未婚的男女老师能够找到合适的对象，如果不能在农村成家，乡村老师就不安定（谁又不是呢？），农村教育工作就没有人继承，怎么办？就像是片中旁白说的，听着舒老师风趣的话，我们都笑了，但笑不一定意味着快乐。

还有那位在贵州从江县工作的已经不再年轻的朱维娇老师，快40岁的人了，还没有结婚。老师的岗位让她整天和孩子们在一起，社会接触面不多。而同时因为经济拮据，走到社会上还有一定的自卑感，这确确实实是朱老师和其他众多乡村老师不得不面对的问题。

作为一个普普通通的人，乡村老师也都希望改善生活条件，渴望更富裕的生活。《老师》

中采访的每一个老师几乎都提到了收入的微薄和经济的拮据。甘肃年轻的潘凤美老师面对镜头哭了，因为她"想多挣点钱，给妈妈治病"；山西临县的王秀平老师不舍得给外出打工的孩子打电话，因为"费用高"；何美基老师每个月1700多元的工资就已经让他很满足了；贵州从江县的韦老师，为了供自己的孩子们上大学，不得不四处借钱；甘肃古浪的马治宗老师甚至说"只要能吃饱肚子，就感觉没有别的奢望了"……我们从老师们的言谈中，从他们的表情里，甚至看到了些许的无奈。我想，每一个面对这样艰苦物质条件的人，都或多或少有些无奈的。关键是无奈之后是什么，是乐观、奋斗、是坚韧；还是消沉、放弃。

对美好生活的渴望，丝毫没有影响乡村老师对孩子们的爱。《老师》就是一部爱的宣传片，影片中充满了老师们的爱，那是对孩子们的爱，对自身工作的爱。甘肃古浪的严泰山老师带着仅有的两个学生，在破旧的教室里识字。他教的是用"心"字和其他汉字组合形成新的字，似乎是想告诉孩子们"心"的重要。尽管孩子少，他教得还是那么认真。山西临县的那位李福连老师，因为校舍破旧，就把孩子们接到家里来上课。每天放学，她一定要目送孩子们安全地离开。短短的一段路，"慢点、慢点走……"不知道讲了多少遍。还有那位让所有人感动的打秀教学点的韦老师，她在吃饭时看着孩子们的眼神，那是慈母才有的眼神。

乡村老师在付出爱的同时，得到的是满足和快乐。我们听到韦老师笑眯眯地回应为什么不外出打工时说："这些孩子需要我，山里的孩子需要我"；"那没人叫我老师了，我就爱当这个老师"，然后是她爽朗的笑声。我们不能忘记何美基老师在讲到他教的众多的孩子最终走出山区，在外面得到了很好的发展时脸上那自豪的表情。说到其中一个孩子外出打工一个月挣1万多元，何老师显然不是嫉妒，而是骄傲。甘肃严泰山老师一生第一次"下馆子"，是因为他教的班考出了好成绩，这是他"最高兴的一次"。

在我们走访的湖南保靖和贵州从江几个小学，我见到的乡村老师都是快乐的。他们的笑容，是那么的真切；他们的笑声，是那么的爽朗。是的，他们也有他们的烦恼，更有他们的理想，但是他们并不好高骛远。他们知道，他们做的工作很有意义。他们很满足。

在影片中，我们听到最多的是：

"这就是我的工作"；

"没有人强迫我在这里干"；

"种几亩薄田，平平淡淡过日子就成了"；

……

我感触最深的，还是那句"高工资教的是书，低工资教的也是书"。这需要怎样的胸怀，才能说出这样的话啊。而说出这句话的，是一位只有两个学生的"低工资"代课老师。我从中没有听出任何的抱怨，反而有一点自豪。

这不是一种消极的态度，这是一种淡定和平和。

我想，乡村老师也一定是有抱怨的。面对这样的生活条件，面对日益减少的学生，怎么可能没有抱怨呢？然而，即便有抱怨，在我听来，也比城市中无病呻吟的"抱怨"要顺耳得多。因为乡村老师在不满现状的同时并没有放弃。

这些乡村老师是可爱的，也是令人尊敬的。但是，我们对乡村老师的关注实在太少了。他们不是新闻的焦点，不是家长里短的话题，也不是城市日常生活能够接触到的群体。他们是那样的普通，却又是那样的不平凡。

三年前的那场大地震，夺走了无数人的生命。在巨大的自然灾害面前，人类显得是那么的渺小，但人类又是那么的伟大。

汤鸿，四川省什邡市红白镇中心小学的年轻老师，年仅26岁，用自己的生命，为我们展示了一位乡村老师的"大爱"。虽然我们再也见不到汤老师的音容笑貌，但从被救助女孩冯雅的真情独白中，我们不难想象汤老师生前的大爱。只有始终怀着一颗"爱"的心，才能在最关键的时刻舍身救人，才能用自己的血肉之躯感召这个开始慢慢冷酷的世界。

汤老师的事迹曾经广为流传，可现在还有谁记得"汤鸿"这个名字呢？

《老师》一片中有一段被救学生冯雅在汤鸿老师坟前的独白。冯雅的真情，让每一个看过这部片子的人落泪。这一片段，我看了一遍又一遍，每一次都不禁动容。一个14岁的小女孩，如果不是怀着对汤老师的深厚感情，是不可能说出这段催人泪下的独白的。

仅仅是文字，并不能完全表达冯雅当时的感受；甚至影像，也只是忠实的记录而已。我们只能凭着我们的想象，回到那阴冷的坟前，冯雅要怀着怎样的心情，才能发自肺腑地说出那一段话。我们更只能凭着想象，回到三年前，一个美丽的年轻老师，用她的胸膛和双臂，用她年轻的生命，保护了更年轻的生命。

冯雅的独白，让我们看到了一个美丽、活泼、善良、率真的乡村老师。

看汤老师的照片，她无疑是美丽的。圆圆的脸，大大的眼睛，而她的美丽更在于她的微笑，那样地迷人。

爱唱歌的人是快乐的，是感性的，也往往是善良的，否则不会用歌声来抒发自己的感情。

爱热闹的人一定是活泼的，我也能想象汤老师头"一偏一偏"地在指挥领唱的样子，多么青春。

看来汤老师也是严厉的，会骂学生。但看被骂学生对老师的感情，我们能够猜想出汤老师的骂，实质上是一种爱；她的骂，是一种率真。

汤鸿老师永远定格在了年轻美丽的26岁。她妈妈说："可惜了，太短了，我觉得。"是啊，多么年轻的生命。

我不认识生前的汤鸿老师，我也不知道她平日的事迹，我只知道在她生命的最后一刻，她做了一件事，以及这件事而引发的其他事，特别是对一群人的影响。这就已经足够了。

2011年11月12日,在北京桂馨慈善基金会举办的"师魂"大型活动中,我见到了冯雅。她小小的个子,好像比影片中黑了一点,但她的眼神告诉我,她更坚强了。我没有和她说话,因为不知道该说什么。关心她的人一定很多,而我想,冯雅现在最需要的,是平静地、不受干扰地继续积极地生活。

那一天,我还见到了汤鸿老师的女儿李嫚璘。影片中那个可爱的小姑娘天真活泼,似乎并不知道这个世界在三年前发生了什么,以及那一刻对她人生的影响。但就在地震的那一刻,她突然面向汤老师所在学校的方向,大声喊出了生平第一声的"妈妈";而在采访的时候,她又独自唱起了《世上只有妈妈好》。所有这一切,都让我唏嘘不已。

小嫚璘4岁了。穿着片子中一样的白色羽绒服,刘海头,大大的眼睛,非常可爱,简直就是汤鸿老师的翻版(汤鸿老师如果知道,该是多么高兴啊)。她在一边兴奋地玩耍,无忧无虑。虽然她时不时会唱起《世上只有妈妈好》,虽然她生平的第一声"妈妈"就是在地震时她妈妈牺牲时喊出的,我只衷心希望她能够无忧无虑地长大。

突发灾难没有给我们太多的时间思考,在大难面前,不是每一个人都能勇敢地冲上去的。而他或她的下意识反应,却是一生人格的积累。所以我们有了"范跑跑",我们也有"汤鸿"和其他无数的乡村教师们。我猜,在那最后的一刻,汤老师并没有思考太多,但是她的举动却感动了一群人。

我们能做的,就是把这个故事告诉更多的人,让这份感动传承下去。因为感动是一种最为美好的情怀。因为感动,能够激发起每个人心中深埋的爱心,为乡村老师做一点什么,这才对得起那些逝者。

当然,我们应该记住的,不是影片中讲述到的一个个个体;我们更没有任何理由,哪怕是出于最无私的精神,去打破他们平静的生活。然而,我们却不能忘却中国乡村老师这个群体,是他们的坚强和执着,为中国的下一代默默奉献着。他们每一个人,或许只是教会了孩子们几个汉字,或许只是让孩子们知道怎样进行简单的计算。但他们作为一个整体,留给我们的却是无尽的财富。因为他们让我们看到了,在物欲横流的社会中,还有那么一群人在履行他们的职责;还有那么多人用爱传递着爱;我们从他们身上学会了从容、满足和淡定!

我们一定能够为他们做点什么,就从现在开始。

【作者系海通国际资本有限公司行政总裁】

# More vs. less

## 多与少  李伟  Lee Wei

看《老师》再说"老师",心中的感受完全不同——说到自己是个老师,有些不好意思,更不好意思说大家是同行。尽管对乡村老师的情况并非一无所知,可看到《老师》还是被深深地触动了。

比较是情不自禁的:

乡村老师当的是爹妈——挑水做饭管吃喝,梳头洗脸问冷暖。孩子太小尿裤子要换,下雨嘱咐小心淌河,下雪叮咛注意路滑。村里的小学校房子塌了,李福连老师把孩子们接到自己家里,放学跟在孩子后面喊:小心,走到路中间。他们一辈子为山里的孩子服务,做的全是平凡的事:"给支铅笔,让孩子好好学习;给块橡皮,让孩子知错就改……"

这些事情很多城里的老师没有做过,甚至更多的人不知道。在湖南保靖的苦竹山、湖北长阳的天柱山、河南嵩县的天池山、甘肃古浪的西山……那里的村庄,一所学校,一个老师,几个学生就那么天天敲钟上课,一年四季。他们坚持下去的原因就是让孩子多识几个字,多读几本书,将来孩子有出息。

在我的身边,每年9月10日的教师节,商家纷纷优惠教师名目繁多;庆祝教师节年年必有的聚餐,席开数十围济济一堂,动辄万元;放暑假降温补贴,旅游福利;放寒假节日补贴,校长发红包慰劳;连考试的试卷、监考、改卷都各有价格,补考补课都是有偿劳动。这一切,乡村老师没有得到过,我们全得到了。

没有想到,也不知道去想这些大山深处乡村执教的同行。直到有人走到乡村,把乡村老师记录下来,让我们看见他们,知道他们的地址和姓名,知道他们做了什么。

如果老师仅仅是一个职业,我们得到的太多,他们得到的太少,很不公平。

如果老师不仅仅是一个职业,我们失去了什么?他们拥有什么?真得想想……

【作者系广东惠州第八中学高级教师】

# Teachers are our sisters and brothers

# 老师是我们的亲兄弟

**刘沛生　Liu Peisheng**

《老师》这个纪录片真实地记录了当今中国贫困山区和偏远农村小学教师的工作、生活和思想状况，这是许多城市人想象不到的。在有些自以为得了"城市文明"真谛的人看来，简直是"另类"了：在破旧的校舍里，拿着极其菲薄的报酬（仅靠他们的收入甚至无法维持一家人的温饱），仍然是几十年如一日，兢兢业业地教书育人，只有一个朴素的想法——不能让娃娃们没有书读；只有一个信念——以所教的学生事业有成作为自己的最大满足；过着极简陋的生活（真正是"一箪食、一瓢饮"），却为了孩子们能叫自己一声"老师"而甘守清贫，不愿离开自己的岗位。这种"另类"，也许是所谓"城市文明"冲击农村之后最后的"孑遗"了。然而这崇高而执著的坚守，却值得我们庆幸。因为正是这些可敬可爱的乡村教师，传承了我们民族的美德，在无数偏僻而交通不便的乡村，为那里的孩子"传道、授业、解惑"，使他们能够摆脱愚昧、走向光明，为中华文明续火传薪。

这份庆幸却充满苦涩，代价是乡村教师菲薄的报酬和简陋的生活。的确，这不是因为他们的懒惰或无能，而是历史给他们酿成的苦酒。

显然《老师》的编导者意在诠释"老师"这个称呼的社会内涵，真实地呈现他们的工作和生活状况，不可能全方位地展示老师的所思所想。然而摄影机记录下来的那些动人的影像仍然是"全息"的，从中我们可以看出他们不仅有理想，有抱负，也有自己的期盼。他们并不是安于现状的宿命论者，他们也在希望而且努力在改变自己的工作和生活境遇，但在他们的期盼中，分明透着一种力所难及的无奈。甘肃的那位老校长不是想给学生盖一间"不漏雨的教室"吗！湖南何老师的儿子在外打工，春节在家里住了几天就待不下去了，原因很简单：何老师自掏腰包拿了2000多元钱为学生解决喝水的问题，但家里竟然连一张床也备不起，只好自叹"没有能力"。看到这些镜头，听到这样的话，我们如果设身处地来体验一下，感觉又会是如何呢？

这只是问题的一个方面。如果我们从另外的角度看，就会发现我们和乡村教师实际上是"同一个战壕里的战友"，是患难与共、血肉相连的亲兄弟。

城市化进程并不是放弃农村，让乡下人都进城，而是使农村的生产方式与生活方式由乡村型向城市型转化，传统的农村文明向现代的城市文明转化。农村小学差不多都是当地的"文化中心"，这个任务，责无旁贷地落在了农村老师的肩上。

看起来，这好像仅仅是农村的事，其实不然。我国的农村，无论是从地域、人口，还是从其在社会主义建设中的地位来说，都是不可忽视的一个重要方面，所以才有"没有农村的小康，就没有全国的小康"的说法。这样看来，农村的问题竟和我们的切身利益连在一起了，尽管这种"连"看起来还不是那么直接，不是每个人都看得那么清楚，然而却是本质的，任凭什么力量也分不开的。所以，我们所做的"师魂"项目，是血肉相连的兄弟间的相互支援。要说帮助，那是既在帮助他们，也在帮助自己。

我也是农村小学出来的，中学和大学的老师，有些印象渐渐模糊了，唯有小学的几位老师，虽然被时光冲刷了近60年，但他们的音容笑貌还是历历如在眼前。那时只知道他们可敬可亲，生活、工作得紧张而潇洒，却不知道他们那些平凡的肩膀上竟然扛着如此巨大的责任和承受着如此沉重的压力。也许是年龄的关系吧，我对现在的老师更多的是亲兄弟般的情谊，但也如对我的老师一样，由衷地钦佩与尊敬。

【作者系湖北教育报刊社原总编辑】

# The great ordinary teachers

# 伟大的平凡　范伟　Fan Wei

一次在巨燕家里聊天，知道她为乡村小学修了一条路，进而知道了桂馨慈善基金会。巨燕是个美女画家，她的画充满了现实主义思考，她一直想创作一个乡村教师系列，我正在准备捐助一两个做得好的慈善项目，也想了解一些桂馨基金会的情况，这样就约了"桂馨"资深捐助人石平先生。于是，在一个温暖的早晨，我们三人在一家餐厅从早餐聊到午餐一直到阳光灿烂的午后，在石平与"桂馨"的故事中我们知道了《老师》这部影片，石平先生亲身经历了《老师》的部分拍摄，很多感人的故事让他印象深刻，这让我对《老师》有了强烈的期待……

2011年11月12日，桂馨基金会在成都举办"师魂"大型公益系列活动，受基金会邀请参加了此次活动，与《老师》这部影片终于见了面。80分钟的影片带我到了一个不熟悉的世界，让我感受到了不曾有过的冲击。

影片从汶川地震三年后对路人的采访开始。时间太容易冲淡人们的记忆，短短三年，人们已经不再记得那一个个地震中的英雄老师，对地震的记忆也已远去。我以为影片会一直围绕着地震中的老师展开，可镜头一转进入了炊烟袅袅的乡间，一个个乡村教师的影像在面前展开，许多镜头一直让我记忆深刻：有个女老师站在崖顶不停地叮嘱学生在一边是崖壁的路上要靠里面走；一个老师给学生们做好了饭以母亲般的眼神看着他们狼吞虎咽；一个小姑娘般的老师一脸稚气地带着学生们朗读，一个年轻人在老校长三番五次劝说下和老婆一起留下来做了学校的校长……这些老师的形象与我的想象有很大的不同，他们更像普通的母亲、父亲、哥哥、姐姐，拿起书本他们是老师，放下书本拿起锄头他们是农民，平实地在他们的世界中教书种田、洗衣做饭，他们也有着各自的困惑与苦恼，有想为母亲治病多挣些钱的，有为儿子找老婆担心的，有年过30依然单身一人的，也有向往外面的世界想出去打工的。但他们在现实生活中依然坚守着他们的责任，因为被需要而活得充实、乐观，为了几个、十几个甚至一两个学生年复一年日复一日地上演着一个个平常的故事，将知识和爱给了学生。在如今这个物欲横流的世界里，人们每天都为着众多的目标而奔波，很难有发自内心的快乐。这些故事看起来似乎有着与世隔离的缥缈，可人的心会随着它们平和宁静下来，这让我在感动的同时竟生出些许羡慕……

当镜头转向地震中的老师时，我感受到了惨烈，当那位父亲不忍埋葬儿子时说了一句"我舍不得呀"时，当牺牲的女老师的女儿唱起《世上只有妈妈好》时，我已是泪流满面。生死之间距离是那么远，儿子再也不会长大，妈妈也看不到女儿的成长，地震让这种生离死别在多少个家庭中上演，而许许多多平凡的人在这没有预期的灾难中表现出了令人震撼的坚韧与奉献。汤鸿老师在生命的最后时刻用她的身躯撑起了学生们生的希望，方全旭老师救起那么多学生而没办法挽回自己儿子的生命。在活动现场我看到方老师跟编导们谈论学校的现状，也看到汤鸿老师美丽的小女儿忽闪着大眼睛快乐地游戏着。灾难过去后生活恢复了正常，看着他们似乎一切都没有发生，但突发的灾难让众生彻底地展现了自己，这些老师在地震中的英雄行为正是来自他们平常的平凡，瞬间的爆发是平时的积聚，他们对学生的感情在日常生活中已融入骨髓，变成了不自觉的行动。当需要来临的时候，那些乡间小道上平常的乡村老师就会变成汤鸿老师奋不顾身用生命护住学生，变成方全旭老师不顾一切救出许多学生却对救了谁浑然不知……

其实生命中有很多让我们感动的人和事，整个影片讲述的故事就是在平凡与伟大中展现着平凡人的平凡与不平凡事。这些故事让我们震撼让我们感动，也让我们思考。我们作为平常的人可以也应该为这些老师们做些什么，虽然能做的可能不多，但伸出手来给予他们哪怕是一点点帮助也会让他们感受到温暖，让他们知道他们的默默付出感动了很多人……

【作者系上海载和实业投资有限公司副董事长】

# Do something for them

# 为他们做点什么

程岩　Cheng Yan

放映厅的灯光亮了，纪录片《老师》结束了，我低着头，心中的那种感觉不知道怎么来形容。感动、震撼、纠结、钦佩……一下子全堵在了胸口。什么是老师？《师说》中："师者，所以传道授业解惑也。"可我觉得，"传道授业解惑"这六个字却远远承不起"老师"这两个字的分量。

在这个物质生活刺激着大脑的时代，人们习惯了各种职业的存在，也简化了各种职业存在的意义。但是，教师这种职业是无法让人忽视和简化的，因为，它是直达灵魂的职业。从事这个职业的人，"传道授业解惑"无法诠释他们为之付出的爱，更无法诠释他们回馈给社会乃至人类的是多大的价值。

纪录片里那些贫困地区的学校，一群质朴的老师们，说出朴素的话"要是收入再高的话，我还多捐些"，"让孩子们在不漏雨的教室上学"，"感觉他们没考好就是我自己没教好"，"我要当老师，我没需要什么钱"……每一句，都击打在我心里。也许，之前我无法理解几十、几百元的月薪，是怎么支撑着这些老师扎根在这种贫困环境下的教育岗位上的。那些在地震来临时，不顾自己安危、舍身救学生的老师，哪里来的勇气和力量，现在，我明白了。这种用个人收入来衡量价值、用自私为前提来定夺行动与否的观念，早已背离了这神圣的职业。

为了学生的一切；

一切为了学生；

为了一切学生。

这些被我们忽略了淡忘了的角落，这么一群坚强、美丽却有点自卑的普通乡村老师，正在用他们的全部生命履行着这三行字所带来的使命。

但是，凡事都有但是，如果把这个特殊的群体放置于当今的社会大环境下，带给我们的将是更多的思考。这个群体是社会特定发展时期的产物，甚至本不该以这样的面貌出现在我们的眼前，他们从事的职业理应带给他们应有的尊严、地位以及其他。农村的教育一再被边缘化，究竟是谁的错误？而我认为真正的可悲之处在于贫困山区基础教育推行之缓慢及推行者之其身不正。资源短缺、经济落后是基础教育迟迟也未能在贫困山区中普及起来的最主要原因。一部分居于穷乡僻壤的适龄儿童承受上学的艰难，在求学和生计间做拉锯式的取舍。由于区域经济的不平衡发展，收入差距的拉大，原来的社会价值体系发生着巨变，在拜金主义价值观冲击下的欠发达地区，不仅学生受到来自富庶地区的诱惑，乡村老师的心灵也受到拷问。在如何改变乡村老师和孩子处境的命题下，除了因为资源短缺的缘故外，又有谁会关注到政策推行的问题呢？近十多年来，政府和不少慈善团体纷纷将资金及物资送往贫困山区，兴建希望小学，推动山区的教育工作。且不论这些资金和物质是否能满足山区教育工作的需要，单就资源的分布就是现实存在的大问题。我们看到贫困地区的教育资源过于集中，县城的学校往往能获得相对充足的资金，而偏远的、人口较少的自然村甚至行政村连个像样的小学都办不下去，没有经费，没有老师愿意接班，乡村老师赖以支撑下去的，只是令所有人汗颜和感动的爱心而已。

中国究竟有多少农村处于那种状况，很难说清。社会慈善所给予的帮助，终究是很有限的；农村教育问题的解决，是一个系统工程。这部纪录片会让更多的人将目光转向贫困的乡村和乡村教育，让我们共同努力为他们做点什么。

【作者系中科合成油技术有限公司工程师】

# A true teacher is more lovely

# 真实的老师更可爱

**储朝晖　Chu Zhaohui**

纪录片《老师》中的那些场景我十分熟悉，从1983年开始做"扫地式"的教育实地调查，就常到镜头中的那些学校，常与镜头中的这些老师打交道。那天看《老师》，我依然很感动，以致于止不住泪水涌出、涕泪俱下。

我想以自己的长期实地调查作为一个见证人，本片所记内容是当下中国社会底层中真实的教师。他们没有历史典籍中所载"天地君亲师"的那种尊严和地位，没有"太阳底下最高贵的职业"的尊贵，没有时下电视或报纸上宣传老师时所描写的那样光鲜。他们很多人最初的出发点仅仅是养家活口，做着做着便成为被牺牲者，于是也就被崇高，甚至他们本应获得的劳动报酬也被低微，继之他们当中的一些人坚守不渝，成为当今社会真正的崇高者。片中所展现的并非英雄事迹，仅是当今中国基层乡村生活的真实，是乡村老师生活的真实，然而它们往往被铺天盖地的"书面繁荣""荧屏繁荣"掩盖，以致多数人看不到这些真实的老师。

我想说一句公道话。如果说当代教师还有精神脊梁的话，那肯定不是常常在公众面前表演的那些人，也未必是那些获得诸多荣誉的人，这种精神脊梁之根就是那些扎根乡土草根社会的教师们，就是那些从事教师工作却未能获得政府与社会所给予的教师应得的回报的那些人。说这句话的时候我心里有些矛盾，一方面我不想把他们推上祭坛，真心希望政府与社会能承认他们的工作，给予他们应得的回报，让他们能过上他们应有的体面生活；另一方面，在20余年对他们的调查，为他们呐喊、呼吁的过程中，在解决他们同工同酬、职称、保险、生活保障、教师名分的一点点问题上，总是屡败屡战、屡战屡败，似乎这个时代就注定要他们受到"苦其心志，劳其筋骨，饿其体肤，空乏其身"的磨练，要降大任于斯人也。乡村教师中曾经有数以百万计的民办与代课教师因身份问题而长期受到不公正对待，至今仍有三四百万老民办和代课教师老无所养，病无所医，生活无保障。

中国城市化进程中，还要不要乡村与乡村教育？对这个问题的迷惑至今未解。于是很多偏僻地区的教育与都市教育形成日益增大的反差，乡村居民成为这一反差的牺牲者，他们的子女要承担更高的教育成本，到更远的地方去上学，交通与食品的安全系数减小。学生在接受了九年义务教育后基本都继续升学或外出打工，不再留在家乡，乡村成为留守老人和留守儿童的栖息地，受过教育并构成乡村政治、文化、文明主要力量的中青年都远离家乡，乡村成为不断被"抽血机"抽吸后的牺牲者。

也正因为此，真实的老师是一份无言的大爱，也值得整个人类去爱他们。朴实、勤劳、坚守、担当、善良和爱心，正是今天之中国社会严重缺失的东西，而在他们那里却很丰富。《老师》一片不仅值得与教育相关的人看一看，更值得一般公众一看，因为它反映的是当下社会生态的一个环节，客观上它与每个在当下社会中生活的人直接关联，它反映的是我们身边是否还有公平、公正，我们身边的人与人之间是怎样的一种关系，我们身边民众与政府是怎样的一种关系，我们身边的人们的价值取向如何。真实、完整的乡村教师生活状况，多少折射出当今社会心态的浮躁、急功近利的盛行和传统文化的断裂。

既然如此，改变乡村教师和乡村教育的状况也就不只与某个特定的人相关。政府当然要承担主要责任，其他人也不应成为旁观者，有权者当用好其权，有钱者可出点钱，即便您无权无钱无靠山，也当尽言说之责，将真实状况公之于众。任何人都可为解决这一问题用上自己的一份心。

【作者系中央教育研究所研究员】

# Not only touched, but also heavy-hearted

## 不仅是感动 更是沉重

梁晓燕　Liang Xiaoyan

　　我，静静地坐着，纪录片《老师》的画面在眼前一个一个地闪过，多么熟悉的形象啊……

　　高山上蜿蜒的小路，一栋小小的校舍，十几个到几十个喧闹的孩子，一个勤勉的老师在黑板上书写着，朗朗的读书声飘出山洼——10年来，在关注乡村教育的公益行动中，我走过上百所这样的学校，每每为这样的情形打动，心中充满着感动。

　　然而，今天观看这部纪录片，带给我的已不再是感动和赞叹，而更多的是伤感和焦虑。我一边看，一边在想，10年后（也许不用10年），这样的乡村学校还有吗？这样的乡村教师还能执教吗？这样的乡村孩子还有就近求学的可能吗？更进一步地，偏远山区的乡村教育还能真正"以人为本（以学生为本）"地存在吗？

　　纪录片中采访的乡村老师，除了在地震发生之际以生命保护学生的老师是乡镇中心学校的，其余大都执教于散布在村落中的教学点，且大部分是每月收入仅几百元钱的代课老师，个别人近年才刚刚转正。这些老师身上闪现的道德光辉之所以打动我们，不仅仅在于他们为偏远乡村的孩子们带来了受教育的机会，还将老师职能"泛化"——既是传授知识的老师，也是关爱体贴的父母，更是行为引导的兄长，是儿童社会化过程深入的参与者——这在留守儿童众多、父母关爱缺失、儿童成长失范的农村现状下，显得尤为重要和可贵。他们是本乡本土的人，有着一方水土养育出来的自然感情，有着乡里乡亲的朴素责任感和行为约束，有着在乡村社区中赢得尊重和成就感的心理驱动，这些，都在帮助着教育的过程呈现"人性化"的光彩。

　　但是，当教育变成了国家行为、教育的目的越来越偏向唯"升学率"至高，当教育的管理越来越以"效率"为主要目标，当教育的行政化、"一刀切"的特征越来越鲜明时，乡村教育的整个指导思想发生了大转向。近年来，随着"撤点并校"、发展寄宿制学校、"清退代课教师"等一系列政策的综合推进，这些本乡本土的乡村老师的存在价值被制度性地漠视，得以执教的条件逐渐丧失，还将（或已经）面临"清退"这种蛮横的命运。农村教育专家袁桂林指出，如果只是把教师整体上的供大于求作为清退政策推出的动因，那是不妥当的。因为支撑教师执教的除了知识和经验，还有感情、良心、奉献、成就感等许多非智力因素，这构成了他们为农村儿童服务的价值。这个价值是建立在智力因素基础上以学历达标、持证上岗为核心的教师聘任制度难以计量的。此言甚是！现有的政策过多考虑教师质量标准和教师专业化发展规范，很少考虑农村一线教师的生存现状、生活史和生命体验，更严重忽视农村儿童成长的综合性需求，由此导致这个自上而下的政策不完全符合农村教育发展实际，客观上对农村教师的人生信仰和道德追求也是一种伤害。

我相信，只要是正常情感状态的人，一定会被纪录片中那些质朴、勤勉的乡村老师所打动。然而，在我们为之感动和赞叹的时候，是否也能听一听他们内心的焦虑和困惑？想一想他们的处境和现状？在当前农村教育"大转向"的现实中，这样为孩子们倾心倾力的乡村教师会越来越多吗？如果，《老师》这样的优秀纪录片不幸成为这些乡村教师的"挽歌"，对中国的农村教育发展究竟意味着什么？

看完《老师》，不仅是感动，更是沉重。

【作者系北京市西部阳光农村发展基金会秘书长】

# Simplicity, perseverance and love

# 朴实 坚守 与爱心  刘旭  Liu Xu

影片放映时，组织者特地将大会议室的灯光调暗。但是，透过模糊的泪眼，我依然能够感受到身边每一位观影者发自内心的感动、认同与期盼。而这些都在观后代表们的讨论中一一得到了证实。

在一个快餐文化盛行的年代，纪录片中老师们对学生们的爱心，使见惯了商场与职场中刀光剑影、灵光闪动的人们无不为之动容。

有一种人，他们不是自诩的精英和主流，他们不懂争功推责，他们不会也不愿急功近利。但是，他们坚守自己对学生的承诺，朴实地用爱心对待孩子们，身居偏远却多少年如一日地承载着中国基础教育的责任。

朴实，是一个人低调做事，在当时、当地做好最需要做的事情，并且没有人为他们发奖。如果没有摄制组深入甘、湘、黔、川、晋等地面对面访谈，在学生和家长们之外甚至不会有人意识到他们的存在。

坚守，是以目标长期而非短期、心境执着而非漂移、满怀责任而非趋炎附势的人生态度来做人做事。"你看看这些娃，都想念书、都想学。""做到最后，放不下这个工作了。"片中老师们的话语，朴素中透着坚守与责任。

爱心，是我们身处的这个有文化、有传统、有道德、有责任的社会最基础的东西，然而现实的一些状况，让我们感受到的却是最宝贵的爱心不知从何时开始，缺失了。有人说，越物质越离爱心远。我不这么认为。关键是要在现实环境的包围下，唤醒藏在每一个人心中的爱心，唤醒人们对于人的尊重、对社会规范的遵守，找回责任感，构筑人们心底的普世价值。

从物质丰富到精神充实。在我们努力实现的过程中，思考的力量、文化的传承是重要的桥梁。做事、做人与思考，这三者对我们每一个人来说缺一不可。

我有两点期盼：一、真正的国际支教团进入我们的老少边穷地区学校。这些青年人具备国际视野，有公益心，接受过不同文化教育并且有过参与教学研究的经验，愿意丰富自己的人生经历。作为1-2年乡村支教的志愿者，带给孩子们的将是智力的支持。他们更是乡村教师坚守朴素爱心的继承者和发扬光大的使者。二、新书义卖，支持桂馨基金会"师魂"项目的新书发行，薪火相传，并且转化为生产力。通过各公司新春晚宴义拍活动、客户市场战略论坛的后续互动慈善活动等形式，给每一位有爱心、尊师重教的人方便的机会表达爱心。

【作者系海尔新金融董事总经理】

# The word "teacher" in teachers' eyes

# 老师眼中的"老师"

张文敏　Zhang Wenmin

影片介绍中有这样一句话:"这是一部需要沉下心来看的片子。"朋友还特别提醒我,这是一部会让人流泪的纪实作品。但是不知为何,整个观影过程中,我虽有过短暂的热泪盈眶,但真正充溢我心的却是深深的思索。

汶川大地震中瞬间坍塌的教学楼埋葬了多少有志教师的生命和理想。边缘乡村的贫瘠流失了多少可能有所作为的好老师,又塑造了多少位伫立于三尺讲台可敬可爱的"乡村教师"。

我问自己:这些逝去的青春,被埋葬的理想。灾难降临的那一刻,是什么力量让他们做出如此惊人的选择?难道他们忘了,他们也是血肉之躯,他们也有父母妻儿?他们怎就忘了自己不仅仅是学生的老师,更有着身为人子人父的责任?

我问自己:这些耐得住清贫的可爱的人们,支撑他们的究竟是一股怎样的强大的力量?难道他们不知道吗,放弃外出打工,放弃比乡村教师高得多的工资待遇,对于他们自己的家庭是一种多大的亏欠?

脑海中突然响起这样的话语声:我们没有忘记家中花甲的老母,没有忘记嗷嗷待哺的乳儿。但是,在那一刻,"老师"重于一切,学生的每一声呼喊都是一种揪心的痛。

那一张张淳朴憨厚的脸似乎又在向我倾诉:我们什么都知道,知道家庭的重担,知道没钱寸步难行的社会现状。但是,在那一刻,"老师"重于一切,学生的每一次敬礼都是一种温暖的抚慰。

如果没有《老师》,生在大都市,长于黄浦江畔,领着编制内的工资,在设施完备的校舍里内教书育人的我,或许根本不会想到,在同一片蓝天下还有那么一群跟我拥有同样的称呼,跟我从事同样的职业,跟我有着同样的职业憧憬的"老师"们,正奋斗在断壁残垣下,正行走在陡峭山崖边,领着微薄的工资,却承担着改变学生命运的重担。

《老师》是一颗种子,让我看到了"老师"的希望,因为我们是一个整体。虽然大家分隔四方,却有着同样的信念。这颗种子会在中国大地上生根发芽,展现它无比旺盛的生命力。《老师》更是一面镜子,让我认识了"老师"的伟大,了解到自己肩负的责任。这面镜子将永远鞭策我,不愧对"老师"这个称呼。

【作者系上海市徐汇职业高级中学语文老师】

# How far is FOREVER?

# 永远有多远　杜森 Du Sen

在纪录片《老师》取得很大反响之时，能够静下心来，写下一些随想，确是一次难得而幸福的自省良机。

第一个进入脑海的词组是高中时读过的铁凝的一本小说的名字：永远有多远。这是个多好的问题啊！每个时代中，人们的目光所及往往是几个月或几年，就连象征着最美好期盼的祝福语也往往止于"白头偕老"或"长命百岁"。历史学家们研究几千年的物是人非，人类学家们关注几十万年的生生不息，宇宙学家和地质学家们则以亿年为维度来考量星汉灿烂之下的海枯石烂。永远有多远呢？

记得在地理系读书的时候，一位教授曾笑道："大家都说要保护地球，其实地球在过去的45亿年中从没需要过什么保护。人类来了，也总会消失，而地球依然在那里。"和地球的年龄比起来，人类仅仅在这个小小的星球上存在了10万年左右的时间。那位写了《人类之后的地球》的英国地质学家Jan Zalasiewicz用美国大峡谷的岩层厚度作为例子告诉我们：几千米深的裂谷中的不同岩层代表了跨度约为15亿年的地质变化。以此推算，从人类开始出现至今，我们仅仅占有其中约7厘米厚的一层，而我们的工业文明至今更是只有0.03毫米厚。

人类，准确地说是所有地球生物的身体构成元素，皆取自于地球而终将还之于地球——譬如水、盐、蛋白质及矿物质。我们因为如此幸运而或早或晚地在地球上的这里那里生活几十年，不论物种、古今、信仰、国籍、贫富，概莫能外。正如美国歌手John Mellencamp唱的那样：This precious time, we've only borrowed（这珍贵的时间，仅仅是我们借来的）。人生百年36000天；仅仅换了度量单位，短暂的感觉扑面而来。从统计数据来看，大部分现代人在这个星球上的时间并没有30000天；古代人甚至连20000天都是奢望。在时间滴滴答答的流逝中，思考如何用这借来的30000天写就一个精彩有趣的人生故事实属不易。朱自清先生不是在感叹人生匆匆时就问道："你聪明的，告诉我，我们的日子为什么一去不复返呢？"想到当地球上没有了人类而重新回到它之前绝大部分时间所经历的荒芜之后，一切时间维度都显得那么短暂。

第二个进入脑海中的是一个少年时读过的故事：有个男人在退潮的海边散步，他看到在一片浅水洼中困着很多被风浪卷上来的小鱼。太阳一出来，水洼就会干涸。水洼旁有一个小男孩默不作声地捡起一条条蹦跳的小鱼把它们扔回海中。男人笑着问："孩子，这里有几百条小鱼，你救不完的。"男孩说："我知道。"男人又问："可是你还在救啊？谁会在乎呢？"男孩一边说："这条小鱼在乎。"一边捡起一条小鱼用力地扔进海里。"这条也在乎……还有这条……"

抛开无以计数的徜徉在大海中的小鱼们不谈，即便对于困在那个小水洼中的众多小鱼来说，小男孩的努力几近徒劳——因为被救起的它们是太渺小而不引人瞩目的一群了；即使被经意或不经意地遗忘也不会令人惋惜。然而，很少有人会试图用童话故事的思路去想象一条条被困在浅水洼中的小鱼的世界："如果今天听妈妈的话，不来近海玩就好了……""如果我从前好好锻炼身体也许就会在那朵大浪拍过来之前冲回大海……""如果能给我一个机会重回大海，我发誓会特别特别勤奋地好好学习……" 当水洼中的一条小鱼在精疲力竭而几乎绝望的时候突然看到水面上出现了一个影子，一张圆圆的小脸随之俯近，一只小胖手划破水面，接下来小鱼能记得的也许便是自己已经飞翔在一道连着大海的抛物线中了。你真的能想象那条小鱼再次触及海面时的幸福与激动吗？

短暂，是因为不是永远；渺小，是因为不能穷尽。

在直面生死时，牺牲的老师们选择用自己的生命去换孩子们的生命；在面对山外更好的物质条件时，坚守的老师们选择了用自己的清贫去换更多的机会让孩子们走出大山；在面对困窘的教学条件时，执着的老师们选择了用乐观去消除孩子们源于贫困的自卑与迷茫。而这样的牺牲、坚守与执着，又何尝只囿于这些可敬的老师们呢？

享受短暂，感恩渺小。想到那些数以百万计在贫困中挣扎却渴求知识的孩子，当我们每个人将要用尽借来的30000多天的时候，至少有人可以从容地说：我们曾让那时那刻的世界变得稍稍好了一点。永远有多远？它就是此时此刻对点点滴滴的执着，尽管短暂，尽管渺小。

只有那样，永远最远。

**【作者系桂馨基金会海外事务主管】**

# Those unforgettable sites of watching the documentary

## 在那些难忘的观影现场

樊英　Fan Ying

2011年10月18日—2013年的夏天，纪录片《老师》已经放映近百场次，观影人数几千人。我是每一场观影活动的放映员也是解说员，每一场放映都是一次心灵的震撼和灵魂的洗礼。

2011年10月18日，北京中国电视剧制作中心看片室内一片肃静，纪录片《老师》的审片会在这里举行。前来观影的有基金会理事、合作伙伴和"馨友代表"。摄制组的几位老师也略显紧张地坐在后排。八个月的艰苦工作，不分昼夜的精心打磨，这个敬业的团队只想把最真实的乡村老师呈现在观众眼前。

影片结束，灯光亮起，场内依然肃静。片刻之后，基金会理事康典先生起立，接着其他理事和观影者起立。康典先生转过身来，向本片编导们竖起大拇指，不住地点头。直到走出大厅，他也没有说话。几分钟后，他在车上给我电话，请我转告导演："谢谢他们，拍摄很成功，非常感人，非常好。"

2011年11月1日，《老师》深圳观影会结束后，我收到一条陌生的短信，对方说她叫周伽怡，道歉她这么晚打扰我是因为她无法平静，不能不告诉我她的感受和谢意。当影片中何美基老师说："我们在山区当老师，就是为山区的孩子服务。对学生，我们只能给他送一支铅笔，叫他好好学习；给他一个橡皮擦擦，叫他知错就改。"她已泪流满面，她想起自己的父亲，那个在偏远山区做了一辈子代课教师的亲人。她说父亲一辈子兢兢业业，教方圆几十公里内的小孩子读书，至今无怨无悔。她感谢编导和摄影记录下和他父亲一样的老师们，那些从来不为人知、平凡却真正伟大的人。

2011年11月12日下午，四川师范大学新校区《老师》一片的观影现场，来自四川汶川大地震重灾区什邡和偏远山区农村学校的师生代表40余人，以及来自北京、上海、广州、深圳、香港、成都等大中城市的基金会合作伙伴和捐赠者，还有四川师大部分师生，大家神情肃穆地观看《老师》。站在侧面的我看到一双双眼睛闪着泪光，也听到压抑在人们心底的感情伴随着哽咽在会场里流动。

来自什邡地震灾区的师生代表和牺牲老师家属，他们几乎是屏住呼吸、目不转睛地看着每一个画面，昨日的伤痛和今日的感动交叠着涌上心头，他们中的大部分人不时以双手掩面，痛哭失声。观影结束后，汤鸿老师的妈妈谭瑛老师走过来拉住我的手，泪流满面，连声说"谢谢，谢谢你们"。

《老师》一片的导演高伟峰曾对我说，他不能看被救学生冯雅在影片中最后的那个挥手，每每到此他的心底总是痛，这个孩子承受了她这个年纪不该承受的悲痛……这一次，他依然红了眼眶，单手掩住面颊沉默着。看着人群中的冯雅，高导的目光里饱含了爱怜和歉意，因为影片中的场景又一次触动了冯雅的悲痛。

观影结束后一个突发的场景让所有在场的人热泪盈眶。人群中擦着眼泪的冯雅，突然跑过来抱住本片撰稿人王卫平失声痛哭，王老师也泪流满面地将冯雅搂入怀中，抚摸着她的头，

本文作者在影片拍摄中与乡村老师交谈

无声地安慰着这个14岁的女孩，一旁的导演高伟峰不忍看到此场景，流着泪掉头走开。

冯雅在汤鸿老师墓前的道白深深地打动了每一位观影者，那是一个学生对老师最深的怀念、最高的崇敬——"我会永远等着你回来，住在我心里面。永远，我都会欣赏你的歌声。永远，都会看到你对我笑的样子。你就住在我内心。你一定懂得我在说什么，对吧？汤老师。"我想起两年前在汤鸿老师家中的一个置物台上看到一个画框，里面写着：佛前的灯不必刻意去点，要紧的是点燃我们的心灯。汤鸿老师已经用行动告诉了她的学生，点亮心灯的秘诀只有一个字，那就是——爱。

那一次我收到10多条信息。其中四川河流基金会王筱蜀说："《老师》是对"5.12汶川大地震"中遇难老师在天之灵的慰藉，是对崇高师德的颂扬，更是对幸存者的激励和鞭策，是对后来者心灵的洗礼！"四川馨友张小放说："感谢艺术家的奉献。那些可敬的老师、可爱的孩子，他们似乎被高速发展的中国遗忘了，也少有艺术家为他们讴歌。你们做了一件有价值的事——歌颂老师。老师是中国社会发展的基石，是这个国家未来的希望。"四川大学志愿者鲁婷说："《老师》的编导让我领略了什么是师魂，什么是师恩，什么是师情。"四川师范大学志愿者王小惠说："《老师》的每一个画面，都那么熟悉，唤起我们难忘的回忆；《老师》的每一个人物，都那么亲切，引发出难以释怀的感动！"

2011年12月8日，北京长安街新华保险大厦圆形会议室观影现场。这是一次比较特别的观影，邀请的嘉宾主要是国际投行经理人、资深律师、资深媒体人、企业高管、知名学者和政府要员。影片结束后灯光亮起，场内异常安静。我有些尴尬地起身向嘉宾示意。这时瑞士联合银行资深经理人刘旭先生打破沉寂说："感谢放映者的周到，事先关了灯，让大家可以尽情地流泪。"刘旭先生真诚地讲述他的感受，引发所有嘉宾对《老师》和"老师"的讨论。之后的一天，北京东城法院法官张绘丽给我发来信息说："片子很好，就像一颗洁净的水晶球被轻轻投入一杯浓重醇厚的红酒中，你确信那激情、浓厚的酒里浸润着平实、安静的结晶，并且确信它的至美纯净。感谢这些老师，感谢发现他们的眼睛以及带给我的激荡。感谢你们！"

2011年12月15日，广州中山大学图书馆内，第三届"全国教育公益组织论坛"报到日的当晚，会务组事先做了专门的安排，近百人观看了《老师》。这是一个特殊的观众群，清一色来自中国教育公益机构，百分之百从事教育公益支持工作，他们中的大部分人将终身理想、毕生精力都奉献给了有教育需要的弱势人群。影片里的场景是他们非常熟悉的环境和生活，影片里的人物是他们亲切的伙伴和朋友，他们看《老师》自然是别样的心情和体会。

那一晚，我看到了观影者们最无忌的泪水和最会心的微笑。在《老师》片尾敲击心灵的鼓点声中，很多人痴痴地盯着滚动的字幕，寻找自己熟悉的山区、学校和老师，彼此询问曾经熟悉的某一所学校、某一个老师。影片结束，数十秒钟的沉寂后，全场响起热烈的掌声。这掌声是给影片中那些默默无闻的普通乡村老师的，是给记录了这份真实和平凡并把它展现在公众眼前的纪录片编导的，也是给自己和他人心中那份感动、神圣和良知。

散场后人们久久不愿离开，围着我询问那些学校和老师的情况，甚至引发了对教育支持项目的讨论。有上百人登记了信息，要求我们邮寄《老师》光盘给他们分享。

次日的早餐时间，很多人走过来跟我们打招呼并递上一句"谢谢你们，片子真好！"那一刻，我内心充满了感动和力量。从事农村教育支持工作15年的我，真的理解同行们对影片中乡村老师深切的关注，对《老师》所揭示的现实问题的思考，以及对纪录片编导、摄影和工作人员的敬意和感谢。同时，我也从内心感受到了来自民间的力量和信心。

2011年12月24日，广东惠州观影会在一家颇有情调的咖啡馆举行。说实话，对于在这样一个场所观看这样一部影片，我心里多少觉得有些不协调。惠州原本就是一个经济至上、繁华务实的小城市，大多数人追求自己的生活品质和现实享乐，我不知道这样一部影片会带给他们什么样的认知和感触。

那一晚我用心观察来宾的表情。观影期间，我没有发现有人去碰手边的杯具和酒水，依稀听到抽泣的声音和偶尔几句低沉的交谈。直到灯光亮起，我起身向大家致意，人们似乎才回到现实而报以掌声。一位男青年端了红酒走到我面前说"大姐，我敬你们"，之后一饮而尽。他转身提议大家举杯"为感动干杯！"

"为感动干杯"这句话所蕴藏的含义是可以想见的。过后我知道这位青年来自TCL，他和朋友受邀观影，他说很久没有体验过"感动"的情绪了。大学毕业后从内地到沿海发展，事业上小有成就，生活上实现了小康，但总是觉得缺失了什么，令自己不安。《老师》让他看到了一种价值和追求，而《老师》里老师们呈现的状态和精神，正是他和周围的人们所缺乏的。

中学高级教师李伟事后跟我说，那晚她强烈地感受了内疚和自责。她说看了《老师》再说老师，感觉是那么不同。一样的职业，待遇和境界竟是天壤之别。

2012年1月12日，在浙江瑞安市图书馆里放映纪录片《老师》，能容纳两百多人的放映大厅里座无虚席。放映结束后，全场观众自发地起立鼓掌。那一刻，泪水遮住了我的视线，我走上台深深地鞠躬，向人们心底的良知致敬。

2012年正月十五，我带着纪录片《老师》去拜见南怀瑾老师，经上海往吴江太湖大学堂。

事先联系了南老师的秘书宏达先生，他为放映做了专门的安排。

《老师》的放映在宁静肃穆的太湖大学堂演讲大厅举行。太湖国际实验学校的上百名师生们首先入场，安静地坐在大厅中央的红地毯上，大厅后面安排了座椅，大学堂的各路客人在此落座。

《老师》是一部内容严肃的纪录片，它需要观影者沉静下来用心去观看。放映前，学校的林老师问学生："你们都看过什么类型的电影？"孩子们说出了各种类型的电影：武打片、爱情片、动画片、科幻片、惊悚片……林老师提示"大家知道纪录片吗"？有孩子说："看过，就是那种记录真实事情的片子。"林老师告诉学生，我们即将看到的就是一部纪录片。说真的我有些担心，已经放映的几十场，观众都是成年人，从未有过如此多的孩子在场。

8点钟放映开始，现场一片肃静，而这种状态一直保持到片尾字幕结束，大厅里灯光亮起。我来到大屏幕下，向沉浸在片子里的人们鞠躬致意，并请大家谈谈观后感。一位先生说看这部片子他流了三次眼泪，看到我也在流泪，他问我一共流过多少次泪。我有些尴尬，如实坦白：我不知道流过多少次眼泪，可以肯定的是每次观看我都会流泪，有几处是片子里的人物和场景令我心酸，还有几处是片子外，那些老师的生活工作情景让我感动，更多的是片子里的人和事让我联想到很多熟悉的人和事。我甚至说不清楚是心酸？悲哀？还是崇敬？感动？或者根本就是无以释怀的纠结和绝望……一个六年级的男孩子有一点腼腆，他十分认真地举起小手问："我可以说几句吗？"他说："我以前没有觉得老师有什么，看了这个片子，我觉得老师很伟大，我们应该爱老师。"

回到客厅，南老师坐在圆桌旁，身边围坐了很多人，有人在谈论禅修和生命科学，也有人在谈论《老师》这部影片。南老师向在座的各位介绍桂馨，说当初"康熙字典"（戏称康典理事）找他给基金会题字，他只是觉得这个"王爷"（对康典理事的戏称）想用更多的时间做公益了，没想到三年的时间，"王爷"能做这么大的功德。南老师问："大家都说《老师》拍得好，你们下乡怎么走啊？"我告诉他，坐火车再换各种类型的汽车或船。南老师说太辛苦了，找人给你们捐车。话音未落，在座的一位先生说捐给我们一辆吉普。南老师马上说："不能太耗油，善款不能用在这些地方。车子不一定是新的，但要节能的，还要能走山路……"

我跟南老师讲这一年我们所做的事情，特别是《老师》这部耗时8个月拍摄的纪录片所记录的那些人和事，以及拍摄过程中发生的各种故事。南老师认真地听着，时而点头赞许，时而提几个问题，时而大笑着开几句玩笑。最后他说"这件事情做得好，你们在做功德啊！"宏达接着说"老师，你看她的笑是发自内心的，这就是做功德做的呀"。南老师接过话说"是的，是的，只有做功德才会有这样的笑容啊！"那天临别时，南老师说要常来大学堂跟大家讲讲我们做的那些事儿，不要一年只来一次。

南老师已经仙逝，但他生前喜欢大家叫他"老师"，多年来他执着于传道授业解惑。2010年我在太湖大学堂多次聆听老师讲课，此前也有阅读他的书和讲述，特别有感于他对今日世界的评价"这是最好的时代，这是最坏的时代"。老师曾说："今日的世界，由于西方文化的贡献，促进了物质文明的发达：如交通的便利，建筑的富丽，生活的舒适，这在表面上来看，可以说是历史上最幸福的时代；但是人们为了生存的竞争而忙碌，为了战争的毁灭而惶恐，为了欲海的难填而烦恼，这在精神上来看，也可以说是历史上最痛苦的时代。在这物质文明发达和精神生活贫乏的尖锐对比下，人类正面临着一个新的危机。"

两千多年前，孔子感叹当时的时代"礼崩乐坏"，诸侯因为膨胀的欲望而使整个社会逐渐陷入混乱不堪的局面。于是孔子奔走四方，随缘教化，想要用上古的文化传统恢复社会的秩序。南老师怀有的也是相同的理想，他想运用认知科学、生命科学与传统文化结合的研究与传播，挽回这个时代所面临的危机。老师曾说："们虽失望，但不能绝望"；"凡事我但尽心，成功不必在我"；"只问耕耘，不问收获"。这何尝不是我们这份工作，甚至于我们个体生命所必须的情怀呢？

第二天回到北京，康典理事转发了宏达老师的信息："电影何时公映？很好的片子，赚了我们很多眼泪"；"老师眼睛不好，看了（确切地说是听了，也流泪了）"；"保重！老师很赞赏您做的这些！"……

纪录片《老师》的放映，从一个特殊的角度测试了社会的温度。那种久违了的崇高感、圣洁感以及人与人之间的信任和温暖在观影的人群中如细雨润物般悄无声息地漫延。我们在人们的泪光里看到人性的善良；我们在一次又一次的掌声中，感受到人们心底的健康力量；那些真诚感谢我们的人，自己被感动、被激励了。《老师》受到好评，证明即使在今天这个高度物质化的年代，神圣的责任感和崇高的精神力量依然是社会进步和美好的主流。我们现在为老师做点事，就是为国家的将来做点事，这不是施舍，不是赠与，更不是自我的满足。事实上，是我们需要净化自己的精神，拯救自己的灵魂……

【作者系北京桂馨慈善基金会秘书长 纪录片《老师》访谈者】

# 难忘的经历

# Unforgettable experience
## Crew of the documentary *Teachers*

### 纪录片《老师》摄制组

**出品人 刘 桂**

记得曾经读过一篇文章,是一位来自川贵交界贫困山区的青年回忆自己如何从一间在山顶上由石头堆砌的教室开始求学之路,在老师的关心支持下一步步从初中直到后来完成研究生学习经历的。其间,他经历了一次高中复读和两次研究生入学考试。持续的经济压力、母亲的长期病痛、父亲的工作变故都没有让他放弃求学的梦想。他最终成为了一位乐观、积极、坚强、感恩的青年。

文章最后,他将从小学一年级开始对自己有过深远影响的老师和他们说过的记忆犹新的话一一列出,回味良久。他说这些老师如今依然在艰苦的条件下拿着微薄的工资,坚守在教书育人的岗位上。在他看来,正是这些山区小学和初中的乡村教师为他的一生奠定了坚实的基础,塑造他立志成为一位对社会有益的人的信念。

有老师的地方,就可以称之为学校;有好老师的地方,就是一所好学校。乡村教师群体是承载着中国几千万乡村学童的教育基石。我衷心希望更多的人来关注和支持他们。

**监 制 樊 英**

17年的乡村助学工作中,记不清走访过多少所学校,遇到过多少位老师。无论在多么偏僻的山区,看见一面国旗,那里就有一所学校;无论多么简陋的学校,一定会有一个或一群乐观敬业的老师。

我曾经在湖北长阳榔坪镇西坪村小学遇到代课老师向秀章。人生第一次被贫困所震惊就是在西坪停留的那几天。就在那个人均收入不足300元的地方,向老师工作了25年,在他工作期间,西坪没有一个孩子因为贫困而辍学。向老师带领学生在山里采草药、捡香菇,维系着孩子们的学杂费和部分生活费。每一个走出西坪去高一级学校上学的孩子,无一例外地得到向老师赠送的一支钢笔、一个塑料桶和一双球鞋。

向老师让我看到了平凡和伟大,理解了高贵和美好。愿我们大家共同关注乡村老师,支持乡村老师。关注和支持他们就是关注和支持我们自己的未来。

艺术指导 杜 宪
师德是孩子们人生的第一课。

导 演 高伟峰
如果能不受时间和篇幅的限制，真想把所有记录的影像不加删减地全部呈现给大家……

制片主任 宋 扬
片子里那些朴素的语言和真实的镜头能够唤起当今这浮躁社会一些人的思考和认同，
那么我们付出的所有艰辛，都是值得的！

摄影师 张砥生
拍摄《老师》让我激情澎湃，面对老师让我心灵洁净，观看《老师》让我思绪万千。

摄影师 李 川
她们是一群平凡的人，却做着不平凡的事情。

音乐设计 裴东峰
一双双渴望求知的眼睛，一步步期待关注的足印，这里的孩子和老师，
都需要一个一定可以实现的社会愿望。

访谈者 金之崇
每一天都被一种精神感动着，没有豪言壮语，不是誓词承诺，却在每一位平凡的老师身上
熠熠生辉，照进世人蒙尘的内心，无言却响亮地告诉我们两个大字——师道。

摄影助理 柳文瑞
"我要是出去了，就没有人叫我老师了。"简单的要求，执着的态度！
平实的一句话却饱含着无数乡村老师的精神！

撰 稿 王卫平
享受拍摄过程中的一切：感动、思考、纠结、平静、尊敬、泪水、内疚、命运……

# Ending: We continue our lives as we live in different places

# 结束语：我们生活在不同的地方继续着各自的命运

王卫平  Wang Weiping

新的一年来了，我们又开始了新的老生活。而纪录片《老师》中的几位老师现在的生活如何呢？

甘肃郭积才老师已经退休，他时不时还去学校看看；学校里那个仅仅19岁、一心想学一门技术挣钱给妈妈看病的潘凤梅老师，已经出嫁离开学校，她走后留下的空缺暂时无人补上；马治宗和杜国兰夫妇老师还在那个学校教书。

只教两个娃娃的甘肃严泰山老师还在等着不知有无希望的代课教师身份转正。

山西李福连老师还在自己家庭窑洞里的6个孩子的学校教书。

每天要给孩子们挑水喝而一个月只挣600元的山西王秀平老师，所在学校的教室因大雨损坏已不能使用，上级教育部门将学生转移到十几公里以外的另外一所小学。王老师已回家务农，也不再是代课老师。中心校领导告诉王老师说计划在村里建一个校点，将来让王老师继续教书。

最喜欢被人称呼"老师"的贵州韦玉连老师，所在学校已经被合并，她随着学生去了另一个学校。她说她过得很快乐，希望今年比去年还要快乐。她也希望今年能够把学校的孩子们教好，来回馈社会对她的关心。

家境依然窘迫的湖南何美基老师还在教书，不知他的儿子过年回家时是否还是看不惯。

已经快40岁的贵州朱维娇老师依然单身，学生们依旧在课堂上看到朱老师的热情、自信。她说她希望在新的一年里把自己班级的学生们教好，而对于新学期新承担的英语课，她觉得压力有些大。

天性乐观的湖南舒序清老师还在教书，也还在为儿子的房子发愁。

牺牲的张辉兵老师的妻子宣丽已离开了红白镇，她在成都开了一个面包房。

在地震中痛失儿子的红白镇方全旭老师还

在学校教书。

红白镇张德强老师已经不再担任学校领导，但还在学校教授科学课，新的一年他希望能拿下中学高级教师职称。

牺牲老师汤鸿的妈妈谭瑛老师已经退休，她一心要把小嫚璘养大，她也把精神寄托全部放在了这个外孙女身上。

被汤鸿老师救下的小冯雅已经上高一了，过年时她发来短信，向我们这些匆匆过客问好……

是的，我们就是路人，在这些老师的生活中仅仅存在了一瞬间。尔后，我们生活在不同的城市，继续各自的命运。他们和她们也有生活的烦恼，却依旧履行职责，释放着爱心，平静地与脚下的土地和身边的孩子们朝夕相处……

《老师》摄制组的同事在每次聚会时，总是提起曾经面对面的这些老师，回忆曾经与他们的短暂交流，也一起默默地为他们祝福……

"老师"这两个字，对这些从小生长在乡村并可能永远在乡村学校当"教书匠"的他们，意味着什么？对于我们意味着什么？古人云：师者，传道授业解惑。今人能否理解古人的含义？这六个字的含义究竟是什么？

传道者，为后人传达为人之道，其中有善，有爱，有基于人性的仁，也有高于人性的"道"，这"道"将人性归为一致。

授业者，为后人讲授自然之律，其中有天，有地，有基于经验的策，也有高于经验的"谋"，这"谋"将经验集为路径。

解惑者，为后人诠释有限迷津，其中有思，有智，有基于常规的律，也有高于常规的"虑"，这"虑"将常规引入无限。

无论何种解释，师者总是将"传道"作为领先。为师者本身便为"师"，幼童面对的一定是教师和其背后应具有的"师魂"。

幼童的心灵初始只是白纸一张，为师者教他勇敢，他便强悍体魄和锤炼内心；教他学识，他便明了周围世界，探究未知；教他道义，他便自知人人平等，他人不可侵犯；教他慈爱，他便知生命之宝贵，施恩于人，并可为他人奉献爱和生命。

我理解，"师魂"的核心是"爱"，中国乡村老师们一生都在用"爱"塑造孩子们的人格。

可是，当我们城市的喧嚣带着追求消费主义至上，带着以物质第一为主流价值观，带着沉迷肉欲享乐，带着以财富论"英雄"、论"成功"，并以几乎无法逆转的潮流裹挟了所有人时，当学校成为"公司"，进入产业化，教室成为"超市"，学生成为"消费者"，成为考试机器，分数成为区隔学生等级和教师等级的砝码时，很多地方教师与学生的关系便改变了。

一年多的走访，我们的足迹留在了四川、甘肃、湖南、贵州、山西等省，走访了几十所乡村小学，访问了几十个乡村老师。那些地方远离都市，是中国版图中最偏僻的角落，是当今中国留给世界印象背后的、残存的、不灭的文明余火，是与贫穷、落后、质朴、干净等一个个为今天世人厌弃的词语相依存的诚实、阳光、善良、憨厚等本族固有的品行。乡村教师自身的贫寒生活与当今时代几乎毫无关系，他们的行为慢慢沿存并继续流淌到下一代乡村教师身上，虽然不留痕迹，却异常丰厚，他们不被今天的社会关注，甚至被故意摒弃和遗忘。

一个个简陋的小学校，一个个质朴的老师，一个个阳光般的孩子，都给我们留下了深刻印象。对于那些终年生活在偏僻山村学校的老师来说，我们是外来者，是匆匆的过客；而对于我们来说，曾经的困惑有些已经有了答案，有些还是没有答案，而长久地萦绕在心头的探询，探寻乡村普通老师的生活，寻找曾经影响了中国文化上千年的"师魂"却似有了答案。

我们去哪里寻找影响孩子们一生的师魂？

"师魂"其实不用费心寻找，她就在那里，就在我们身边，她从来没有远离我们——在中国版图中远离都市的那些偏僻的角落里，在山坡上简陋的教室里，在一个个身穿布衣、脸上满是皱纹的老师脸上，在坑坑洼洼长满野草也开满鲜花的操场上，在手上满是冻疮、小脸被冻得通红的孩子们的笑容里，在稚气满堂"我爱北京、我爱天安门"的琅琅读书声中……只是我们已经不愿寻找她，不愿亲近她，故意疏远她，对她视而不见，让她孤单单游荡在不被关注，被城市、被我们遗忘的乡村角落……

2011年秋天，本年度茅盾文学奖公布了，其中的小说《天行者》也是描述乡村老师的，我摘录了其中一些老师的话：

从城里来的夏雪老师对自己的学生李子说：你一定要记住，不要急着去城里。如果心里还没有爱的人，更不要不顾一切地往城跑。晚点去城里，身心会更坚强一些。

镇教育辅导站的万站长说：一般的老师，只能把学生当学生，民办老师不一样，他们是土生土长的，总是将学生当成自己的孩子，成绩再差也是自己的亲骨肉！

余校长感叹：民办老师的命，却长了一颗公办老师的心。

邓有米老师说：其实民办老师的个人理想就这么丁点小：工资不论多少，只要能按时发；转正不问早晚，只要还有希望。

王主任说：这三十年来，大半个中国的孩子，全靠你们这些清瘦的民办教师进行精神哺育啊。

余校长说：转正的事，想归想，如果将它当成身家性命来看待，就活得没味道了。

孙四海说：有命没命，不是挂在嘴上！没有那张登记表，不能转为公办教师，我们的命就要贬值。

余校长说：我就不相信那些制定政策的人，会对民办教师的贡献视而不见。

年轻的张英才老师说：民办教师的最大特点是将学生当成自己的孩子来教。

村妇蓝小梅说：将七十二行中的好人全都加在一起，也比不上第七十三行的民办教师。人一生，吃也吃不了多少，穿也穿不了多少，用也用不了多少。要说享福，也就是有事做，累不着；有饭吃，饿不着；有衣穿，羞不着。再想得到太多，就是作孽。

小说中乡村老师们清贫的生活如我们在2011年春夏所见。当全世界的目光因中国经济之强大而聚焦在这里时，这30年巨大变化的背后，有一个哺育了中国几千万青年却不被关注的普通阶层依旧自己困苦地生活着，好像这个巨大变化与他们毫无关系。

依旧回到原点吧。

我们为什么去关注乡村老师？

我们为什么被他们的言行所感动？

我们为什么希望更多的人关注他们？

在我们一次又一次站在他们面前，观察他们，试图走进他们的内心时，我发现，我们的努力是徒劳的。一路上，我都在想，其实我们都在关注自己的内心，关注我们内心深处很久不被触动的东西，是感动、惭愧、痛苦、自省，还是美好、责任、勇气、爱心，还是仅仅被激发了几滴眼泪。

我们甚至希望能有人被他们感动，并依此修正内心，勤于反省，一心向善，使得内心强大起来，在一个脱缰野马般狂奔的社会中坚守普世价值，努力修为自己的品行。

但是，我们知道，这个心愿，仅仅是我们的一厢情愿。一切都很难改变，一切如常，一切照旧。

我想，从人性的角度，假如放在这些老师面前有一个很好的工作，条件好，收入高，还能进大城市，他会怎样选择？是否可以确定，他一定会选择离开孩子们，离开学校，离开乡村？

假如他依然选择乡村，选择孩子们，那么他出于什么考虑？

每次下乡前，摄制组的几位同事几乎不约而同地买来一大堆学习用品，准备送给孩子们和老师们。我总在想，我们与那些老师是什么关系？虽在一个国度里，我们是同路人吗？今日中国的都市与乡村到底是什么关系？我们带着当今社会都市文明的强烈痕迹和可能有的功利目的，站在教室门口，与老师们交谈，我们带给老师们什么呢？

记得那天我站在红白镇"天堂分校"下面的公路边，抬头向上看去，山坡上矗立着一个巨大的标语牌，上书：共产党最好，北京人最亲。硕大的字体，从很远的地方就能看到。这是受灾人群对施助者所表达的感恩之情，可望着这十个字，我一时竟不知怎么理解。

这是最简单和朴素的道理。施恩于人，于

是便有了感恩。因为施恩者拿出了时间、财富，去帮助弱者，去帮助在被社会大众看起来不如自己的人。帮助他人，从政府角度，这其实是应该做的分内责任；而从个人角度，则需要内心有所准备。

施恩者更应该感恩被施者，因为他们，我们仅存的爱心才有了存活之处。而我们所有的付出，包括爱、钱财、时间、精力和小小的私心，既是对着某一个群体，也是对着这个世界，更是对着自己的内心。

记得2010年春天的一天，在河南嵩县洛沟小学，三个小学生谈到被石平先生资助的感受时，前两个女孩子都表示感谢石平叔叔的帮助，一定要好好学习，不辜负石叔叔的期望，长大以后为国争光。我站在一旁心中不是滋味，倒不是她们说的有什么错误，只是觉得"体制教育"的结果是让孩子说出的话不知她自己明白不明白？第三个男孩子低声说，我想长大以后做一个石平叔叔那样的好人。

我被这句话触动了。做一个好人，做一个有爱心的人，是不是一个人活在这个世上最大的价值呢？

老师们用自身的爱和职责，教授乡村孩子们对待这个世界最初的认识。

何美基老师说，给他一支笔，让他能写字；给他一个橡皮，让他能知错就改。对于老师，那是自己的职责所在，而对于想要帮助他人的其他人来说，这意味着什么？

可想想，我们用一种物质去消解一个孩子的困窘，我们在递给他这个物质时传达了什么信息呢？我们是传达了爱吗？还是发掘了人性里更多的欲望，并诱使人的欲望无限扩大，让欲望漫无休止地蔓延？我们对他们所做的一切，似乎让老师们的坚守没有意义了，我们可能将用我们的物质手段俘获他们、消解他们，使他们不再坚持。

为什么我不强调老师们的"坚持"？选择一个职业，绝大部分人并不是出自信仰或者高尚的目的，首先这个职业是养家糊口的需要，别说乡下老师，就是城里老师条件那么好，也有很多人出自各种不是高尚的目的或者就仅仅是个人目的，放弃了这个"伟大的职业"。这没有什么，很正常。当过老师的人见自己教过的学生有感受，挺好的。学生有感恩，老师有自豪和满足，但不应将这种自豪凌驾于或者强加于一个要为自己的生存苦苦挣扎的乡村老师身上。我们为他们感动，但更多的是检讨我们的生活，检讨我们不断涌现的欲望。（从农村出来的孩子，混得不好的根本不想回去，混得好的也极少有人回去，因为农村穷，这个道理并不复杂。）

乡村老师就是普通人，我们不好给他们身上加上"标签"，不要拔高普通人，也不好将一些形容词放到他们身上。很多时候，他们不是坚持，而是无奈，是认命，所以不过分渲染他们的动机才好。

我的初衷是书的内容一定要保持真实。真实是生命，我们不把老师们当作高大的人，不把他们"高尚"，也不对他们的话进行"高尚化"的延伸和处理。他们就是普通人，每一个人都会遇到各种生活问题，每个老师也仅仅代表自己，但他们集体呈现出的朴素的生活态度，值得我们思考就可以了。

当今社会，站在一个口头上的道德高点上很容易，而短短的接触，我们不能提供给他们一个我们也坚守、信任、崇仰的价值观。所以，面前人性的善与恶，可能都被我们发掘了，我们无法控制，即我们用一支铅笔，用一个橡皮，打开了潘多拉盒子，我们真的在传播爱吗？不去打扰他们是不是我们正确的选择呢？

从内心深处来讲，每一个援助者都有一个希冀，希望听到一声"谢谢"，希望看到眼前这个人的快乐，希望受助者能有与自己一样的生活，可我们用我们残缺的城市文化和教育体制作为一个标准，去衡量、引诱山区孩子们的生活，我们一定要他们享受我们已经拥有的一切吗？而我们现在拥有的一切使我们快乐吗？幸福吗？

我有时陷入一个悖论，挖掘人性的结果，就一定是功利的、物质的、肉欲的吗？并一定与金钱产生密切关系吗？那么当他的选择与此相违背，是人们内心所期待的吗？假如他的选择的确是将精神追求放在第一位，哪怕不是那么真实的或发自内心，人们会相信吗？精神在大部分时间里为肉体的欲望所左右，除非精神以外在的强大力量战胜肉体。可是，谁能控制欲望呢？这个悖论让人绝望。

好吧，让我们重新做新的选择吧。这需要勇气，还需要信仰，需要有能力去信仰。更多的关注自己，关注自己的内心，不再与人做比较的生活才是"人"的生活吗？人的本能是趋利避害，但不同的人选择不同，为什么？是因为我们没有确切的大爱吗？终于，人会败在自己手里。我们做出什么抉择呢？

不知为什么，我总想起明清两代在中国传教的那些来自欧洲的传教士，他们给中国乡村的普通民众没有带来物质，没有带来源源不断的可以改善民众生活的用品，而只是带了一本《圣经》，甚至他们自己的生活有时还要被他们教化的人来帮助。但他们一直在中国传教，用上帝的声音，用自己的生命。

几年来，我们可能寻找的也是一个久违的东西，是一种精神，是一种信仰，或者仅仅是一丝感动。它在今天是稀缺的，它无法进入今天的主流文化，因为现在的所谓主流文化是商业的，是功利的，是浮躁的，是大部分时间充分展现人性恶的。

假如我们一直能视"师魂"为我们价值观的一部分，假如我们一直能将"爱"视为生命的一部分，我们一定有一个幸福光明的未来吗？

很多事情现在还是没有答案！

# 特别感谢　Acknowledgements

| | |
|---|---|
| 贵州省从江县秀塘镇打秀教学点 | 韦玉连老师 |
| 贵州省从江县往洞乡增冲小学 | 石庆华老师　杨昌辉老师 |
| 贵州省从江县雍里乡雍里中心校 | 朱维娇老师 |
| | |
| 山西省临县安家庄乡前岭西村小学 | 李福连老师 |
| 山西省临县林家坪乡中心校 | 闫继平老师 |
| 山西省临县林家坪乡木瓜洼村小学 | 王秀平老师 |
| 山西省临县林家坪乡王家洼村小学 | 王继祥老师　高奴英老师 |
| 山西省临县碛口镇白家山学校 | 陈秀平老师　陈晓艳老师 |
| 山西省临县寨则坪镇寨则坪小学 | 成继香老师　白艳青老师 |
| 山西省临县丛罗峪镇小腿沟小学 | 李玉秀老师 |
| 山西省临县丛罗峪镇寨沟小学 | 武四海老师 |
| 山西省临县丛罗峪镇中心学校 | 张玉平老师 |
| 山西省临县丛罗峪镇天洪小学 | 高杰瑜老师　苗小兰老师　王奴平老师　孙新玲老师　张补连老师　张少连老师 |
| | |
| 青海省湟中县教育局 | 李积雄老师 |
| 青海省湟中县田家寨乡甘家小学 | 赵顺兴老师 |
| 青海省湟中县田家寨乡拉尕教学点 | 汪生录老师 |
| 青海省湟中县田家寨中心小学 | 张永山老师 |
| 青海省湟中县田家寨乡鸽堂小学 | 解玉鳌老师 |
| 青海省湟中县西堡镇葛家小学 | 孙　启老师 |
| 青海省湟中县鲁萨尔镇第一小学 | 解延珍老师 |
| 青海省湟中县多巴镇第二小学 | 白延虎老师 |
| 青海省湟中县上新庄马场民族小学 | 党明财老师 |
| 青海省湟中县上新庄东台学校 | 何启奎老师 |
| 青海省湟中县田家寨上洛麻小学 | 李玉明老师 |
| 青海省湟中县丹麻乡永丰小学 | 黄永军老师 |
| 青海省大通县青山乡中心学校 | 汪永胜老师 |
| 青海省大通县逊让乡中心学校 | 袁永鹏老师 |
| 青海省大通县石山乡中心学校 | 王进业老师 |
| 青海省大通县向化乡中心学校 | 白世海老师 |
| | |
| 湖南省保靖县清水坪乡黄连小学 | 舒序清老师 |
| 湖南省保靖县迁陵镇怕逼小学 | 向国权老师 |
| 湖南省保靖县阳朝乡阳朝中心完小 | 彭毅群老师 |
| 湖南省保靖县阳朝乡麦坪小学 | 彭明义老师　田松鹏老师 |
| 湖南省保靖县野竹坪镇龙塘小学 | 何美基老师 |
| | |
| 甘肃省武威市古浪县程家窝铺初小 | 郭积才老师　马治宗老师　杜国兰老师　潘凤梅老师 |
| 甘肃省武威市古浪县马路湾小学 | 杜鸿奎老师 |
| 甘肃省武威市古浪县下地湾教学点 | 严泰山老师 |
| 甘肃省武威市古浪县王家水完小 | 张俊庆老师 |
| 甘肃省武威市古浪县开山中学 | 邰象山老师 |
| 甘肃省武威市古浪县中心小学 | 姚天庆老师　俞浩副老师 |
| 甘肃省武威市古浪县教育局 | 薛天祥老师 |

| | |
|---|---|
| 四川省绵竹市九龙小学 | 罗 庆老师 |
| 四川省绵竹市汉旺小学 | 潘华勤老师 |
| 四川省什邡市马井镇中心学校 | 杨达成老师 |
| 四川省什邡市莹华镇八一学校 | 李 杉老师 梁太荣老师 何章明老师 |
| 四川省什邡市洛水小学 | 权少强老师 汤明福老师 |
| 四川省什邡市龙居初级中学 | 杨之华老师 |
| 四川省什邡市马祖中学 | 周乐全老师 |
| 四川省什邡市隐丰中心学校 | 唐定宽老师 |
| 四川省汶川县映秀小学 | 谭国强老师 |
| 四川省北川县北川中学 | 胥明英老师 刘亚春老师 |
| 四川省青川县官庄初级中学 | 杨发荣老师 |
| 四川省青川县木鱼初级中学 | 黄孔德老师 |
| 四川省青川县木鱼中心小学 | 张成良老师 缪吉昌老师 |
| 四川省青川县房石中心学校 | 董永红老师 |
| 四川省青川县红光中心小学 | 张 明老师 |
| 四川省北川县教师进修学校 | 徐正富老师 |
| 四川省什邡市红白镇中心校 | 张德强老师 方全旭老师 |
| 四川省什邡市八角小学 | 杨春波老师 |
| 四川省什邡市龙居中心小学 | 邹沅利老师 徐开波老师 易 明老师 夏绍明老师 |
| 四川省什邡市马祖小学 | 罗义成老师 |
| 四川省什邡市民主中心小学 | 杨帮明老师 刘利蓉老师 唐晓兰老师 蒲朝勇老师 |
| 四川省什邡市七一城西学校 | 李 清老师 |
| 四川省广元市剑阁乡吼狮小学 | 杨德华老师 |
| 四川省青川县教师进修学校 | 何晓军老师 |
| 四川省青川县官庄中心小学 | 马 银老师 |
| 四川省青川县清溪初级中学 | 李成军老师 |
| 四川省青川县上马中心学校 | 刘海全老师 |
| 王周明之父 | 王道祥 |
| 王周明之母 | 谢恩玉 |
| 王周明之妹 | 王周丽 |
| 汤 鸿之母 | 谭 瑛老师 |
| 汤 鸿之父 | 汤少军 |
| 汤 鸿之女 | 李嫚璘 |
| 汤 鸿外公 | 谭金孝老师 |
| 方全旭之妻 | 王川蓉 |
| 廖昕彤之母 | 胡晓蓉老师 |
| 张辉兵之妻 | 宣 丽 |
| 张辉兵之女 | 张玉鑫 |
| 张辉兵之父 | 张云和 |
| 张辉兵继母 | 陈龙蓉 |
| 四川省什邡市交通局 | 黄 炯 |
| 四川省什邡市莹华镇八一学校获救学生 | 冯 雅 |
| 四川省什邡市红白中心校获救学生 | 黎 瑶 |
| 四川省什邡市民主中心小学获救学生 | 廖昕彤 |

# Postscript

# 后记

当2011年11月我写下纪录片《老师》的介绍语："一部需要沉下心看的影片"时，我知道，这句话同样适用于后来的这本书。

从2012年6月本书脱稿开始，其间经历了许许多多的事情，后期加入进来的本书特邀编辑康晓红女士说，这本书的成书出版过程都可以写一本书了。

本书脱胎于纪录片《老师》。而从2011年10月在中央电视台电视剧中心最后一次审片后，我再也没有完整地看过本片，也不愿意与人分享，不愿意给人看，她像是我们生命过程中一个闪光，只有经历过的人才能记得她曾经的绚烂，记得瞬间生命的辉煌和感动。鉴于此，我们甚至不愿触动她，让她像一个想象中的宝物，默默地坚守在她应该存在的地方。

因此，本书也注定是寂寞的。

本书有两个遗憾：一个遗憾是篇幅所限，没有将更多的乡村老师的生活呈现出来，只是将本片接触过的老师和他们的亲人、同事的名单作为特别感谢放到了书尾；另一个遗憾是没有得到在汶川大地震中牺牲和遇难老师的名单。

在本书即将付梓面世时，感谢书中的老师们，感谢我们在访谈中遇到的所有乡村老师，感谢无法统计数量的千千万万的中国乡村老师们，也感谢被老师们感动的各界人士。

在本书编辑出版过程中，很多朋友伸出了援助之手，做了大量工作。感谢石践宇先生对本书出版的热情关注。感谢雷蕾女士付出的辛勤劳动。感谢本书装帧设计宋玉梅和王洋对版式一次又一次地修改。感谢康晓红女士，是她的坚持让本书能以更纯粹的状态呈现给读者。感谢杜宪老师对本书的一直关注。感谢纪录片《老师》的导演高伟峰对本书自始至终的帮助。尤其要感谢北京桂馨慈善基金会的诸位同仁，是他们的责任心和爱心，让我们能有机会，在力所能及的范围内，为乡村老师们做些事情。

我会将因本书而可能获得的所有稿酬和经济权益全部捐献给北京桂馨慈善基金会，专门服务于这些默默无闻的乡村老师们。在书中被采用文字的人士、书中照片拍摄者、素材提供者的一次性稿酬都在此稿酬中。需要者，请与北京桂馨慈善基金会联系，按照国家出版规定的稿酬标准获取相应稿酬；如愿意放弃稿酬，也请说明，在此一并感谢。

王卫平
2013年10月10日

感谢为了我们共同的事业而一路同行的馨友们!

A special thanks to all the friends of Green & Shine Foundation who have accompanied us on the way of our shared career!

2011年11月12日，北京桂馨慈善基金会和众多热心机构、个人共同在四川师范大学校园里矗立了一尊雕像，面对这位行进中的"老师"，我们所有参与大型公益活动"师魂"的人百感交集，回忆起那些经历过的故事和那些仍旧在山村给孩子们上课的老师，感谢他们给予我们力量和信念。我们最大的遗憾是没有找到在2008年"5.12汶川大地震"中牺牲、遇难的老师名单。

在此，我们所有参与大型公益活动"师魂"的人，向在汶川大地震中牺牲和遇难的老师们致以最崇高的敬意。

图书在版编目(CIP)数据

老师：一群当代社会善良与责任的守护人/王卫平编著．—北京：中国传媒大学出版社，2014.3

ISBN 978-7-5657-0979-1

Ⅰ.①老…　Ⅱ.①王…　Ⅲ.①纪实文学－作品集－中国－当代
Ⅳ.①I25

中国版本图书馆CIP数据核字(2014)第095678号

---

**老师：一群当代社会善良与责任的守护人**

| | |
|---|---|
| 编　　著 | 王卫平 |
| 责任编辑 | 欣　雯 |
| 特邀编辑 | 康晓红 |
| 责任印制 | 阳金洲 |
| 封扉设计 | 远　方 |
| 出版人 | 蔡　翔 |

出版发行　**中国传媒大学出版社**

| | |
|---|---|
| 社　　址 | 北京市朝阳区定福庄东街1号　邮编：100024 |
| 电　　话 | 86—10—65450528　65450532　传真：65779405 |
| 网　　址 | http://www.cucp.com.cn |
| 经　　销 | 全国新华书店 |
| 印　　刷 | 北京市雅迪彩色印刷有限公司 |
| 开　　本 | 889×1194mm　1/16 |
| 印　　张 | 16 |
| 版　　次 | 2014年6月第1版　2014年6月第1次印刷 |
| 书　　号 | 978-7-5657-0979-1/I·0979　　定　价　56.00元 |

版权所有　　翻印必究　　印装错误　　负责调换